佐々木讓

阿房庵

警官之血

警官の血

THE POLICEMAN'S LINEAGE

下卷

Sasaki Joh

佐佐木讓

李漢庭——著

人物關係圖

安城多津
清二的妻子

安城正紀
任職於電子設備製造商，積極參與工會運動。
民雄的弟弟

安城清二
耿直真誠的駐在先生
1948
在帝銀事件爆發、人心浮動不安的昭和二十三年，清二開啟了警官的職涯，分派到上野警署。出現在他眼前的是戰爭孤兒、混混團、遊民、藥物成癮者，以及懸而未決的「男妓死亡案」和「國鐵路絞殺案」。就在五重塔發生火災當晚，已調職谷中天王寺駐在所警官的清二，遭人發現從鐵路天橋上墜落身亡。

早瀨勇三
香取茂一
窪田勝利
清二的警察同期好友，清二死後共同援助其家人生計

守谷久美子
民雄因臥底入學北大相當關心的女學生。

安城民雄
1968
為何他迎向槍口將自己置身於危險之境
生於昭和二十三年，追尋父親的腳步進入警界。後受命臥底入學北大，調查學運激進派分子。在嚴酷的任務結束之際，身心遭受重創。重返警官職務後，父親清二死亡之謎，以及清二生前私下查訪的兩件懸案，始終在心中揮之不去。隨後，繼承父親的衣缽成為谷中天王寺駐在所警官，在上任後七年的平成五年九月，在一起重大綁架案中與歹徒對峙，殉職身亡。

安城順子
民雄的妻子

永見由香
和也的女朋友，東京消防廳的緊急救護技術員

安城和也
正直不屈思路縝密的高學歷刑警
1999
生於昭和五十一年，安城家第三代警官。畢業後受警務部指示，破例擢升至總廳刑事部搜查四課臥底，成為加賀谷仁刑警的部屬，並對其展開內部調查。加賀谷的特立獨行，以及遊走在都內黑道勢力間的手段，讓和也大受震撼。在一場追緝黑槍與毒品事件中，和也成功識破並上報加賀谷的不當行徑，然而逮捕當天加賀谷的一句話點醒了他：祖父和父親之死疑點重重。他決定找出真相。

安城奈緒子
和也的妹妹

目次 Contents

9

昭和六十一（一九八六）年四月一日，安城民雄分發到下谷警察署的巡邏課。日本將在五月舉行東京高峰會，警視廳為了強化警備部，進行了大規模的人事調動。

前一任天王寺駐在所的巡查預計在當年九月底退休，這位巡查和民雄的父親一樣，是二十三年組的其中一人，在天王寺駐在所服勤了十二年。

民雄從十月一日起分發到天王寺駐在所，分發當天就與前任巡查一起四處拜訪町上知名的仕紳。幾個民眾聽到安城這個姓就提起他父親的事。民雄的父親只在天王寺駐在所服勤短短三個月，但還是有不少民眾記得他，而且都是說到天王寺五重塔失火，便聯想到父親清二的姓名與長相。

「這樣啊，你就是當時那個駐在警察的兒子。」一位老先生感慨地看著民雄。

民雄非常親切地鞠躬答禮，同時下定決心，等他習慣駐在勤務之後，就要承繼父親的遺志，調查父親生前暗中調查的殺人懸案。首先要詢問的對象，就是那些還記得父親的人了。

隔天，前任巡查一家人搬出了駐在所。

民雄走進駐在住宅，確認清空之後的格局，父親還在此服勤的時候駐在所是間平房，裡面只有兩個房間，現在改建成兩層樓的樓房，一樓是駐在所辦公室，往裡走是待命室兼客廳，最後是廚房、浴室和廁所，二樓則有三間房間。

民雄逐一觀察二樓的和室，房間配置是一間夫妻房、一間兒童房，還有一間可留著備用。等女兒奈緒子長大了，也得讓她有自己的房間才行。

目前應該還是民雄自己一間，妻子順子一間，兩個孩子一間。以夫妻關係來看，順子想必會建議兩人分房睡，讓民雄睡得安穩。而對順子來說，要和隨時可能動粗的丈夫同房，也肯定輾轉難眠。民雄心知肚明。

廚房的流理臺是不鏽鋼檯面。他在高島平的警察宿舍已經用過這種新式廚具，而記憶中駐在所的流理臺則是磨石檯面。

廁所當然換成了沖水式，搭配西式馬桶，還有自用的浴室。不過身為駐在警察，每週至少要去澡堂一次，和當地民眾聊聊天。

確認完住家格局，民雄回到駐在所辦公室。辦公室的格局則和他小時候的回憶相去不遠，要說有哪裡不同，就是木製辦公桌換成了不鏽鋼辦公桌。

駐在所旁邊成了空地，以前五重塔的地基一帶由鐵欄杆圍住，五重塔則自從那天燒燬之後就沒有重建。

民雄站在地基前，回想起還沒燒燬的五重塔，記得他孩提時曾經抬頭，驚嘆五重塔的高聳，但這也可能是自己事後竄改了記憶，畢竟他和家人搬來時才八歲。話說回來，他曾經住過這一帶，也一定見過五重塔，只是不確定是否曾仰望、讚嘆塔的雄偉。或許他只是從墓地邊緣，遠眺著融入日常景致的五重塔。

民雄回到駐在所，在辦公桌前的椅子坐了下來，掏出一本小筆記本。是他昨天買來自己用的。

本子上寫著窪田提供給自己的情報：

「年輕男妓凶殺案，在不忍池發現屍體

年輕國鐵員凶殺案，在谷中墓地發現屍體

兩案都未破

父親發現兩件案子是同一人幹的

凶手曾經待過上野、谷中一帶」

窪田只大致描述了兩個案件發生的時間，應該還可以透過下谷警署查出詳細日期，搞不好還能查出更多資料。

還有個重大的關鍵：

「這兩件案子可能和父親的離奇死亡有關」

若是如此，也增加了民雄查案的動力。不對，身為和父親一樣的警視廳警察，查案是他的神聖使命。查清真相，雖然無法改變他和家人的人生，但至少解開了一道心結。

父親在失火當晚到底去了哪裡？為什麼離開火災現場？為什麼死亡？而且拋下了家人，死得那麼悽慘。

民雄的內心始終有個沉甸甸的結，少年、青年，一直到現在，在心底浮浮沉沉，這下終於有機會解開了。

他記得窪田說過一句話：

「他是去天王寺駐在所服勤之後，才查到了那些線索。」

也就是說，父親在這附近找到了線索，不曉得線索是人還是物，總之就在這附近，或許依然還在。

有的是時間。民雄闔上筆記本心想，慢慢查下去吧。

民雄一家決定在這週末搬家，這天晚上民雄必須回到高島平的警察宿舍打包行李。下谷警署派了年輕巡查去駐在所值班，直到一家人搬過去為止。

當晚，民雄前往千駄木的公寓，拜訪獨居的母親。

母親多津在兩個兒子離家自立之後就從谷中搬去千駄木，獨自靠裁縫過活。她有段時間做過洋裝，現在都做和服了，說是谷中與千駄木一帶有許多穿和服的人士，不愁沒活可接。民雄與弟弟正紀都會提供母親一些生活費，但年過六十的母親還是自力更生。

民雄一進門，母親拉低老花眼鏡，停下手邊的工作。

「你已經搬過去啦？」

「還沒。」民雄邊脫鞋邊回答：「這星期天。」

「我去幫忙，總需要個女人家吧？」

「那就太好了。」

「警視廳竟然讓你去那裡上班，真是太好了。」

「都是世伯們努力安排的。」

民雄進屋，坐在矮桌旁邊，母親很快就泡了茶來。

民雄接過茶碗後問：

「媽，妳知道爸爸當初查的案子嗎？」

母親稍稍傾首。

「你是說谷中墓地那邊，一名年輕鐵路員被殺的案子嗎？」

「爸爸果然查過啊。」

「他只是掛心罷了。他又不是刑警，沒有去四處打聽啦。」

「聽說爸爸還調查過更早之前的案子？」

「喔，那是他剛當上警察的時候吧？我聽過。」

「有個男妓被殺了？」

「當時上野公園裡很多，你爸爸認識其中一個。」母親說到這裡就笑了笑。「說他認識男妓，聽起來怪怪的呢。」

「爸爸告訴過妳他查到了哪些線索嗎？還是曾經寫過筆記？」

「他不會把這種事都告訴我，但應該曾寫在冊子裡。你爸爸做事很嚴謹，當駐在警察的時候，每天寫完日報還會在自己的本子裡做個備忘。」

「爸爸的冊子還在嗎？」

「不知道收哪裡去了。怎麼了？」

「我想看看，想了解爸爸當時查過哪些事，查到了什麼程度。」

「知道了又怎麼樣？都好久以前的事了。」

「或許和爸爸死掉的原因有關啊。」

「就算真的有關，你也查清楚了，還是沒用啊。」

「我想不會。難得我到天王寺駐在所服勤，我想知道爸爸當時在勤務的空檔查過哪些事。」

母親起身，走到壁櫥前面。

「你爸爸的東西，我都收在這兒了。」

沒多久，母親從壁櫥裡拿出一只蜂蜜蛋糕的空盒。

母親把空盒放在榻榻米上，打開盒蓋。

「從那天之後，我就再也沒看過這些東西了。」

裡面隨意堆著獎狀、照片、小本子等，小本子並不是警察手冊，而是一般的筆記本。乍看約有十幾本，都是黑色封面，最上面還放了一支生鏽的馬口鐵哨子。

民雄拿出一本翻閱，裡面寫著人名與設施名稱，看來父親把這些筆記本當個人備忘錄來用，要詳細檢查內容得花不少時間。

「我可以帶走嗎？」

「當然可以。」

民雄蓋上蜂蜜蛋糕盒的盒蓋，母親拿出一條包袱巾給他包住盒子。

民雄正要走出門，母親在身後說：

「有什麼喜事嗎？你的表情和之前不一樣了。」

民雄回過頭，母親直盯著民雄，看來像是對兒子的成長感到驕傲。

「要說有喜事的話，」民雄回答：「就是當上了天王寺的駐在警察。」

「你還是適合當巡邏的警官，公安刑警就不好了。」

民雄訝異地問：

「妳知道我以前被借調去公安？」

母親微笑。

「我可是警察的另一半，聽你要去讀俄語時就知道啦。」

民雄也微笑了。

「搞不好別人都知道了。」

「是啊。」

「正紀也知道？」

弟弟正紀從都立藏前工業高中畢業後，進入電子設備製造商工作，成為積極的工會運動人士。正紀應該參與了所屬勞工團體的運動，或許因為如此，兄弟倆感覺漸行漸遠。

母親回答：

「阿正也知道呢。你剛進北大念書，他就猜出來了。」

「真沒想到啊。」

民雄對母親說了星期天見，就走出門。

走在路上，一名迎面走來的主婦對民雄打招呼：

「駐在先生，辛苦啦。」

民雄對著這主婦鞠躬。

這似乎是初音通那間餐館的老闆娘？有兩個孩子，女孩念中學，男孩念小學三年級。主婦也點頭經過，民雄繼續巡邏御殿坂通。

民雄在天王寺駐在所服勤約兩個月，已經記住不少町上居民的長相。每個地方在不同時段會有不同人士經過，像傍晚時段御殿坂附近的行人他就能認出五分之一，其中約三分之一說得出姓名與身分。至於商家老闆、當地町內會的仕紳，防犯協會、消防團等治安團體的壯丁們，他幾乎都記得。

他遇到一群小學生，男女共五人，應該是三、四年級的學生，大家都背著書包。

「你好。」一個男孩向民雄打招呼。

「你好。」民雄也點頭回禮。

是谷中小學的孩子們，他們從天王寺町出發，經過駐在所，前往三崎坂的谷中小學上學。民雄記住了剛才打招呼的男孩長相和姓名。

這群小學生後面還有個小學生，應該也是三年級或四年級生，身材瘦小，身上的衣服並不合身，上衣帶點汙漬，外面套著皺巴巴的長袖運動服。這男孩經過民雄身邊的時候，稍稍別過頭去。

民雄停下腳步回頭看著男孩離去，男孩為什麼別過頭？是因為個性內向，不敢和別人對望？還是碰巧被其他事吸引了注意力？

並非可疑的行徑。

民雄繼續邁開腳步。

迎面走來兩名年輕男子，從服裝與髮型來看不太像是這時代的日本年輕人，打扮略顯粗野，應該是最近愈來愈多的東南亞外勞？或是偷渡客？

其中一人望向民雄，面不改色，腳步也沒有變化。

另一人也看著民雄，並沒有微笑，但是顯得很平靜。

兩人穿的都是牛仔褲配人造纖維外套，手插在外套口袋裡，腳穿運動鞋，沒有帶大件行李。外表上沒有不對勁的地方，沒有看見類似武器的物品，乍看之下也沒攜帶其他可疑之物，總之兩人並不符合嫌疑人物的條件。

雖然有可能是偷渡客，但沒有急迫到需要進行職務盤查。民雄盯著那兩人，然後錯身而過。

他在轄區外圍走了一圈，回到天王寺駐在所。這一天巡邏途中就和三十多位居民打了招呼，而且人數每天都在增加。

民雄回到駐在所辦公室，打開辦公室與待命室之間的拉門，看到順子正在後面的廚房裡做菜。

「回來了。」民雄對順子說。

順子回頭對民雄說：

「回來啦，有通電話打給你。」

順子這陣子和民雄說話的時候都會看著民雄的眼睛。有段時間，順子根本不看著民雄說話，但自從民雄調到駐在所服勤之後，狀況有了變化。或許來到這個環境之後，民雄也變得不一樣了，至少對順子來說，他不再是個讓妻子不想正眼看待的丈夫。雖然還沒有完全恢復到以前的關係，不過夫妻關係確實有所改善，至少說話時會看著對方了。

民雄看了看辦公桌上的備忘錄，有張用鉛筆寫了留言的字條：

「天王寺，岩根先生

撿銀杏果鬧事，能否立刻趕來？

下午四點四十分」

若是駐在警官的妻子能幫忙接聽駐在所的電話或兼做其他雜務，警方就會撥發津貼。順子目前情緒變得開朗，或許也多虧了這份津貼，讓她感覺自己也能工作貼補家用。一般的孩子也好，警察的妻子也好，只要有人以金錢肯定個人的工作表現，都會引以為榮。

民雄對順子說：

「我去天王寺一趟。」

順子抓起圍裙擦擦手，走進客廳。

「我泡個茶吧。」

「不用，對方希望立刻過去，我這就出發。」民雄問：「和也呢？」

「剛回來又跑出去了。」

「又是去科學博物館？」

「或許吧。」

「奈緒子呢？」

「在二樓。」

「我出門了。」

字條上寫的岩根是天王寺的守墓人，記得是六十歲左右。岩根負責管理、保養天王寺的墓地長達四十年，目前和年輕的修行僧一起住在天王寺。聽說他的妻子過世了，兒子當了廚師，現在是獨居。前幾天，天王寺住持才介紹兩人認識。

民雄走過天王寺山門進入境內，岩根立刻趕來。這位老先生個頭不高，穿著灰色的工作服，手裡拿著竹掃把。

民雄問岩根，是不是有遊民跑來了。

「就是說啊。」岩根愁眉苦臉地說：「畢竟我還要打掃寺境。」

「人在哪裡？」

「不見了，但是還會再來。」

民雄環顧寺境裡壯觀的銀杏樹，樹葉已經開始發黃，其間結了不少銀杏果，還掉得滿地都是。

「我不是捨不得銀杏果啦。」岩根說：「但是跑來寺境裡撿就傷腦筋了。」

民雄也知道岩根說的這些狀況。住在上野公園的遊民們長久以來會到這附近撿銀杏果，只要把果實拿去秋葉原一帶的市場賣，就能換得一點小錢。前些天，附近的托兒所報警，稱有陌生男子跑進園裡撿銀杏果。當時民雄趕來警告撿拾的遊民，不能跑進托兒所園區裡面。至於掉在馬路上的，遊民們撿去賣有助於環境整潔，居民倒是很歡迎。

民雄問：

「岩根先生警告了也不聽？」

「今天這個講不聽，平常大家都乖乖聽話。」

「如果再不聽，就叫我過來吧。我巡邏時也會多注意。」

「有勞啦。」

民雄突然想起當年的案子，開口問：

「岩根先生，昭和二十八（一九五三）年那時候您在這裡做事嗎？」

「二十八年？」

「三十三年前的事了。」

「那時候我在啊。」

「當時也是住在寺廟裡嗎？」

「沒有，是從別的地方通勤。」

「當時谷中墓地發生了年輕鐵路員遇害的案子，您有印象嗎？」

岩根想了一會兒說：

「啊，就是那個發現屍體的案子吧。好久以前了，怎麼了？」

「沒什麼，我只是想知道那案子後來怎麼樣了。」

「怎麼突然想問這個？」

「我爸也曾經掛念過這個案子，當時我們住的長屋後面不遠，就是發現屍體的地方。」

「那案子不是沒找到凶手嗎？」

「好像是，您聽過什麼消息嗎？」

「沒有。」

「這樣啊。」民雄有點失望，又問了一件事：「附近還有居民記得當時的事嗎？」

「應該有，我這四十年來認識很多人，在這一帶做生意的大多從戰前就住下了。」

「下次想和大家聊一聊。」

「聊往事？」

「對。」

「要不要我去找人？很多老人家喜歡話當年啊，我以前住的公寓裡就有一個。」

「您之前住哪間公寓？」

岩根指向寺廟的後方。

「就在後面不遠，天王寺町，死掉的男孩也是住那棟。」

民雄吃了一驚。

「被害人也住那棟，您記得他的事嗎？」

「不太清楚，當時不是很熟啦。」

若您知道些什麼請告訴我——民雄正要這麼說的時候，有人喊了他：

「駐在先生，警察先生。」

一名男子站在山門外。

民雄記得他的長相，但還記不住名字，只知道是附近的居民。男子六十多歲，打扮樸素，穿著針織毛線背心。

民雄對岩根鞠躬之後，前往山門。

「什麼事？」

毛線背心男說：

「我家的公寓有人鬧事，能不能去處理一下？」

「在哪裡？」

「寺廟後面。」

民雄隨男子一起前往，邊走邊問：

「誰在鬧事？」

「有個男的打老婆，是我的房客啦。」

聽到房客，民雄才想起來眼前這人是地主，在天王寺町有兩棟公寓，好像姓笠原。

「您是笠原先生吧？」

「對，我其中一棟公寓啊，去年搬來一對夫妻，老公酒品很差，常常鬧事。」

「房客叫什麼名字？」

「姓三宅，三宅幸太。」

民雄對這名字沒印象，也沒聽過這件家暴案，或許之前都沒向駐在所報案。

兩人走過天王寺旁邊的小巷，轉上通往芋坂的馬路。笠原開始小跑步，民雄也大步跟在笠原身邊。

「三宅家的男人是怎樣的人？」

「剛搬來的時候說是廚師，在淺草的餐館做事。」

但平日傍晚廚師竟然還待在家裡，這就怪了。不知是因為某種原因沒去上班，還是丟了工作？

「約莫多大年紀？」

「三十五、六歲吧。」

「之前鬧事有找過警察嗎？」

「應該沒有，都是街坊鄰居去勸阻，女人也堅持沒什麼事。」

笠原從通往芋坂鐵路天橋的馬路，轉往左側的巷子裡。

這裡有兩棟並排的公寓，有鐵板樓梯與外走廊，後面那棟的樓下站了五、六名男女，都一臉憂心忡忡。

「一樓。」笠原說：「後面數來第二間。」

「那些都是街坊嗎？」

「可能是隔壁間的住戶，大家都很擔心。」

民雄來到笠原說的那戶人家門口，大門是合板的木門，門邊的門牌寫著三宅幸夫。他豎起耳朵聽，並沒有聽到吵鬧聲。

笠原說：

「剛剛還乒乒乓乓的呢。」

民雄回頭看著圍觀的街坊，對大家說：

「接下來交給我，各位最好先回去。」

笠原幫忙催促居民離開現場，但大家還是一臉憂心，勉強散去。

民雄敲敲大門，大聲說：

「三宅先生、三宅先生，我是駐在警察，開個門好嗎？」

等了一會兒，門內沒有任何回應。

民雄又敲了一次門，嗓門更大了：

「三宅先生，我是駐在警察，請你開門。」

屋內傳出男子的聲音：

「警察找我幹啥？」

口氣有點火爆，但是聽來還算鎮定，應該不必擔心使用了毒品。

「是街坊通報的，擔心三宅先生可能在家裡摔倒了。」

「多管閒事，回去。」

「這可不行，既然有人報警，我就得確認三宅先生的安全。」

「我好得很，囉嗦！」

「請讓我看看本人，能不能開個門？」

「你回去。」

「太太怎麼樣？有沒有跌倒？」

「她沒事。」

「既然有人報警，你又堅持不肯開門，我就要採取法律手段了。」

一旦警察判斷有人正在犯罪，並不需要取得房舍內的居民許可，就可以進入房舍。這次有附近鄰居向駐在警察通報，算是達到了強行進屋的條件，但是如果對方堅持不讓警察進門，民雄也不確定能否順利進入。

三宅說：

「哪條法律？現在警察都愛管別人的家務事？」

「不管是不是家務事，只要有出事的嫌疑，警察就會介入。」

「你等一下。」

大門裡傳出金屬碰撞聲，難道是在解開防盜鍊？

剛好相反。

大門開了一道小縫，防盜鍊還拴著，門只開了十公分左右。原來三宅是先拴上防盜鍊才開門。

門縫裡出現一名臉頰凹陷、身材瘦削的男人，油亮的頭髮往後梳平。或許正因為臉頰凹陷，眼睛看來特別大，直瞪著民雄瞧。

「你看到啦，我沒事。」

民雄說：

「街坊很擔心，能不能開個門？」

「就說沒事了，她只是不小心跌倒而已。」

「你太太？」

「對，跌倒在牆邊啦。」

「怎麼跌倒的？」

三宅氣得眼角往上吊。

「這是我家的事。」

「你是打還是踢你太太？」

「是又怎樣？你老婆不聽話的時候，你會不會教訓她？夫妻就是這樣的啦。」

不對。民雄想要否認，卻說不出話來。即使是夫妻也不該使用暴力，不管是拳頭、巴掌、腳踢、抓頭髮亂甩，任何暴力都不允許。即使有些丈夫認為家暴天經地義，但這是不對的。

然而，三宅一問民雄會不會教訓妻子，他卻無法說自己不會，因為他確實和三宅說的一樣打過妻子。即使每次動手都慚愧至極，每次動手都真心向妻子道歉，若問他有沒有打過，他只能說有，確實打過。

民雄舔舔嘴唇，重新面對三宅。

「即使是夫妻間的暴力一樣會構成傷害罪。你沒有權力打你太太。」

「這哪是傷害？我只是口頭好好教訓她，偶爾動手而已。連學校老師教學生也會動手吧？」

民雄拉開嗓門：

「所以你承認施暴了？開門！」

民雄的語氣不如自己想像得有魄力。

此時三宅身後傳出了聲音：

「警察先生，我們沒事啦。」

應該是三宅的太太，口氣很消沉。

民雄對著屋內大喊：

「請讓我看看妳受了什麼傷。」

「我沒受傷，都沒事，請你回去吧。」

「我們知道妳被施暴了，請到門口這邊來。」

「真的一點事都沒有，是街坊們誇張了。」

三宅太太從三宅的背後現身，個頭矮小，臉色蒼白，盤起的頭髮有點凌亂，她臉上冒汗，但看來沒有受傷，沒有瘀青紅腫。是故意不打臉嗎？如果是，三宅還挺狡猾的。

三宅露出得意的神色。

「看到沒？就說沒事啦。這是我們夫妻的事情，你回去吧。」

民雄盯著三宅太太。

女人也一副希望民雄回去的態度，至少沒有打算向警察求助。也許是怕一旦事情鬧大，之後會被修理得更慘。

三宅進一步逼問猶豫的民雄：

「警察還有其他事該做吧？快回去。」

「至少告訴我為什麼鬧事。」

「沒必要。」

門關上了。

氣勢輸了。

民雄吃了一場大敗仗，被問到會不會教訓妻子時他竟然無法一口否認。他竟然無法反駁正常人不會打老婆。當他無法回嘴的時候就已經輸了。

回頭一看，剛才聚集在三宅家門口的街坊紛紛從公寓後方探出頭來，每個人都一臉不滿。

笠原房東也走上前來。

「你不去幫忙？」

口氣明顯在責怪民雄。

民雄走回巷子裡說：

「我已經警告他了，應該會安分一陣子。」

「他可是慣犯了。」

「他應該知道再動手就要關拘留室了。」

笠原停下腳步，民雄轉身離開笠原走出巷子，他似乎能感受到後方居民仍舊不滿的眼神。街坊肯定認為這個駐在警察真沒用，下次三宅再對老婆動粗，也不會向駐在所報案，而是直接打一一〇報警。

民雄走出巷子口，碰到一名小學生正要走進巷子，就是先前和他錯身的那個瘦男孩。

民雄一看那張臉，就想到是三宅夫妻的小孩，尤其眼睛和三宅太太特別像，男孩的右眼角還有淺淺的瘀痕。

民雄蹲在男孩的面前，盯著他的眼睛看，男孩往後退縮了半步。

民雄問：

「你是三宅家的孩子？住在這巷子裡？」

男孩猶豫片刻後才點頭。

「能不能答應我一件事？我很擔心你媽媽。」

男孩臉色變了。

「我爸又做了什麼？」

「還不算太嚴重，但是啊，我很擔心你媽媽，能不能答應我一件事？」

「什麼事？」

「下次爸爸要是又欺負媽媽，希望你馬上告訴我，最好是來駐在所跟我說，叔叔馬上去阻止他。」

「今天沒出事嗎？」

「你媽媽說沒事，但是我很擔心，你應該看得出來叔叔很擔心吧？」

男孩盯著民雄，眼神掃視著民雄的臉，應該是想確認這個大人可不可靠。

民雄又說了一次：

「下次出了什麼事，叔叔會阻止，所以你要來找叔叔喔。隨時都可以。」

最後，男孩輕輕點了頭。

「嗯。」

「好。」民雄確認。「你叫什麼名字？」

「三宅良和。」

「媽媽的名字呢？」

「三宅和子。」

「叔叔叫安城民雄，安城巡查部長，隨時都在駐在所。」

民雄站起身。

名叫三宅良和的男孩，背著書包往公寓走，腳步帶著猶豫。一想到回家會看到的光景，腳步自然輕快不起來。

民雄目送三宅良和的身影走進家門。

星期一晚上，民雄吃完晚餐，就前往初音町的澡堂。

只有民雄沒當班的日子，下谷警署才會派人來支援，他就趁這天去澡堂。他們一家搬過來之後，民雄和兒子和也去過兩次澡堂，第三次要找和也的時候，和也說不想去。和也的理由是要寫作業，但民雄可以感覺到，和也和自己獨處時似乎壓力很大。民雄就不勉強他，自己一個人去，後來便習慣單獨去澡堂了。

澡堂裡有很多町上的熟面孔，像是天王寺的守墓人岩根、公寓房東笠原都會去。民雄向熟人打過招呼，沖洗身體之後就進入浴池。

民雄起身洗頭髮時，岩根從後面喊了他：

「安城先生，我先起來了。方便的話要不要喝一杯？」

看岩根的表情應該是有話要說。民雄想起前些天，岩根說過要找些町上的老人家來話當年，或許今晚就是這個機會。

「啊，我不喝酒，我們一起喝茶吧。」

「你不喝酒啊？」

「醫生吩咐不能喝，但是喝茶我就奉陪了。」

民雄去更衣間穿上便服，走出澡堂大門，看到岩根就站在鞋櫃前。

岩根問：

「聽說前陣子，笠原兄的公寓裡有人鬧事？」

「就是說啊。」民雄點頭。「房客中有人稍微粗魯了點。」

「說得真文雅。」岩根笑說：「我以前也住那棟公寓呢。」

「這樣啊。」

那棟公寓的屋齡看起來還很年輕，主建物外有鐵板的樓梯和走廊，應是昭和三十年代尾聲搭建的。

民雄與岩根走向初音通。

岩根邊走邊說：

「大戰之前啊，那裡有一座兩層樓的公寓，我們住過那裡。那個死掉的鐵路員生前也住那裡，只是現在公寓已經改建了。」

民雄突然想起父親的筆記本裡就有岩根這個姓，父親當時並不是刑警，而是暗中向街坊鄰居打聽國鐵男孩凶殺案的消息。記得那些筆記中就有岩根這個姓，好像是住在同一棟公寓的老太太？那位岩根老太太就是這位守墓人的母親或親戚？

岩根走進初音通上的一條巷子裡，巷子裡都是小酒館，巷口有個拱門，拱門上寫著初音小路四個字。這條巷子感覺起來很懷舊，民雄還是第一次走進巷裡的酒館。

岩根熟門熟路地沿著巷子走，拉開左手邊一戶的拉門，拉門旁有塊小型電燈招牌，上頭寫著「關東煮・酒 阿悦」

酒館裡喊了聲歡迎光臨，店裡的酒客全往門口看過來。

這家小酒館只有一組L字型櫃檯，空間約兩坪出頭，才三名酒客坐在櫃檯邊就顯得很擁擠。

站在櫃檯後方的不是老闆娘，而是男老闆，快六十歲，頭髮花白，看起來很和善。

民雄和岩根就坐在三名酒客間。

看了看酒客的長相，有一張熟面孔，就是前些天在三宅幸夫家門口看熱鬧的鄰居。是位老先生，白髮剃成工匠般的平頭，一與民雄對上眼就點頭致意。

岩根注意到民雄的眼神。

「他也是住在那棟公寓裡的恩田兄，榻榻米師傅。」

岩根口氣一轉，對櫃檯裡的老闆說：

「這位是新的駐在警察，安城先生。」

櫃檯裡的老闆開口：

「安城哥啊？怎麼寫呀？」一聽老闆的口氣，就猜得到是男同性戀，人妖，至少年輕時是如此。

岩根把安城的姓氏寫法告訴老闆，並介紹老闆的身分。

老闆名叫平岡悅男，客人都喊他阿悅：

「阿悅待在谷中很久了，是吧？」

「戰爭剛結束就來了。」平岡說：「酒館也開二十年啦。」

民雄隨口就問：

「開業之前呢？」

「也在附近。」平岡回答。「待在其他酒家。」

岩根說：

「老闆也住在笠原兄的公寓喔。」

平岡說：

「以前住過啦，恩田兄也住過吧。現在搬走囉。」

「駐在先生說想聽聽這一帶的往事，講給他聽聽吧。」

「那就請你多光顧囉。」平岡說：「我們邊喝邊聊。」

岩根又介紹另一位酒客：

「這位是初音照相館的永田兄。」

永田是個梳著油亮西裝頭的時髦中年男人，穿著藍色毛衣，看起來是酒客裡最年輕的，才五十出頭吧。永田先鞠躬說多指教，然後說：

「戰爭剛結束，我爸就開了照相館。我也喜歡到處打聽當地的老故事，所以今天岩根兄也找了我來。」

平岡說：

「安城哥，喝點什麼？」

民雄說醫師吩咐不能喝酒，就點了烏龍茶。

大家舉杯慶祝相識，民雄問恩田：

「那個姓三宅的常鬧事嗎？」

恩田似乎對這話題感到有點厭煩，他說：

「那人經常鬧些小事，但上次鬧得有點嚴重，房東先生才忍不住衝去駐在所。」

「聽說三宅是廚師？」

「好像是，還開過自己的館子，就是開館子的時候認識了他老婆。」

「男孩是他們親生的吧？」

「聽說是。」

「他們在那棟公寓住多久了？」

「一年左右，聽說欠了債，跑路搬來這裡。」
「目前做什麼工作？」
恩田這下真的懶得繼續說了。
平岡接話：
「這種事，由駐在先生直接問本人不是更好嗎？」
「這倒是。」民雄被這麼一說之後也同意。「他之前的行為還不致犯法，我才沒有追究，但還是想把事情先打聽清楚。」
恩田說：
「那樣還不算犯法？三宅太太三天兩頭就掛著黑眼圈，男孩也是。」
「夫妻間的家務事，處理起來需要更謹慎。」
「我從隔壁聽起來，就是傷害啊。」
「我看過他太太的臉，沒有明顯外傷，太太本人也說沒什麼。」
「你相信他太太說的？」
「嗯，太太應該不希望自己的先生變成罪犯。既然太太想袒護，我姑且先尊重她的意願。」
「姑且？」
「就算警方逮捕丈夫，只要太太否認家暴，檢方也不太願意起訴。畢竟這很難定罪。」
「哪天那女人就被殺囉。」
「我不會讓這種事發生。」
照相館的永田說：「恩田兄還真關心三宅太太。」恩田有點不高興，瞪著永田。

「我就住隔壁啊。」

櫃檯後的平岡說：

「那太太真是苦命，看起來軟弱又不起眼。連我都想幫她一把了。」

永田笑著。

「三宅太太真熱門啊。」

岩根說：「我聽附近菜鋪老闆一說，都要哭出來了。那位太太總是趕在打烊前一刻對老闆說，給她一點便宜的菜，賣相差點也沒關係。」

恩田說：

「之前也是被斷電了好幾天，家裡有人在，卻一片黑漆漆的。」

永田說：

「連電都斷了，很嚴重呢。」

「聽說那男人好吃懶作，而且去哪裡都做不久。」

岩根說：

「幹廚師的怎麼會沒工作？現在景氣又不差。」

平岡給民雄和岩根各一碟小菜，接著說：

「和子太太還是生了孩子啊。儘管丈夫事業不順遂又愛鬧事，總還是有感情吧。」

永田說：

「剛結婚的時候，還算是個好男人吧？」

「難說。」恩田說：「一開始就是那種地痞流氓吧。那一類的人手頭闊綽的時候看起來就很風光，騙得到傻姑娘，手頭一旦緊了，就只是個飯桶啦。」

平岡說：

「光是沒吃軟飯，就算不錯了。」

「那太太還在家兼差，修改褲子、做點西服裁縫工作。」

民雄聽了這話想到自己的母親。父親意外身亡之後，母親靠著做裁縫養家，供兩個男孩讀完高中。世伯們確實資助了升學費，但是日常的開支都仰賴媽媽的裁縫工。

三宅和子也靠裁縫來養小孩，還養了一個好吃懶做又會家暴的丈夫。

民雄趁其他酒客不注意，偷偷嘆了口氣。

恩田自言自語起來：

「下次再出事，三宅太太肯定要受重傷，我想到時候再去把她丈夫拉開就太遲啦。」

看來在抱怨駐在警察的處理方式太軟弱了。

此時酒館的門被拉開。民雄之外的酒客們都回頭看是誰進來了。只見進來的是個中年男子，穿拉鍊外套，看來和其他酒客並不熟。岩根等人又默默拿起自己的酒杯。

平岡向酒客打招呼，請他坐在櫃檯邊。

剛才的話題，或許該告一段落了。

民雄看了看時間，晚上九點二十分，喝完這杯烏龍茶就該離開了。下次有機會再來聊往事。

民雄再次想起母親，與三宅和子的面容交疊。

10

這天晚上，駐在所裡聽見了外面傳來的耶誕聖歌，民雄拿出那只老舊的蜂蜜蛋糕盒。上次拿出來已經是兩個星期前了，他打算繼續研究父親記錄在本子上的資料。

民雄還沒換下制服，走向駐在所辦公室的辦公桌。

駐在所前面的櫻花走道是連結御殿坂通和三崎坂的捷徑，凌晨一點前都還有許多行人經過。為了讓民眾安心，駐在所裡最好隨時有制服警察待著，雖然換上睡衣也不會有人責難，但民雄還是穿著制服。

民雄拿出其中一本筆記放在辦公桌上，本子上頭記錄的日期是昭和二十八年四月。

其實他已經多次從蜂蜜蛋糕盒裡拿出手冊翻閱，起初光是要讀懂父親的字跡都有困難，換作是報告書或日報，父親的字體會更整齊；但筆記本上的內容只是父親的備忘錄，本來就沒必要讓別人看得懂，能迅速記錄下各種資訊才重要。幸好民雄已經漸漸習慣父親的筆跡，閱讀的速度也愈來愈快。

他今天看到了這樣的筆記：

「阿綠凶殺案，原田老師，秋葉原
老師說，謠傳阿綠和警方有關係
對立的集團？」

這是什麼意思？

民雄只掌握了案件的大致脈絡，沒看過驗屍報告或偵辦紀錄等官方文件。他曾經向當時的管區警署上野警署刑事課打聽，只是這案子已經過了三十八年，現在的刑事課總務股承辦人毫無所知。報告書等文件可能早已收在資料室深處，要找出來想必不容易。何況，案件早就過了追訴期，就算檔案已經銷毀也不足為奇。

所幸上野警署曾製作一本冊子，上面扼要記載了上野警署的歷史，民雄透過這本冊子得知案件的基本資訊。這本冊子針對昭和二十三（一九四八）年，記錄下幾件代表時局的案子，其中之一就是這樁男妓凶殺案，但只有短短八行文字。

簡單來說，時年二十歲的男妓，屍體在不忍池畔被發現。死者名叫高野文夫，死因為勒斃，生前屬於上野公園的男妓團體，在公園裡生活。上野警署曾經成立搜查總部，但短短三個月就解散，案子因而成為懸案。就這些。

被害人是住在公園裡的男妓，可以想見警方不會太認真辦案。說到昭和二十三年，正值大戰結束後的混亂時期。尤其上野警察署，每天都需應付戰後的犯罪潮。遇上連環凶殺命案就算了，光是公園裡死了一個遊民，不可能派出大批刑警偵辦。

人命並無輕重之分，然而檢察與司法系統會區分老百姓和黑道，假設黑道之間火併，過程中有黑道人士死了，凶手幾乎不可能被求處極刑。但如果火併時有民眾遭波及死亡，凶手肯定罪加一等。以高野文夫的案子來說，被害人或許不是黑道，但警方可能認為，就算沒破案也不會影響民眾生活。

總之這件男妓凶殺案，應該就是指父親的筆記中，一名叫阿綠的年輕男孩被殺害的案子。

原田老師，這號人物是誰呢？筆記上寫著父親曾和原田在秋葉原見面，當時阿綠凶殺案已經過了五年，還寫到昭和二十八年四月，也就是國鐵員凶殺案過後三個月。父親認為這兩個案件有關？如果有關，證據又是什麼？

這位原田老師又是誰？是教書的老師？或者只是敬稱？

還有一點，秋葉原這個地名會聯想到哪些職業？做電工的？當時秋葉原是破銅爛鐵回收商的聚集地，附近很多遊民窩在貧民窟裡，據說秋葉原一帶的貧民窟，在戰後還存在了好一段時間。

或許原田老師當年在秋葉原收破銅爛鐵。父親的單位是上野警署，剛開始分發公園前派出所，後來分發動物園前派出所。假設是他在上野公園認識的人，這人後來去了秋葉原，也沒什麼好奇怪的。

根據父親的筆記，這人似乎給了父親兩條消息。

死者阿綠據說和警察有關係。

這案子可能和對立的遊民團體有關。

搜查總部當時曾獲得這些消息嗎？曾根據這些消息來辦案嗎？

不管如何，父親查到這裡之後似乎就停滯不前。筆記裡並沒有更多的線索，仔細鑽研之後的筆記，應該會有其他訊息或推測，但這要花點時間。

「民雄。」後方傳來了聲音。

回頭一看，辦公室和客廳之間的玻璃門拉開，順子端著放了茶杯的托盤走來。

「我泡了茶。」順子說。

兩人又對看一眼，只是時間不長。民雄到駐在所當班之後，和妻子視線交會的次數增加了。

「謝謝。」民雄回答，伸手去拿茶杯。

「還要繼續看嗎？」順子說。

「再一下子就好。」

「馬上要十二點了，我給澡盆放了新的熱水。」

「妳已經洗好了？」

「對，先洗過了。」

民雄揉揉眼睛，伸個懶腰。「好，今天晚上到此為止吧。」

他總有一天要找出男妓凶殺案的偵查報告。這案件已經過了追訴期，區區一名駐在警察或許無法調閱文件，但只要安排一下，也並非全無可能。

接下來是國鐵員凶殺案的紀錄，如果偵辦資料還留著，應該就在轄區合併之後的下谷警察署裡。民雄是下谷警署所屬的警員，要進資料室並不難。

不必著急，父親已經死了二十九年，晚一兩年找出真相也不打緊。

送舊迎新，來到昭和六十二（一九八七）年。每個人都說景氣真好，汽車產業領頭，日本出口欣欣向榮。東京都內的房地產價格飛漲，就連台東區，地段較好的地點一坪也要兩、三千萬圓，民眾不是歡天喜地，就是提心吊膽。當地黑幫放棄了傳統收保護費、擺廟會攤，紛紛炒起地皮來。去年底，東京都內許多人在紅燈區喝到天亮，路上的計程車還因此不敷載客。民眾最熱門的話題，就是阿美橫丁年底營業額破紀錄，上野警署年底巡邏忙得半死。

然而天王寺駐在所附近卻幾乎沒聽聞炒地皮的風聲。這一帶本來就很多寺廟和墓地，沒有人會想來這裡蓋商業大廈。或許這裡房舍老舊，亟待都市更新，但是大多數居民似乎更希望過著與地價飆漲無緣的生活。民雄在元旦這天，看著眼前的光景與戰後相去不遠，不禁感嘆：谷中外圍似乎堆起了一道石牆，擋住這時期的金錢狂潮。

一月，某個寒冷的夜裡，民雄拿出父親的筆記回顧，記下岩根君這個名字出現的紀錄內容：

「岩根君，和田川克三住同一棟公寓，六字頭？

被害人生前曾接觸刑警

在寬永寺坂見過

公寓周邊有刑警身影」

這案件的被害人，看來也和阿綠一樣接觸過警察。

被害人田川克三是國鐵員工，也是國鐵工會成員。說到當時的國鐵工會，算是相當活躍的左派團體，警察關注該團體的活動並不足為奇，更別說被害人當時與三名工會成員同住一間房。這些工會成員可能是日本共產黨滲透在國鐵工會裡的細胞黨員，可想而知，公安刑警或公安指派的轄區刑事課刑警，應該會去接觸年輕工會成員田川，進行情蒐。也就是說，被害人是警方的線民。

這麼說來，這案子就是公安的案子。有照公安的程序偵辦嗎？

看過前兩頁之後，接下來有這麼一頁：

「住被害人隔壁間，人妖。

被害人等是工會運動人士？錯！

工會運動人士住別間，努力招人。」

如果這段紀錄是正確的，這案子就不是公安案，那麼岩根君看到的刑警，真的是刑警嗎？假設被害人不是警方的線民，據稱被害人身邊有警察出沒，又是怎麼回事？

民雄想起廉價酒館「阿悅」的老闆平岡，他似乎和被害人住過同一棟公寓？

民雄回想平岡的年紀與長相，父親私底下打探消息遇見的那位人妖，會不會就是平岡悅男？從平岡的年紀來看，一點都不奇怪。

如果這份筆記裡的「人妖」就是平岡，那麼平岡觀察相關人等的角度，會與警察不同。

民雄闔上父親的筆記，心想。

要向平岡探聽的話，最好不要太開門見山切入，畢竟他應該沒想過自己是「人妖」這件事會被揭穿，也可能吃上閉門羹，但他或許早已對熟人坦承此事。

民雄又想起窪田勝利的話。父親相信兩件案子的凶手是同一人，男妓凶殺案和國鐵員凶殺案的凶手曾經「待過」上野和谷中一帶。

當時民雄問窪田「待過」的意思是否等於「住過」，然而窪田搖搖頭，意思相當模稜兩可。民雄因此判斷，可能是指在上野和谷中一帶討生活的人。

他看了看牆上的時鐘，晚上十一點四十分。

該去睡了。民雄起身，想到最近家裡一片和氣，自己也睡得愈來愈好了。令人痛苦萬分的恐慌症，不會再回來了吧，也不必擔心復發或後遺症了。起床時都相當神清氣爽，唯一掛心的，就是他和兒子和也不親。但時間一長，想必都可以解決，和也總不會恨父親一輩子，也不會永遠處於叛逆期。

民雄將父親的筆記放回蜂蜜蛋糕盒，將盒子放進置物櫃裡。

冬天過去，賞櫻季節將近，天王寺駐在所前的行道櫻樹下，有破紀錄的大批賞花客鋪上了地墊，愉快地賞花。這些人不是在上野公園搶不到場地，就是一開始便放棄在上野公園賞花，總之賞花客紛紛流往谷中墓地。櫻花還要幾天才完全盛開，但谷中墓地整區從這星期天起就陸續有人前來賞花。下谷警察署巡邏課派了四名人力到駐在所支援，防犯課也派兩名支援。防犯課其中一名支援人力是女警，負責處理走失的孩子。

這天早上，民雄分配了支援警力的任務。往年谷中墓地一帶除了賞花客搶地盤的爭端之外，還有醉鬼亂折櫻樹枝，和外地賞花客起糾紛，還有對婦女糾纏不清等輕微犯罪。有些人醉得脫褲露生殖器，有些人當眾便溺。一般民眾稱谷中的賞花客，酒品比上野公園來得好，民雄卻對此抱持懷疑態度。他並沒有太多經驗比較，但這星期來谷中賞花的人們，一部分喝醉後水準低劣。每年一到賞花季，東京的計程車司機就不想靠近上野和谷中一帶，肯定是因為乘客總是爛醉如泥，老找司機麻煩。

換句話說，每年讓上野警署和下谷警署的巡邏課警官忙到昏天暗地的禍首，就是賞花客。

這天早上已經發生第二起糾紛了。支援警力揪著一名醉漢回駐在所，醉漢三十來歲，個子很高，聽說他自行帶著杯裝酒和小菜來賞花，喝多了就和周圍的賞花客吵起來，隨即被報警抓走。醉漢被抓回駐在所之前，可是對警察破口大罵，等到坐上了駐在所辦公桌旁的椅子，那股盛氣凌人的架勢頓時消失殆盡。醉漢滿口酒臭味，醺得民雄板起臉，他問醉漢：

「老兄，你喝了多少？」

把醉漢抓來的警察們正站在駐在所大門邊，看著民雄微微苦笑。他們想看看，駐在警察怎麼處理這種醉漢。醉漢東張西望，心慌意亂地說：「我啥都沒做啊。」

民雄說：「你去找其他賞花客吵架，不記得了？」

「我找人吵架？哪有，才不是，只是找人聊天啦。」

「你不是去找女人家討酒？」

「呃，希望人家幫我倒酒啊。」

「對不熟的女性可別講這種話啊。」

「我們已經很熟了啦。」

「對方可沒這麼想。」

「她可是喝了我的酒。」

「只是不好意思拒絕，不是和你很熟。」

「太容易讓人誤會了。」

「總之你找別人麻煩，對方才會報警。」

「我哪裡找麻煩了？」

「你跌在別人的地墊上，還把酒菜全踢翻了。」

「那是因為有人拉著我啊。」

此時一名清瘦的男孩走進駐在所，正是三宅良和，才踏進門一步就停下來，默默地盯著民雄。那是走投無路的表情。

民雄立刻起身，對其他警官說：

「這裡交給你們。」

兩名警官中年長的那人問：

「怎麼了？」

「街坊有人鬧事。」

男孩立刻轉身衝出駐在所，民雄也跟了過去。

孩子都來駐在所了，可見這次的家暴比之前嚴重很多。三宅肯定又對妻子和子動粗，嚴重到連孩子都感到危險。兩人趕到天王寺後方的笠原公寓，三宅家的大門前又聚集了幾個人，其中一人是恩田，恩田瞥見民雄，眼神中透著輕蔑。

民雄調整呼吸走向大門口，此時大門突然從裡面打開，只見三宅和子光腳衝出門，臉上敷著一條毛巾，毛巾還染上一塊鮮紅的血漬。

和子一衝出來就差點跌倒，民雄連忙上前攙扶和子。

「媽！」男孩衝到和子身邊。

和子連站都站不穩，只能靠在民雄身上。民雄扶著和子的身軀，慢慢讓她蹲在地上。和子流著鼻血，臉頰上紫一塊，應該是內出血。想必和子身上還有看不到的傷，才會一衝出門就站不穩，可能腹部和背部，都遭到了嚴重的毆打。

幾個鄰居站在大門前，其中一名中年婦女趕到和子身邊。

「麻煩了。」民雄請婦女照料和子，又走回大門前。

大門已經打開，民雄半個人踏進屋內大喊：

「三宅，出來！我是警察！」

門邊的廚房一片凌亂，矮桌斷了腳歪倒一邊，桌邊散落著碗筷餐盤，不見三宅人影，應該是在紙門後的房間裡，可以瞥見房間裡的地鋪還沒收。

紙門後有人出聲：

「少囉嗦，要幹嘛？」

「你是傷害罪的現行犯，我要立刻逮捕你，滾出來！」

「什麼傷害罪？鬼扯，這是我們夫妻的家務事。」

「夫妻家暴也是傷害。」

「你去管賞花客啦。」

「滾出來！不然要進去了！」

「少囉嗦！給我滾！」

民雄一隻腳踏進門框內，右手按著腰間的警棍。

「我進去了！」

恩田在後頭高喊：

「小心，他有菜刀！」

民雄抽出警棍，小心翼翼走進屋內。

隱約看到三宅在紙門後面，穿著一身皺巴巴的運動服，不像是居家服而是睡衣，腳上沒有穿鞋。

「好啦。」三宅不服氣地應聲。

三宅的右手背紅通通，看來沒有拿菜刀或其他凶器。

三宅貼近紙門邊說：

「你要抓我走？」

「你是傷害罪的現行犯。」

「又不是重傷。」

「醫生會決定重不重。」

「我只是手滑。」

「去偵訊室說吧。」

「你要給我上銬？」

「那當然。」

三宅為難地皺眉。

「有孩子在。」

這種男人也不想在孩子面前丟臉嗎？

但民雄理解他的想法，良和就在公寓門前，和鄰居一同緊盯著事態發展。

民雄說：

「先到駐在所去，然後再上銬。」

「好。」

三宅乖乖聽話，民雄也退出大門。

圍在門前的居民都迅速往後退。

三宅和子蹲在巷子後，按著自己的臉。中年婦女與良和也蹲在和子兩邊。

三宅穿上鞋，走出門外，居民又再後退一步。

民雄拉起三宅的右手腕。

「走。」

「知道啦。」

後面的恩田開口：

「我叫了救護車。」

民雄轉頭說：

「麻煩你了。」

說時遲那時快，三宅奮力甩開民雄的手，拔腿就跑，居民看了不禁驚呼。

要是逃掉還得了！

民雄立刻抽出警棍追上，只見三宅已經跑出巷子，巷子外是賞花客來往的芋坂，要是他混入人群就糟了。

三宅在馬路上撞到了行人，婦女尖叫跌倒，三宅也一個踉蹌，停下腳步。民雄拔腿衝向三宅，民眾嚇得大呼小叫往兩邊散開。民雄總算追上三宅，揪住他的衣領一個掃腿，三宅往前一跌。

民雄趁三宅掙扎起身時，再用警棍捅了他側腰一記，三宅悶哼一聲縮起身子，民雄立刻上前壓制，將雙手拉到背後上銬。

三宅無法抵抗，被警棍重擊的劇痛實在難受。民雄起身環顧四周，行人們退避三舍，三宅的兒子良和也在其中。良和看了看民雄與倒地的三宅，似乎猶豫著該作何反應。即使父親很粗暴，但看到父親被警察壓制在地，心裡並不好受，若因此同情起父親也不奇怪。

三宅趴倒在地，低聲呻吟扭動。

「站起來！」民雄說：「這是你逼我動手。」

民雄注意著良和的眼神，同時掏出腰間的捕繩。

兩名制服警察從天王寺駐在所趕來，似乎是察覺了有犯案者遭到逮捕。

民雄又看了良和一眼，良和迅速轉身，推開人群消失無蹤。

支援警力趕到面前，民雄指著倒地的三宅說：

「這是三宅幸夫，傷害妻子，並且妨礙公務，依現行犯逮捕。」

民雄的口氣並不驕傲。

因為要是他能用這些罪名逮捕三宅，自己也早該被逮捕了。

賞花季的特別編組結束，駐在勤務也告一段落，民雄乘機前往卜谷警察署。他想找巡邏課長香取茂一談點私事。

香取看起來很開心，要民雄坐上刑警室的待客椅。

民雄想問昭和二十八年發生的那件年輕國鐵員凶殺案。

「聽說父親一直很掛念這案子，而我覺得父親的死可能和這案子有關，實在無法釋懷，世伯是否曾聽說什麼呢？」

「我們確實聊過這件案子。記得你們以前住初音町長屋的時候，長屋後面不遠發現了一具屍體對吧？」

「聽說是這樣。」

「但你怎麼會覺得這案子和你老爸的死有關？」

民雄猜想，看來父親並沒有對好友香取談過自己的疑慮。窪田特意告訴民雄，或許是因為父親只對窪田談過這件事。

民雄沒有提起窪田的名字，順口說：

「我在整理父親的遺物時，發現父親對這個案件做了很多筆記，但他當時並非刑警，可見很在意此案。」

「為什麼會認為有關聯？」

「現場非常接近。發現鐵路員屍體的現場和父親陳屍的地點，直線距離不到三百公尺。而且鐵路員凶殺案最終成了懸案，凶手仍逍遙法外。」

「你認為凶手和你爸的離奇死亡有關？」

「我不敢肯定，但是這案子成了懸案，另一件事故又帶有犯罪的成分，實在令人在意。」

「你爸其實還在意另一樁案子，就是不忍池畔的男妓凶殺案，那也是懸案。你是不是覺得和那案子也有關係？」

民雄沒有老實回答：

「還沒有想到那裡。」

「不管怎麼說，兩件案子警方都曾偵辦過。我理解你的心情，不過要說這和你爸的死有關係，似乎太勉強了。」

「還查得到當時的偵查資料嗎？」

「案子還沒破，搜查總部就解散，而且追訴期也過了，檔案不曉得還在不在轄區警署的檔案倉庫裡。但就算檔案被銷毀了也不奇怪。鐵路員那案子當時是谷中警察署管的，在下谷警署的資料庫或許找得到。」

民雄並不指望有偵查資料留下來。香取說得沒錯，兩件案子都過了三十多年，一旦過了追訴期，警方就沒必要保存偵查資料。就算有，也只剩總結偵查概要的報告，但可能留存在總廳裡。

「如果能獲得批准，我想自己找找看。」

「我找副署長問問好了，你不急吧？」

「不急。」民雄又提到另一件事：「那件國鐵員凶殺案，父親在筆記裡提到一名谷中警署刑事課的刑警，姓丹野，我想這名刑警應該早就退休了，不知道下谷警署查得到當年谷中警署警員的下落嗎？」

「我叫人去查查，只是有些人一退休就失聯了。你說的這個姓，要怎麼寫？」

民雄在紙條上寫下丹野的名字交給香取，丹野就是偵辦國鐵員凶殺案的其中一名刑警。

三宅幸夫被逮捕回下谷警署，接受偵訊之後移送東京地方檢察廳。這下肯定會起訴，因為最近日本檢察與司法面對家暴案件也一樣嚴厲處置。傳統上，丈夫或父親的暴力行為會被當作「管教」而網開一面，現今這種想法式微了，可說是社會風氣上很大的轉變。

民雄聽說三宅移送檢察當天，巡邏途中順道拜訪笠原家，想打聽笠原家房客三宅母子的近況。

笠原房東在門口說：

「幸好和子太太不需要住院，應該開始幹活了吧。」

「她能上工了嗎？」

笠原報出附近一間大醫院的名字。

「聽說她開始在那裡當清潔工，進來喝杯茶吧。」

「我在當班呢。」

「我擔心她丈夫很快就放出來，肯定更想拿老婆出氣。」

「我想三宅沒那麼蠢，他應該會安分下來找個工作。」

「他可能被判多重？」

「算是初犯，刑期不會很重，再加上被害人是家人，或許有機會判緩刑。」

「希望日後真的能安分點。」

「孩子還好吧？」

「還好，兒童諮詢所也來了，還問了要不要去育幼院。但和子太太說會想辦法自己養大孩子。」

「或許她太逞強了。」

「其實她丈夫不在，日子反而輕鬆，也不會有人拿她賺的錢去打小鋼珠和賭馬。」

民雄微笑同意，離開了笠原家。

這天沒當班，民雄前往澡堂，又碰到了岩根。

民雄洗完澡，和岩根走在路上時問：

「岩根先生和阿悅的平岡先生，以前是不是住同一棟公寓？」

「對啊。」岩根點頭。「這一帶街坊通常住很久了，就算房子改建，也還是住同一個地址，就像恩田兄那樣。」

「我也回到了小時候的駐在所。」

「就是這樣。町上的街坊也很高興看到你回來。」

民雄用同樣的口氣問：

「平岡先生是人妖嗎？」

岩根笑了笑：「你懂的吧。」

「我不是很確定。」

「當人妖不犯法吧？」

「當然不會。」

「怎麼突然問這個？」

「其實是因為當年的國鐵員凶殺案，平岡先生也住過那棟公寓，才突然想到，那個國鐵員年輕時就是人妖了嗎？」

「對啊，他是妹子男孩，你聽過妹子男孩嗎？」

好像聽過，但這是什麼意思？

「當時像他那種人妖啊，就叫做妹子男孩，身形和女人家一樣弱不禁風，專門扮女方。」

民雄缺乏這方面的知識，他又問：

「有其他類型嗎？」

「你是說其他稱呼？叫什麼來著……一樣是男人樣，但是專找男人上，以前比現在多得多呢。」

「是這樣嗎？」

民雄有點意外，他以為男同性戀是最近才出現的。

岩根說：

「在戰國時代，男搞男司空見慣啦。聽說很多二戰回來的軍人都這樣，很多人妖在部隊當內勤時不敢說，結果上戰場進了戰俘營，突然就開竅了。你沒聽說戰時男搞男的狀況嗎？」

「這倒沒有。」

「上野一帶到現在還有喔。那裡就是人妖聚集找對象的地方。」

民雄確實聽過，大戰剛結束時男同性戀會群聚在上野。像阿綠那樣的男妓也因此過來討生活。

民雄問：

「平岡先生會隱瞞他的人妖身分嗎？問他這件事是否很失禮？」

岩根放聲大笑。

「警察做職務盤查，還管失不失禮啊？」
「這不是職務盤查，而且也要替對方著想。」
「那就趁沒客人在的時候吧。」
「就這麼辦。」

隔天，民雄結束下午的巡邏回到駐在所，收到香取的留言，要他回電。
民雄打電話到下谷警署，香取說：
「那個姓丹野的警察目前在市谷交通安全協會。昭和二十八年左右在谷中警署執勤，應該沒錯吧？」
民雄說：
「應該就是他。」

神樂坂一間居酒屋裡，來了個頭髮稀疏的男子，穿著深色西裝與白襯衫，領帶與西裝同色系，感覺就像在跟監的公安刑警。這人戴著厚重的眼鏡，似乎近視度數很深。
民雄請對方坐在自己這桌對面，並遞出名片。
對方坐定後，看著民雄的名片問：
「你是上野警署安城兄的兒子？」
民雄回答：
「是，家父後來調到谷中警署，在天王寺駐在所服勤，可惜時日不長。」

「我還記得住在初音町的安城兄，還有五重塔失火那天的事。警方竟然不認為你爸是殉職，怎麼想都有問題。」

「說得是。」民雄沒有深入討論這個話題，而是接著問：「丹野先生，聽說昭和二十八年的國鐵男孩兇殺案，您當時是谷中警署的刑事課員，還加入了搜查總部。」

「對，你說的沒錯，這是我在谷中警署第一次加入搜查總部。」

「我在電話裡也提過，父親當時很在意這件案子，如果您方便，可以談談是怎樣的案子嗎？」

「你知道多少？」

「幾乎一無所知，其實我連偵查報告之類的文件都沒看過，甚至不知道這些資料是否還在。」

「畢竟是老案子了。」

「而且最後還是成了懸案。」

「對，都搞不清楚那算是刑事案件，還是公安案件。」

「是這樣嗎？」

「嗯，當時一聽說鐵路員被殺，第一個就想到左派的逼供殺人。被害人當時和其他工會成員住在同一棟公寓，警方認為這案子肯定和工會或紅派有關。」

「那這是公安的案子？」

「總廳過來的管理官一口咬定是公安案件，還意氣風發地說，這下就能消滅國鐵工會的黑暗勢力。那管理官啊，只是想挫挫公安部的銳氣，所以積極向被害人待過的崗位和工會分部打聽消息，結果查到一半，事情不對勁了。」

「什麼意思？」

「我可以點個酒嗎？」

女店員來到桌邊，民雄說了隨意。

丹野點了酒和兩盤小菜，繼續說下去：

「就是被害人身邊有警察出沒這回事。所有警察才在納悶，總廳高層卻隨即下令調整方向，說這不是工會的案子，調查人員就被上了緊箍咒啦。」

「該不會總廳和那件凶殺案有關？」

「沒有，但辦案過程和公安部的任務似乎有衝突。應該是警方繼續在那一帶打聽凶殺線索，會影響公安的臥底任務，導致線民曝光。自此之後，總部規模迅速縮減，打聽消息的方向也受到限制，這下當然破不了案。結果不知不覺，搜查總部就解散了。」

「最後是總廳決定，不用偵破這件案子也沒關係？」

「就結論來說，是這樣沒錯。」

民雄搖搖頭。

「這就是沒有破案的原因嗎？」

「要是第一線沒有受到壓力的話，應該可以偵破。」

「當時有線索嗎？」

「據說曾經找來和被害人接觸過的警察偵訊，當初或許可以從這條線索找到凶手。」

民雄訝異地問：

「也偵訊過警察？」

「對，不是我經手的，不過這麼聽說過。」

「一個警察？」

「不知道，或許不只一人，就是那次偵訊之後上頭決定要調整方向。」

「看來不知道名字了。」

「嗯，但是偵查紀錄應該會有。」

搜查總部曾經偵訊過警察……

也就是說除了父親之外，警方其實也在某種程度上鎖定了凶手嗎？但目前還無法確認總廳是否有心壓下這起案件。

民雄盯著丹野，暗暗下了決心。

他想拜託公安部長笠井，讓他調閱這案件的相關資料。

此外，下谷警署想必還留有偵查紀錄，還是找找看好了。

丹野似乎等酒等不及了，口氣有點不耐煩。

「回想起來，把那案子當成工會糾紛真荒謬啊。就算當時左派運動盛行，也太可笑了。」

民雄點頭。他只根據少許的情報，就看到了案件不同的面向，或許是因為他沒有受到時代背景的影響。所謂旁觀者清，天底下有些事也得隔段時間才看得清，這案件或許就是很好的例子。

民雄叫來女店員，加點了烏龍茶，他覺得自己似乎也激動起來。

丹野喝了兩杯燒酒，話漸漸多了起來。

其實要回憶往事，最好別喝太多酒，但為了打開對方的話匣子，降低戒心，又需要點黃湯助興。

民雄真不知道該讓丹野繼續喝，還是該阻止他喝太多。

民雄還在猶豫，丹野又點了第三杯燒酒。

民雄無奈苦笑，只好先整理丹野目前的說法。

「搜查總部查到被害人身邊有警察出沒，還找來那名警察偵訊，是這樣沒錯吧？」

丹野一手托腮，想了想之後回答：

「你等等，這件事過太久了，都三十幾年了，我也不確定有沒有偵訊過，搞不好只是打聽消息時也找上了警察問話。但至少那些警察都不是嫌犯。」

「您還記得是哪些刑警去找警察問話嗎？有沒有名字？如今在哪個單位？」

「不記得了。」丹野乾脆搖頭。「應該是當時谷中警署刑事課的人。只記得幾個同事的名字，但不記得是誰直接接觸警察。」

看來還是要查紀錄。民雄換了個問題：

「丹野先生，您記得當年的另一件案子，上野公園的男妓凶殺案嗎？」

丹野聽了偏了偏頭。

「哪一年的？」

「昭和二十三年十一月，應該是家父在公園前派出所服勤期間發生的案子，有人在不忍池畔發現了屍體。」

「那就不是我管區了。知道被害人的名字嗎？」

「高野文夫，是個人妖，大家好像叫他阿綠。」

「阿綠？不記得。當時每天都有好幾個遊民暴斃，谷中警署轄區裡常有人往生，其中或許有些是他殺，可是就和別的案子混在一起了。」

「當時上野公園裡有個原田老師，您記得嗎？」

「原田老師？」

「是的，應該是住在公園裡的人，提供了不少情報給父親。」

「當時站派出所啊，一定會在當地認識這樣的人。你爸的線民就是這個原田老師？」

「應該是遊民中比較有聲望的人。」

「等等。」丹野說到一半，似乎突然想到什麼。「記得二十三年年底，警方主導上野公園的遊民大舉搬遷到淺草公園，當時有個男人出來整合遊民，大家叫他老師。這件事在谷中警署還有點名氣，說區公所真是找到了厲害的中間人。」

「他是遊民的領導人？」

「不像黑幫那樣，就是個負責整合的人。但他似乎很有聲望，在戰前還是學校老師呢。」

民雄這下懂了。

「所以大家才喊他老師啊。我想這人肯定就是原田老師，他當時多大年紀？」

「都能整合遊民了，應該不會小於三十歲。」

看來是三十好幾，或四字頭？

民雄接著問：

「位原田老師在昭和二十八年期間待過秋葉原嗎？」

丹野點頭，看來當年這種情況很常見。

「我記得那時遊民搬去淺草之後，還和地痞發生爭執，肯定不少當地人不歡迎遊民，所以後來那些遊民好像又離開淺草了。反正時局已經穩定下來，總有些比較好的活可以幹吧。」

「當時秋葉原還有很多棚屋吧？」

「代表那裡工作多啊。有國鐵的貨運基地，又有果菜市場，資源回收業者和零工多得是。我想那位老師說不定也推著推車在路上回收物品。」

「有沒有方法能找到這位老師？」

「我不清楚。但既然戰前他是老師，受戰禍影響獨自住在上野公園，可見曾在下町當老師。要不要從這方向去找人？」

沒錯，戰爭剛結束時或許失去聯絡，但跟著政府的紀錄走還是最準確的方法。

丹野拿起玻璃杯，已經空了，有點落寞地搖搖頭。

「要再來一杯嗎？」

丹野又搖搖頭，把杯子放在桌上。

「不必，也差不多了，就這樣吧。」

民雄決定不再發問。他已經大致掌握了當年國鐵員凶殺案的偵查狀況，也知道被害人身邊有警察出沒，而且可能是公安警察。儘管收穫不算太多。

民雄向丹野道謝，從居酒屋的椅子上起身。

民雄看了一眼牆上的溫度計，然後向電話那頭道謝：

「麻煩您了，如果發現和這案子有關的紀錄，請務必打電話來天王寺駐在所。我姓安城，天王寺駐在所的駐在警察。」

掛上話筒，民雄再次端詳溫度計的刻度，二十九度。正值梅雨季，溫度卻高得不像話，而且又潮溼，民眾的不適感肯定很高。像這種天氣晚上最好多注意爭端與性犯罪等。

民雄拿溼毛巾抹去額頭與脖頸間的汗水，並將方才從台東區教育委員會問到的消息寫在筆記本上。

「**戰前紀錄，戰火燒燬**

只有原田這個姓查不出來」

這也在民雄的意料之中。經詢問大戰前台東區是否有個姓原田的老師在公立學校教書。民雄雖報上天王寺駐在所安城巡查部長的名號，想讓對方以為是公務，有利於問出紀錄。可惜民雄一提到戰前，對方的口氣就顯得不耐煩，等了兩分鐘，才得到如下的回覆：

「戰前學校相關紀錄都在戰火中燒燬了。只有原田這個姓氏，也無法確定是否曾在台東區的公立學校教書，因此不可能查得出來。」

果然如此，民雄並不覺得失望。反正他還不清楚下一步怎麼走，或許該去查淺草警署的紀錄，了解從上野公園遷過去的遊民和淺草當地人發生爭執的緣由。如果原田負責整合遊民，起爭執時可能曾遭警方偵訊，警方或許多少會記下原田的身世背景。

民雄站起身想喝點涼水，此時有人走了進來，是天王寺町內會的一名幹事，也是房東，是一位老先生。

「駐在先生啊。」國見開門見山地說：「你能不能教附近的孩子玩點遊戲？」

「啊？」民雄糊塗地問：「遊戲？」

「是的，教孩子怎麼有效利用時間。這也是為了這一帶的孩子好，附近的商家或工匠都說，早年的孩子有空就會幫忙家裡做事，但現在的孩子都不做了。孩子有事做總比遊手好閒來得好。難得你在這裡當駐在警察，能不能教教他們？」

「這個任務交給駐在警察，有點太沉重了。」

「沉重？要趁孩子學壞之前，讓他們走回正道啊，這不就是駐在先生的職責嗎？最近町上到處可見孩子聚在一起殺時間，真教人擔心啊。」

「谷中有警視廳的少年中心，或許該找那裡商量看看？」

舊的谷中警察署和坂本警察署合併為下谷警察署，而舊的谷中警察署房舍改為警視廳台東少年中心，協助防止城東地區的少年犯罪，負有保護、養育、諮商等功能。只不過少年中心管的範圍太廣，並未積極應對這一帶的少年問題。

國見說：

「年輕人就是要活動身體，流得滿身大汗，腦袋空白。這樣才不會胡思亂想，不會走錯路。我可不希望街坊的孩子無所事事地打混啊。」

「讓孩子在谷中中學參加社團活動不就好了？」

「能帶社團的老師並不多。駐在先生，您會做哪些運動？」

「我嗎？」

民雄就讀上野高中時參加過柔道社，在警察學校也學過以柔道為基礎的逮捕術。到了北大反而和格鬥技生疏了，就怕被當成右派學生，同學敬而遠之。他參加過壘球同好會，但目的只是為了假裝成普通的大學生，並沒有練出球技。至於大學畢業後的公安外派時期，偶爾會去第六機動隊重新訓練柔道。如果是柔道，還有有幾分心得。

「會一點柔道。」

「柔道啊，可以。」

「可以？」

「谷中活動中心每星期會開一堂武術課，是在地上鋪榻榻米上課的。不巧教柔道的老師調職去了別的地方，目前空有教室卻缺少授課的老師，如果您肯來就太好啦。」

「希望我去當志工嗎？」

「都這樣拜託了，應該不算要您做志工吧。」

民雄想起小學五年級的兒子和也，這陣子和他接觸的機會少了很多。和也總是刻意避開民雄，雖然每個男孩都會經歷叛逆期，如果處理不好，叛逆期可能會延長很久。和也剛出生的時候，民雄曾經夢想和兒子在草地上投接球，然而這個夢想至今還沒實現。兒子厭惡會打母親的父親，更別說玩傳球了。

民雄希望重獲和也的愛與尊敬，想讓兒子知道自己不只是個粗暴的制服警官，還有不同的一面，像是義務當柔道講師……

民雄問：

「每星期一次？」

「對，星期一您沒當班吧？」

「我可以請上面排班。」

「如果您能從學校放學教到現在這時間就好了。附近的孩子能學習柔道，也就能學習規矩和禮貌，當個好孩子。」

「我不確定有沒有這麼大的效果，說不定就只是每星期一天不幹傻事。」

「能不能幫幫忙呢？中學的家長會和町內會負責招募孩子，還會提供微薄的酬謝。」

「酬謝就不必了，我是公務員啊。」

「之前每個月付給講師五千圓，如果駐在先生的長官答應，付您薪水應該沒有問題。」

五千圓，若領得到可真有幫助了。

「可以吧？」國見再次確認。

民雄說：

「上課的不是駐在警察，而是安城民雄喔。」

「這哪能區分得了呢。」

「請讓我考慮一下，我還得找長官談談。」

「就麻煩您了。」

國見對民雄揮揮手轉身離去。

房間約三十坪，擺上桌子就可以聚會、做活動，鋪上榻榻米還可以練習武術。房間角落擺了卡拉OK伴唱機。

町上的仕紳正聚在這個房間裡，一臉滿意環顧四周。除了國見，還有笠原、永田、岩根等人。

國見對民雄說：

「夠了吧，隨時都能開課。」

民雄看了看房間的格局說：

「有多少學生？」

「之前有二十個，小學生八個，中學生十二個。」

「整體程度如何？」

「應該不算厲害吧，畢竟才練了兩年。」

「但是大家體格不同，最好還是分成兩班。」

「前一位老師是所有人一起上課，有必要分班嗎？」

「如果只是練好玩、練防身，二十人一起是沒關係。但是人太多，學生反而會覺得無聊。」

「交給你吧，反正三點到六點共三個小時，都歸你管了。」

使用這房間必須付使用費，當地的青少年養成會表示會負責支出這筆錢，學生們則繳少許的學費，由養成會收取費用。因此民雄完全不需要處理雜務，只要來教室裡教學生基礎的柔道就好，連上課前鋪榻榻米，下課後收拾房間，都由學生來做。

永田說：

「要是附近有大操場，我覺得教棒球也不錯啦，可惜町上就是沒什麼空地。」

民雄對永田說：

「淨想著沒有的東西也不是辦法。所有孩子都會來上課嗎？」

「或許不會全部都來。」

「三宅良和會來嗎？」

永田偏著頭問：

「三宅良和？」

笠原也問：

「三宅家的男孩嗎？」

「對。」

「他沒有參加。如果找他來上課，還得要他買套柔道服，好像有點對不住三宅太太。」

岩根說：

「如果不嫌棄舊柔道服，我應該弄得到。孩子的柔道服很快就穿不下，我家裡應該有多的。」

「要是學費也能給他點方便就好了。」

「不然設計個公費生名額吧？」

「這樣行嗎？」

「一個孩子的才藝學費，會上還湊得出來啦。」

民雄又想到一件事。

「如果中學生的程度比我想得好，我打算找其他講師來支援授課，可以嗎？」

「不打緊。」岩根說：「只要不超出預算就好。」

意思是要從民雄的報酬裡面出，民雄本來也是這個打算。

岩根問：

「你已經有人選了嗎？」

「警署裡有不少柔道高段的高手，只要拜託一下，偶爾找人來支援應該不成問題。」

民雄決定了，下次去警署時要向香取課長這事是否可行。不對，或許他該多跑幾趟警署的柔道道場，把功夫給練回來。

這天一家人吃晚餐，民雄宣布自己即將去當義務的柔道教練。

女兒奈緒子和妻子順子都顯得很感興趣，只有兒子和也漠不關心，畢竟和也本來就不是愛運動的男孩。

民雄對和也說：

「和也，你也去學吧，學防身以後才不會吃虧。」

和也抬頭瞥了民雄一眼，搖搖頭。

「不用，我不想學。」

「你討厭柔道？」

「也不是。」

「還是有個喜歡的運動比較好。」

和也又別過頭說：

「我本來就不愛運動。」

「這樣會不會沒事做？目前放學之後都做些什麼？」

順子說：

「他一回家就去二樓念書。」

「念書是不錯，但是不太健康，再學個柔道……」

和也突然打斷民雄：

「我想去補習，可以嗎？」

「補習，是指課業上的補習嗎？」

民雄有點意外，望向順子，想知道和也是否和她商量過了。

順子點頭。

「他的朋友好像都在補習了，之前他也去觀摩過一小時，說很有意思呢。」

民雄再次注視著和也。

「學業應該還跟得上吧？」

從成績單看來，和也的成績並不差，怎麼會想補習呢？

和也扒了一口飯說：

「我的進度比學校快。」

「你想去補習班補什麼？」

「數學，還有國文。」

「一星期多久？」

「兩堂課，各兩小時。」

「你該不會想念私立中學？」

順子說：

「怎麼可能，就和孩子的爸一樣念區立中學啊。」

「要花多少錢？」

「每個月五千圓。」

剛好是柔道講師的報酬，民雄出得起。

「既然你喜歡念書，我可以讓你去補習，但運動也要……」

和也看都不看民雄就應聲：

「上中學以後再練。」

民雄心想，看來和也只是隨口敷衍，胡亂答應，打算快點結束話題嗎？

民雄還是說了：

「好，你就去吧，哪天開始上課？」

「確定之後，下星期一就開始了，每個星期一和四。」

「去吧。」

「謝謝。」

和也吃完飯放下碗，說聲吃飽了就起身。

民雄看著和也走上樓梯的背影，想著自己與和也不曉得多久沒說上這麼多話。他想不起來，至少住在高島平警察宿舍的時候，兩人根本不曾像這樣聊天。即便民雄主動開口，和也也只是簡短回應，根本不算對話。

民雄心想，這是與和也冰釋前嫌的開端嗎？或許這段父子關係還能修補？只可惜他想教兒子柔道的提議被拒絕了。

這天，十六個孩子來到了活動中心。

三宅良和也在其中，穿著一套有點大的舊柔道服。良和看起來有點迷惘，似乎不清楚自己為何會在這個柔道教室裡。笠原房東和街坊叔嬸都強烈建議他來參加，但他來到現場還是顯得提不起勁。

民雄心想，提不起勁沒關係，只要練得久了，覺得好玩、變強了，自然就有動力了，這急不來。

「大家好。」民雄對著穿柔道服的孩子打招呼：「大家認識叔叔嗎？」

孩子們異口同聲說：

「駐在叔叔！」

民雄點點頭。

民雄義務擔任柔道講師的第四個星期，學校也放暑假了。這天民雄準時前往活動中心，卻不見良和，上課十分鐘後還是沒來。

教課途中，民雄問了和良和同年級的小學生：

「良和今天怎麼啦？學校不是放假了嗎？」

孩子回答：

「剛才去找他，他說他爸回家了。」

「他爸？」

民雄心頭一慌，三宅在今年三月因為家暴被起訴，應該送進看守所了。被捕還不到四個月，這麼快就重獲自由了？或是三宅乖乖認罪，法院很快就判了他緩刑？民雄並沒有特地詢問官司的結果，然而他的妻子和子很可能希望法院輕判，畢竟再怎麼粗暴都還是自己的丈夫。

民雄想起三宅幸夫，那男人會認為自己獲得輕判，不需坐牢，都是妻子的功勞？還是反過來遷怒，認為都是妻子才害他被警察逮捕？

不管怎麼想，感覺都是後者。

上完柔道課回到駐在所，民雄換上制服，他要去三宅家一趟。不管是沒當班或大半夜，要見那男人最好還是穿著警察制服。

民雄在傍晚六點多敲了公寓的房門，似乎沒人在，他又敲了敲三宅家左邊的恩田家家門，也沒人在。

右側的鄰居一樣沒人在，看來白天要上班的居民，這時間還沒到家。

於是民雄前往附近拜訪房東笠原。

民雄說了來龍去脈，笠原大吃一驚。

「他出來了？這下又要大鬧啦。」

民雄問：

「今天有看到三宅太太和良和嗎？」

「沒有，我出門了。」

「沒聽到吵鬧聲吧？」

「目前沒有。三宅太太知道那傢伙今天會回來嗎？」

「或許她去過法院旁聽，就會知道法官判決緩刑。」

「要是我啊，一定勸她快離婚。」

「夫妻之間可沒那麼簡單啊。」

「再鬧事的話，我馬上通知你。如果再動手，肯定會判刑吧？」

「我想三宅也明白這點。」

民雄壓住心裡的不安，先返回駐在所。

剛回到駐在所，順子就問民雄：

「三宅家發生什麼事了嗎？」

「沒事。」民雄脫下制服。「家裡沒人，或許一家人出門了。」

「一家之主被釋放了，應該是喜事一樁吧。」

「妳是說一家三口去慶祝嗎？要是這樣就好了。」

民雄換上便服，向下谷警署派來代班的警官打了招呼，匆忙吃完晚飯，就前往初音通上的澡堂。

洗完澡之後，民雄前往初音小路，他想去「阿悅」酒館。

果然，酒館裡還沒有其他客人，民雄點了烏龍茶和一盤米果。

民雄和老闆平岡閒聊，喝著烏龍茶，喝到第二杯時問：

「阿悅，如果我的問題太失禮，你就不用回答了。」

在櫃檯裡弄黑輪的平岡抬起頭來，謹慎地看著民雄。

「什麼問題？」

「你年輕時就是人妖了嗎？」

平岡頓時緊張起來，表情也變得僵硬，可是緊繃的表情立刻就消失了。

平岡低頭瞥著民雄說：

「這犯法嗎？」

「沒有，不是那個意思，我只是想打聽那個曾經住在笠原先生公寓裡的鐵路員。昭和二十八年，有個男孩田川克三被殺了，他生前應該和你住同一棟公寓。」

「你想打聽的就是這件事？」

「對，你還記得他嗎？」

「記得，我和他不熟，但還算認識。」

「他當時也和你是同一類人嗎？」

平岡微微別過頭，換了口氣才回答：

「對啊，年輕又貌美，有些男人就是會想追著他跑。」

「有些男人，像是哪些？」

「不一定只要女人的男人，覺得男人比女人更好的男人。」

「是指性癖好異常嗎？」

「那樣算異常嗎？」

「我說得過分了。」

「我想大多數男人多少都有那種衝動吧？很多男人只要嘗過一次，就會上癮喔。」

「我無法想像。」

「你在警察學校沒學過嗎？」

倒不是沒學過，課堂上會教性犯罪的種類，以及性犯罪者的特徵，但課堂的知識只是為了預防犯罪，並不會詳細介紹癖好異常者的喜好。

「大致學過一點。」民雄回答。

「警察中也有這種人吧。」

「這我就不清楚了。」

「自衛隊都有了，警察不可能沒有啦。」

民雄硬是換了話題。

「當時和田川克三住在一起的男人也都是那一類人嗎？就是喜歡男人的人？」

「這我就不知道了，記不清了。」

「既然你還記得田川克三，應該有印象吧。他們和田川克三搞上了嗎？」

平岡氣得微微瞪眼。

「如果說得這麼低級，我就要送客了。」

「那我該怎麼說才好？」

「問有沒有睡過之類的。」

「他們有睡過嗎？」

「我想沒有。」

民雄很意外，他以為會得到相反的答案。

「一群男人住在一起，但是沒有那種感覺嗎？」

平岡相當肯定，其他同住的男人並不是同性戀者。

「那三個鐵路員啊，愛女色和豬八戒一樣，和克三同住應該不是為了那理由。」

「你認為沒有性方面的關係？」

「應該沒有，再說當時一群大男人擠在小房間裡討生活也不是稀奇的事。」

「但是，這裡面只有田川克三是會吸引男人的男孩，對吧？」

「真正想要他的可不是那群同住的鐵路員。」

「你的意思是……」民雄整理了自己的猜測，問道：「田川克三在外面有祕密的性生活嗎？」

「性生活？這下又說得太文雅了。」

「那該怎麼說？」

「你是要問他外面有沒有男朋友吧？」

「對。」

「祕密的，應該有。」

「意思是……」民雄停頓了幾秒才問出口：「該不會，他在賣？」

「我不曉得他有沒有收錢，也不曉得對象只有一人還是很多人，但是應該有對象。」

「有什麼根據嗎？」

平岡說，這是同性戀者的直覺。

民雄繼續問下去：

「可能是田川克三的其中一個情人殺了他？」

平岡搖搖頭。

「我不清楚。」

「有證詞指出，田川克三身邊有刑警出沒，你聽說過嗎？」

「我不知道。當時上野公園到鶯谷、谷中墓園這一帶，到處都是戰場上回來的退伍軍人，這些人看起來也很像刑警。」

「昭和二十八年了還是這樣？」

「你說，白衣的傷殘軍人[15]在上野公園裡待了多久呢？」

這麼說也對，民雄又換個問題：

「你覺得這可能是情殺，還是工會糾紛？」

平岡微笑。

「是男人之間的問題。」

應該也不必問根據了。

民雄又喝了一口烏龍茶，正想再問，有人拉開店門。

是兩個民雄不認識的男人。

看來只能問到這裡。

結帳，民雄對平岡這麼說了就起身。

民雄走上初音通，然後轉御殿坂通前往芋坂，這條路要回駐在所算是繞遠路，他想再次去三宅家的公寓附近觀察狀況。

民雄到了公寓前面，三宅家的燈依然暗著，左邊恩田家、右邊中年婦女家的燈也沒開。

民雄看了看時間，晚間七點三十分，這時間還不需要擔心吧。

民雄轉身離開巷子，前往駐在所。

隔天早上，才剛六點下谷警署的偵防車就在駐在所前停下。

一個民雄認識的刑事課刑警走進駐在所，這人和民雄差不多歲數，名叫熊谷達雄，階級是巡查部長，燙著一頭凶惡的小捲毛，看上去就像對付黑道的刑警。

民雄才剛睡醒，還沒穿制服，套上了白襯衫就出來招呼。熊谷連招呼都沒打，劈頭就問：

「天王寺町一丁目的笠原第一公寓在哪？」

「發生什麼事了？」民雄問，那正是三宅和恩田的公寓。
「鶯谷有人離奇死亡，根據屍體的遺物，查出是住在那棟公寓。」
民雄吃了一驚，隨即擔憂起來，問道：
「女人？」
「不是，死的是男人。」熊谷有點訝異。「為什麼認為是女人？」
「啊，沒什麼，屍體身分查清楚了嗎？」
「那男的好像叫做三宅幸夫，駕照就掉在屍體旁邊。」
「三宅？」
「你認識？」
「他昨天才剛從看守所出來。」
「帶我去他家，他有家人吧？」
「有妻子和一個小孩。」
民雄穿上制服，對客廳裡的順子說要出門，順子似乎聽到了來龍去脈，臉色鐵青點點頭。
已經有個年輕刑警坐在偵防車的駕駛座上，是熊谷手下的巡查，姓篠澤。
民雄坐上後座報了路，然後問熊谷：
「你說是離奇死亡？」
「對。」熊谷在副駕駛座上說：「他倒在鶯谷賓館街上的大垃圾桶間，送去給法醫驗屍了。」

15 戰爭中傷殘的軍人，戰後很長一段時間穿白衣在上野公園募捐。

「是凶殺？」

「外表看起來有內出血的瘀痕，沒有明顯外傷，也沒看到他的錢包，可能是被敲了一記就丟在路邊。」

鶯谷的賓館街曾經是個相當危險的地方，街上到處是流鶯，還不時爆發交易糾紛。前幾年，這一帶常有人假意照料酩酊大醉的酒客，反倒把酒客洗劫一空，警察間稱呼這種手法是撿屍、乾洗。如今街上仍林立著燈火通明的酒館，不像從前那麼危險了，但畢竟是民眾喝酒的地方，依然常有爛醉的酒客鬧事。

熊谷問：

「三宅是怎樣的人？」

「幹了傷害罪，是我上的銬。他打他老婆。」

「打個老婆就傷害罪？」

這反應讓民雄心頭一揪。

民雄說：

「打很多次了，最後是現行犯逮捕，檢方起訴，不過被判緩刑。」

「當然是緩刑啊。」

「聽說他昨天剛出來。」

「出來應該是要喝酒、抱老婆的吧。怎麼會跑去鶯谷？和老婆一起上賓館嗎？」

這就不清楚了，不過孩子從昨天下午就不見蹤影，看來這個機率並不高。

民雄報路，讓偵防車開到笠原第一公寓樓下。

一名住戶正在公寓前掃地，看到民雄等人走下偵防車不禁瞪大眼睛。是那名中年婦女，三月逮捕三宅時，就是她在一旁照料三宅和子，記得她家是三宅家右邊那戶。

民雄向婦女示意，然後對熊谷說：

「就是這一戶。」

熊谷來到門前敲門。

「三宅太太早啊，起床了嗎？」

門裡毫無反應。

熊谷又敲了一次門。

「三宅太太，我們是下谷警察署的人，想請教妳先生的事。」

中年婦女說：

「應該沒人在，從昨天到現在都沒開燈呢。」

民雄確認：

「都沒人在？太太和良和都不在？」

「感覺屋內沒人啊。」

這是放暑假前的週末，竟然從昨天起就沒看到孩子了？

民雄與熊谷對看一眼。

難道發生了什麼犯罪情事？

笠原房東使用主鑰匙打開房門。

開門之後往裡面一瞧，脫口而出：

「哎喲，這下出事啦。」

民雄在門口隔著笠原往裡瞧，和三月那時一樣，矮桌翻倒，碗盤散落在塑膠地毯上，還有兩支啤酒瓶、一支國產威士忌瓶，酒瓶都是空的，屋裡滿是酒臭味。

光看這凌亂的環境，就足以猜想發生了暴力事件。

熊谷注視著門裡的玄關口問：

「咦，這是？」

民雄往熊谷指的方向看去，有幾個紅黑色的汙漬，直徑一到三公分不等，多達五、六個。是血漬。

熊谷說：

「我看是輕傷，但顯然有人受傷了。」

民雄心想，看這出血量不像傷口流的血，或許是流鼻血了。也就是說，昨天三宅幸夫果然又對妻子施暴了？

笠原房東脫鞋進屋，從廚房開始繞了廁所與裡面的和室一圈，又回到門口。

「夫妻倆都不在，孩子也不在。」

熊谷說：

「原本想請妻子去確認死者身分，但看起來這裡好像也出了事？」

民雄說：

「那人經常打老婆，昨天可能又動手，老婆才帶孩子逃走了。」

熊谷似乎沒注意聽民雄的話，轉頭對後面的篠澤說：

「封鎖這裡，可能是案發現場。」

民雄以為自己聽錯了，想問清楚。

「現場？」

熊谷說：

「三宅幸夫遇害的現場。」

民雄大吃一驚，這時瞥見巷子裡恩田的身影，恩田似乎也聽到了熊谷的話，頓時板起臉來，像從哪裡聞到飄來的惡臭。

熊谷掏出菸盒，詢問笠原：

「我得找出太太的下落，她娘家在哪？」

笠原說，在千葉縣。

巡邏課的警官來到笠原的公寓前和熊谷等人換班，警方認為聯絡不上的三宅和子可能會回家，一回來就要請她去下谷警署接受偵訊。

下午三點多，熊谷又來到駐在所。

熊谷問，能不能給他喝點涼的？順子送上麥茶，熊谷喝了之後對民雄說：

「被害人從昨天傍晚起就一個人在鶯谷到處泡酒館，晚上十點多，在某間居酒屋和酒客起了糾紛，這是目前掌握到的消息。」

如果消息屬實，三宅家就確定不是命案現場。他與和子昨天下午就離開了公寓，而且他在昨天晚上十點還活著喝酒呢。

三宅可能是在看守所過了太久禁閉生活，昨天卯起來喝個痛快，而且肯定獲釋之後性慾也無比高漲。

民雄問：

「你說三宅和人起衝突，是打起來了嗎？」

「據說吵到要打架了，還走出居酒屋。」

「鎖定嫌犯了吧？」

「沒有，不是店裡的熟客。」

「一般民眾？」

「聽說像是做土木工程的工人。」

「只要找到那個人，就能破案了吧？」

熊谷搖頭。

「驗屍報告出來了，頭部和胸腔有內出血，證實遭到毆打，但都不是致命傷。」

「致命傷在哪裡？」

「後腦杓的刺傷，有個像錐子刺過的小洞。」

「錐子刺在頭上？」

「後腦杓，應該說後頸吧。」

熊谷轉過身，用左手指出小洞的位置，剛好在頭頸的交界處。民雄摸了摸後頸，確實是要害。

熊谷問：

「做工程的和人起衝突會用這種手法殺人嗎？要麼用鈍器，不然就是菜刀，絕對不會是錐子吧？」

「也還不確定是錐子吧？」

「是啊。」

民雄想起還在北大念書時，發生過一起連環凶殺案，日本各地有四人接連被槍殺，死者包括計程車司機、警衛等等。

其中一名被害人是函館的計程車司機，媒體一開始報導這案件就提到被害人遭錐子刺穿後腦杓。後來官方又更正在屍體中發現了子彈，可能是再次驗屍，又或是還沒拿到驗屍報告就先行公布的緣故。總之經過彈道鑑定，才認定該案屬於連環槍殺案，記得槍彈是點二二口徑，由於傷口太小，法醫起初才忽略了槍殺的可能性。

民雄問：

「可能是槍傷？」

「大家會問是不是小口徑的子彈，可惜不是。」

「或許不是錐子，而是冰鑽。」

「就算真的是冰鑽，吵個架把人打趴之後，還拿冰鑽給對方後腦一記斃命，也太沒男子氣概了。」

「先不管有沒有氣概，或許就是有這種人。肖像畫好了嗎？」

「正在畫，不過還找不到凶器，或許被害人只是摔倒時不小心被尖銳的物體給刺死了。總之他既然在鶯谷喝酒，應該會有很多目擊證人，只是目前碰到了瓶頸，案子應該不難破。只不過……」

「只不過？」

「程序上來說，男屍的身分不明，才想早點聯絡上那位太太。聽說她今天早上通知了公司，說身體不適要請假。」

「孩子今天上學了嗎？」

「學校也收到請假通知了。要是找到那太太，把狀況轉告她吧。」

看來這案子還沒上新聞。今天的晚報或許會報導，鶯谷出現一具離奇死亡的屍體，但和子可能不會想到那是自己的丈夫。

熊谷離開之後，順子過來收拾茶杯。

「三宅家的太太還沒回來啊？」

看來她聽見了兩人的談話，民雄應聲說是啊。

「會不會是逃去保護機構了？查過了嗎？」

保護機構啊。

沒錯，假如三宅幸夫昨天一回家就對妻子施暴，妻子可能不是逃回娘家，而是逃去最近的保護機構。她或許正躲在保護機構裡感嘆丈夫不知悔改，下定決心要離婚。

上野警署和淺草警署曾收留許多黑道手下的娼妓。戰後一段時期，很多婦女主動或被迫賣身，成為娼妓。她們在黑道的監控下被迫接客，還被軟禁，不時遭受暴力對待，毫無人權可言。有些女人受不了，趁著沒人盯梢時逃跑，其中有些人會逃進警察署，警視廳將她們送往特殊機構接受庇護。這種機構連防犯課的刑警都不知道詳細地點，為的是避免黑道又把人綁回去。男性刑警也不能靠近這些受保護的婦女，必須透過女警聯繫。

目前這些機構不僅保護娼妓，也成為家暴婦女的避風港。日本社會上這類支援團體愈來愈多，民間也成立了私人庇護所，記得台東區就有一間。三宅和子很可能逃進了這樣的機構裡，帶孩子應該也進得去。熊谷不曾目睹三宅幸夫的家暴現場，才沒想到這條線索吧。

民雄想到這裡不禁凝視順子，妳竟然馬上就想到了，難不成？

順子快步走回客廳，躲開民雄的視線。

民雄騎腳踏車前往笠原的公寓，警車還停在巷子裡。

民雄對副駕駛座上的警察說：

「或許你們已經在查了，但我還是提一下，住這裡的三宅和子可能在保護機構裡。能幫我轉告刑事課的熊谷兄嗎？」

警官點頭，伸手去拿轄區無線電。

就在此時，民雄瞥見一道人影晃過，抬起頭來。

這人左眼戴著眼罩，正是三宅和子，眼前只有她一個人。

「太太。」民雄喊了她。

三宅和子看著公寓，憂心忡忡地問：

「我先生怎麼了嗎？」

「啊，有點狀況，我們正在找太太，家裡發生什麼事了嗎？」

「就是我……」和子哭喪著臉。「昨天又惹我先生發火，難得他剛放出來。」

「妳昨天人在哪裡？」

「就是一個……我先生不知道的地方。」

「良和也和妳在一起嗎？」

「對，我把他留在那裡，我先生還在生氣嗎？」

民雄暗自抱怨為何熊谷不在現場，只好自己報壞消息了。

「昨天晚上，有名男子倒在附近路邊死了，可能是妳先生，想請妳去確認。」

民雄話還沒說完，和子就一臉晴天霹靂。

「他死了？在家裡嗎？」

「不是，在鶯谷。」

「我先生死在鶯谷！」

「還不確定是不是妳先生，但屍體旁邊發現了駕照。」

「駐在先生，你看到那人的長相嗎？」

「沒有，我也沒看到，只聽說長相和年紀和妳先生很像。」

三宅和子無助地說：

「如果真是我先生，該怎麼辦才好？」

「目前還不確定就是妳先生，妳上次見到他是什麼時候？」

「昨天下午三點多，他出獄後回到家，我們稍微慶祝了一下……」和子沒有交代清楚，應該就是當時挨打了。「後來我和兒子一起外出，就沒再見到他了。」

「當時他沒什麼異狀？」

「對，很正常。」

和子應該是等三宅一動手，便毫不猶豫帶兒子逃出家門。她可能早料到會有這種場面，也早就打聽了保護機構的地點。她以為先生會痛改前非、洗心革面，沒想到他一回家卻發現是空歡喜一場。

三宅和子問：

「我該去哪裡？」

「我帶妳去，應該是在御茶水的東京醫科牙科大學。」

警車副駕駛座上的警察下了車，開了警車後門，三宅和子一臉惶恐，讓民雄給請上車。

民雄留在原地，注視著警車離開巷子。

傍晚，熊谷來了通知。

三宅和子已經確認昨晚發現的屍體就是她的丈夫三宅幸夫。

另一方面，下谷警署的刑警還無法確定這案子是酒後爭吵的傷害致死案，還是凶殺案。目前警署還沒成立搜查總部，先由刑事課的刑警在鶯谷一帶打聽目擊消息。

熊谷提供完消息，最後這麼說：

「鶯谷一帶的酒館差不多要開門了，應該會找到一大票目擊者，我想案子不會拖太久。」

希望如此。

當天晚上民雄走出澡堂，前往初音小路，已經是晚上十點多了。

拉開「阿悅」的大門，裡面有三位熟客，是岩根、恩田與永田。

平岡在櫃檯裡說：

「歡迎啊駐在先生，聽說三宅死了。」

口氣莫名親切。

民雄坐上櫃檯前的座位說：

「這事說起來不該那麼開心吧。」

「哎喲。」平岡一臉憋不住笑的樣子。「這下就不會再看到和子臉上有瘀青啦。」

「好歹也是和子太太的先生、良和的父親啊。」

民雄點了烏龍茶，

岩根問：

「聽說地點在鶯谷，是在賓館裡找到人的嗎？」

「不是。」民雄回答：「在巷子裡的塑膠垃圾桶後面。」

「他不是剛從看守所出來？應該是去買春了。還是和地痞起了糾紛？」

「好像不是，是在酒館裡吵架。」

「被人拿刀捅嗎？」

「倒是沒有。」

「那是怎樣？」

「我不是刑警，也不太清楚狀況。」

恩田斜眼瞥著民雄。

「應該很快就能抓到凶手。」

「或許吧。」

「有人看到凶手嗎？」

「不曉得，沒聽說這方面的消息。」

「凶手不是熟人嗎？」

「吵架的對象好像不是熟人。」

平岡問恩田：

「你希望凶手被抓？」

恩田摸了摸一頭白髮。

「只是好奇，想知道凶手是怎樣的人。」

「我倒是沒興趣。」

永田笑著說：

「街坊有人被殺了，大家卻一點都不同情他。」

岩根說：

「因為這下街坊就平靜啦。」

平岡問民雄：

「就算是殺了那種傢伙，應該還是有罪吧？」

「畢竟我們可是法治國家。」

「如果凶手是街坊裡的人，可以請法官減刑嗎？」

岩根說：

「阿悅，你該不會以為是太太殺的？」

民雄微笑，心想不可能。

但轉念一想，不對，這的確耐人尋味。

三宅幸夫確實是獨自去鶯谷的酒館喝酒，沒人發現三宅和子在現場。

可是三宅和子會不會刻意保持距離，暗中跟蹤三宅幸夫？或許和子正伺機等待丈夫爛醉如泥，如此一來即使是女人家也能輕易殺死醉漢。若是和子完全對丈夫死心，又走投無路，心想只有殺了丈夫才能脫離苦海，確實有可能狠下心動手。

不過就這案子來說，三宅在喝到爛醉前可能早已被打趴在地，也就是說要分成兩件案子。首先是酒客吵架的傷害案，三宅倒地後又發生使他斃命的凶殺案。分成兩案來看，就能解釋為什麼毆傷和致命傷的作案風格不一致。

民雄隨即又打消了這個念頭，不對，熊谷應該確認過三宅和子的不在場證明。如果和子帶孩子逃去保護機構的話，要確認行蹤就簡單了，看來和子並沒有給丈夫致命的一擊。

「怎麼了？」平岡盯著民雄的臉。

民雄回過神來。

「啊，沒什麼。」

恩田也盯著民雄，好像在意些什麼。

民雄心想，自己的表情有那麼嚴肅嗎？只不過稍微思索案情而已。

永田說：

「什麼殺人凶手的，就別再提了。」

平岡端出烏龍茶杯，民雄拿起玻璃杯到眼前端詳片刻，才喝上一口。

對三宅和子來說，三宅幸夫離開人世並不是壞事。不確定和子是否會為此暗自雀躍，但站在駐在警察的立場，確實少了一個家暴與傷害的不定時炸彈，足以終結一個家庭的悲劇。

民雄喝了四分之一，將杯子放在櫃檯上，此時岩根輕鬆說著：

「這是以茶代酒來慶祝？」

民雄搖搖頭說：

「怎麼會？我可是駐在警察。」

酒客都笑了。

下谷警署的熊谷達雄巡查部長猜錯了。

夏天過去了，卻還沒找到殺死三宅幸夫的凶手。

案發第五天，下谷警署才發現這案子意外棘手，也成立了搜查總部，視為凶殺案偵辦。下谷警署刑事課的重案股也加入搜查總部。

搜查總部首先逐一清查鶯谷站附近的黑道堂口，也鎖定鶯谷一帶的賓館街打聽消息，然而沒有找到當天和三宅一起離開酒館的男子，也沒打聽到任何人目擊爭執現場。而且現場遺留物品太少，無法鎖定凶嫌。

九月底，熊谷拿了新的海報來到駐在所。

熊谷拿膠帶將海報貼在駐在所的玻璃門內側，邊貼邊說：

「還以為這案子很簡單，目擊者應該滿街跑，哪知道除了三宅最後出現的那間酒館之外，竟然沒有任何一條目擊情報，真是沒想到。」

民雄問：

「偵辦遇上瓶頸了？」

「這下必須調整偵辦方針，總廳那批人的熱度也降下來了。」

「不知道管理官有什麼看法？」

「他似乎覺得這案子沒加分，被害人是個打老婆的傢伙，案件本身也不是會影響東京治安的惡劣犯罪，只是兩個醉鬼打架罷了。」

「明明有人補上致命的攻擊，不是嗎？」

「但我們警署還是很有幹勁的。那家的女人小孩後來怎麼了？」

「還住在那間公寓裡。」

良和又開始上柔道課，前不久還穿了全新的柔道服。笠原房東說，去世的三宅幸夫在孩子出生時，好歹保了個簡單的保險，現在保險金撥下來，三宅母子生活起來不至於太困窘。

熊谷貼完海報後回頭問：

「如何？」

民雄看向海報，內容和案件剛發生時印的海報一樣，溫和的措辭一點也不像是警察公布的海報。

「尋求目擊情報。

昭和六十二年七月十三日晚間十時許，三宅幸夫（三十六歲）於ＪＲ鶯谷站一帶受外傷身亡。被害人當晚喝酒，與酒館中其他酒客發生爭執，若有民眾目擊，請聯絡最近的警察署。」

民雄想問清楚：

「還不確定和他吵架的對象是凶手？」

熊谷說：

「吵架是肯定有，而且也動手了，但無法確定對方是否用錐子刺人，所以不能發布肖像畫通緝。」

此時，町內會幹部國見走進駐在所。

「現在方便嗎？」

熊谷點個頭表示告辭，離開了駐在所。

國見坐上辦公桌旁的摺疊椅說：

「安城先生，你能擔任小學運動會的來賓嗎？」

民雄不解地問：

「來賓？」

這不是該問區長或區議會議員嗎？

「是啊。」國見說：「希望你在運動會開幕前對學生們講幾句話，宣導交通安全、防制犯罪都好。只要當地駐在警察出面，在嚇阻犯罪上肯定有效，我們也更放心啦。」

能在孩子們面前報上姓名，讓孩子們記得自己的長相，應該不是壞事。民雄只要一身制服上了臺，小學生就會記住這是「認識的叔叔」，是當地的駐在警察安城民雄，而非某個無名的制服警察。往後，小學生會開始注意駐在警察安城叔叔的目光，也不會抗拒通報犯罪、請求援助。知道有個認識的成年人在保護自己，孩子們會更安心，甚至連頑皮的孩子在作怪之前，也會想到駐在警察安城叔叔。

「也好。」民雄回答。

民雄突然想起和也，假如父親作為來賓出席運動會，和也是否會因此感到尷尬？還是會覺得有些驕傲？

「太好了。」國見說：「自從駐在先生當了義工柔道講師，就很受孩子們歡迎，你知道嗎？」

「不知道，有這回事嗎？」

「我聽到隔壁家的小鬼說，那個駐在叔叔很強喔。」

「一點都不強啦。」

看來還是早點請下谷警署的高段人士幫忙比較好，免得指導到一半出糗了，也讓孩子們失望。

民雄以谷中小學的運動會來賓身分出席。

四天後，民雄結束巡邏返回駐在所，路上碰見四名小學生，和也也在其中。和也應該是放學後要去補習班，其他三個並非都是補習班同學。

小學生們向民雄打招呼。

「大家好啊。」民雄回應孩子們，接著問和也。

「幾點回家？」

和也經過民雄身邊時回答：

「五點。」

民雄停下腳步，回頭目送和也等人離開。

和也剛才回話了嗎？沒聽錯吧？在家裡或許還有可能，但民雄其實原本並不期待和也會回話。

才回到駐在所，電話就響了。

民雄連忙接起電話，對方說：

「我是丹野，先前多謝你的招待。」

「丹野？」民雄一時想不起來。「哪位丹野？」

「我們在神樂坂見過啊。」

民雄總算想起來，就是曾在谷中警署承辦田川克三凶殺案的警察。

民雄連忙說：

「當時真是多謝你了，你回想起什麼了嗎？」

「有啊，我聯絡上當時刑警室裡的同仁，偵辦那件案子的時候，就是由他向刑警問話。」

真是好消息，民雄換手拿話筒。

「這位刑警目前在做些什麼？」

「退休了，領退休金過日子，他可以見你。你要見他嗎？」

「當然。」民雄說：「我該怎麼約他？」

「隨時方便嗎？」

「最好是星期天或星期一晚上。」

「我再打給你，地點選在你那附近比較方便吧。」

「也對，能在案發現場附近聊聊更好。」

「我會轉告他。」

民雄掛斷電話，看看牆上的日曆。

這一天是昭和六十二年十月十五日，田川克三凶殺案已經過了三十四年，如今就算掌握了案件的大致情況，也不保證查得出父親死亡的真相。

但是現下除了和相關人士見面，打聽當時的情況之外，也實在沒別的方法。

看來要下個月才能向那人打聽了。

民雄走向日曆，確認下個月的日期。

十一月，熊谷又帶著下屬篠澤來到駐在所。

熊谷一進駐在所，就丟了份運動報紙在辦公桌上，頭版大幅報導讀賣巨人隊的江川卓宣布退休。

「我們啊。」熊谷沒來由地說：「要靠什麼來記住自己活過的年代呢？首相的名字嗎？警視總監的名字嗎？還是棒球隊王牌的名字呢？」

民雄想了想，回答：

「我的話，會靠家人的長相吧。比方說父親幾歲的時候發生過什麼事，孩子幾歲的時候發生過什麼事。」

「大家都是這樣沒錯啦。我倒是很期待，十年後我會靠什麼來回想起這一年。」

民雄問：

「今天怎麼了？」

「重新調查。」熊谷一臉不耐煩。「就是那件三宅幸夫凶殺案，調查範圍要擴及三宅的近親和朋友。」

「是搜查總部的方針？」

「對，之前只調查妻子的背景，畢竟簡易保險有理賠，警方懷疑她可能紅杏出牆。」

「結果呢？」

「目前什麼都沒查到，今天又要重新向街坊鄰居打聽。」

「包括那棟公寓的住戶？」

「所有和三宅有接觸的街坊都算。」

「動機變成仇殺了嗎？」

「目前還沒有特定方向，你有沒有聽街坊提過任何消息？像是三宅被殺的真相？」

「這倒沒有。」街坊說過很高興三宅死了，但這不用多說。「沒聽說什麼。」

熊谷稍稍嘆了口氣，從西裝胸口袋掏出本子。

「你聽過笠原房東和三宅處得很不好的事？」

「沒有，但房東挺擔心那家人的家暴問題。」

「沒有直接發生衝突？」

「沒聽過，笠原房東要是碰到糾紛都會來駐在所通報。」

「隔壁的恩田老先生如何？聽說他不時會辱罵三宅？」

「確實是個工匠脾氣的老先生，或許會這樣吧。」

「應該沒在工作了？」

「退休了，只有年底或早春比較忙的時候會去以前的榻榻米鋪幫忙。」

「聽說恩田當天去了淺草，沒聽到隔壁發出吵鬧聲，晚上又去了附近一間叫阿悅的酒館。說是八點左右去的，剛好跟你錯過，然後待到十一點多，這沒錯吧？」

民雄注視著熊谷，熊谷也微笑回看民雄，這個問題應該沒有特別的含意，單純想比對附近居民的說詞。

是這樣嗎？當天他沒班，下午去活動中心上柔道課，下課後先回駐在所一趟，然後前往澡堂。洗完澡之後，就去了初音小路上的「阿悅」，當時時間還早，之後有酒客上門，他就離開了阿悅，恩田在當時的酒客中嗎？

隔天他又在「阿悅」見到恩田，大家都在聊三宅被殺的話題，難道恩田把這兩個晚上搞混了？都是四個月前的事了，恩田這把年紀會搞混也不足為奇。

民雄想了想之後回答：

「沒錯，當天晚上在酒館和他錯過了。」

此時辦公桌上的電話響了。

熊谷把本子收進胸前口袋，說聲再會就離開駐在所。

民雄接起電話，是町上婦女會幹事打來的，說要召開婦女交通安全講座，希望民雄能向婦女會宣導腳踏車的相關法規與禮儀。

原來是前些天，附近一名主婦在三崎坂的馬路上逆向騎腳踏車，被汽車撞成重傷。婦女會先向下谷警署的交通課申請舉行安全講座，然後交通課就來電話希望請民雄也參加。民雄說會排出時間。看來講座當天，他得設法輕鬆風趣地介紹交通課的女警們。

掛上電話之後，民雄把熊谷留在辦公桌上的體育報拉到面前。

民雄心想，那一年對自己來說的記憶是什麼？金田正一投手在職棒場上大放異彩，櫪錦和若乃花在相撲土俵上大受歡迎，接著父親當上了駐在警察，一家人搬進天王寺駐在所。那時他讀小學三年級，弟弟正紀是一年級，沒多久駐在所旁的天王寺五重塔失火，當晚發現了父親被火車輾斃的屍體。

民雄回想，幸福的童年時光就在那天結束了。

那一年，也就是昭和三十二（一九五七）年，他心中確實失去了什麼。他把這年視為被父親丟下的年頭。

星期一晚上，民雄從澡堂出來，又去了初音小路上的「阿悅」。

放眼一看，只認識其中兩個酒客，他坐在離熟客比較遠的高腳凳上。

平岡說：

「警察好像又開始打聽那個三開頭的案子了，你知道嗎？」

民雄先點了烏龍茶才說：

「好像是，畢竟成了懸案也不好。」

「傍晚的時候，刑警也來我這裡打聽。」

「是嗎。」應該是熊谷。「問了什麼？」

平岡看了看另外兩名酒客，才回答民雄：

「問恩田兄的事，三開頭那位被放出來當天是否來店裡。」

「那天我也來過對吧。」

「對呀，不過都四個月前的事了，我也記不太清楚。我記得恩田兄好像來過，就回答來過，是不是和安城哥錯過了？」

熊谷也問過民雄一樣的問題，但這點不太確定。民雄記得自己是和一批酒客錯過，但恩田是其中一人嗎？記憶不夠明確，無法確認。但既然其他人也這麼說，或許就是這樣。

「是這樣嗎？」

「是這樣啊。」平岡拿了一杯烏龍茶放在民雄面前，又問：「警察在懷疑恩田兄嗎？」

「不會吧，他又沒有動機。」

「可能隔壁三宅家太吵，讓他睡不著。」

民雄愣了一下，才發現是開玩笑。

他微微苦笑。

平岡說：

「反正那個三開頭的在街坊間就是討人厭，如果要懷疑恩田兄，那我們全都有嫌疑囉。」

「你的意思是大家都有動機？」

「對，和子太太的仰慕者還不少呢。」

「風華三十的標緻女性啊。有人私下愛慕她嗎？」

「你這說法太直接，應該是一種更柏拉圖的、身為男人的共鳴啦。」

櫃檯左方有人喊了平岡，民雄拿起裝著烏龍茶的杯子，一口氣喝了三分之一杯。

民雄心想，如果熊谷懷疑被害人身邊的親友，應該有很多可疑對象才對。恩田只是個七十多歲的榻榻米師傅，白天整天窩在家，看著圖書館借來的書，從來沒和三宅起過激烈衝突，也不可能有過節。恩田按理沒有非殺三宅不可的動機，而且體力差太多，他不可能殺死一個比自己小上四十歲的廚師。也許熊谷更該調查三宅的廚師同事，或三宅自營餐館時的顧客。

但是轉念一想。

恩田沒動機？真的沒有嗎？

恩田住在三宅家隔壁，對三宅和子備感同情。但會因此動手殺人嗎？七十歲的榻榻米師傅辦得到嗎？七十歲的榻榻米師傅啊。

平岡在櫃檯那頭與酒客談笑起來，民雄壓下心中浮現的懷疑，心想差不多要回去了。有了平岡的證詞應該能洗刷熊谷對恩田的疑慮。

隔週的星期一民雄沒當班，中午剛過，一位老先生來到駐在所。

老先生自稱小松，就是丹野說的退休刑警，在田川克三凶殺案中和丹野都曾加入搜查總部，負責打探消息。

民雄穿著便服迎接小松，小松看來並不特別衰老，年紀約莫六十五歲，身穿黑色禦寒外套，頭戴印有運動品牌商標的棒球帽，看來還是有點刑警樣。

小松說：

「我聽丹野說了，你要問田川克三那案子的偵查過程？」

民雄先請小松喝杯茶，然後說：

「是的。當年家父相當掛心，而我每每想到駐在所轄區裡有懸案未破，也是寢食難安。」

「我偵訊過警察。」小松開門見山說：「當時發現一名男子曾經在被害人身邊出沒，查清楚之後發現是個刑警。」

此時，負責在星期一支援的巡查回到駐在所，民雄對那巡查說要去附近走走，就和小松一起離開駐在所。

兩人走到天王寺的門樓，民雄問：

「您記得是哪裡的刑警嗎？叫什麼名字？」

「記得，是荒川警署的刑警，姓早瀨。」

民雄心頭狠狠一震，當時在荒川警署的早瀨不就是自己的警察世伯之一，早瀨勇三？

「是荒川警署的早瀨勇三？」

「你連這也知道？」小松注視著大門樓裡的青銅大佛像回答：「他當時的單位是轄區警署，也幫總廳公安辦事。聽他說被害人是國鐵工會的線民，兩人有職務上的接觸，但是細節不能多談。」

記得早瀨是大學肄業，但光是肄業，在父親那屆警視廳二十三年組裡面也是屈指可數的高學歷警察。警視廳公安部會認定他對公安勤務的價值高於巡邏勤務並不稀奇。就像民雄在昭和四十四（一九六九）年混進共產同紅軍派的時候，早瀨也隸屬公安部，擔任跟監組一員。因此在昭和二十八年，公安部極度缺乏人手時，早瀨確實很可能表面上屬於轄區警署，實際上從事公安工作。

小松接著說：

「他和被害人走得很近，發現屍體的前一晚也可能接觸過被害人。」

「嫌疑呢？」

「早瀨稱自己有不在場證明，但是希望暫時不要去求證，可能會讓被害人的線民身分曝光。他要我們聯絡轄區警署，我們也照辦了。」

「他在偵訊過程中親自聯絡嗎？」

「由谷中警署代為聯絡，一小時後公安部主任趕到搜查總部，表示早瀨在執行機密任務，不能繼續接受偵訊。」

「小松先生能接受嗎？」

「什麼接不接受，管理官都吩咐下來了。不只是早瀨，管理官還說繼續清查被害人的背景會搞砸公安部的偵查行動。管理官認為工會內部正在抗爭，打算抓一批裡面的運動人士，吩咐我們不准繼續調查。」

民雄也聽丹野提過這件事。也就是說，當時警視廳公安部認為掌握國鐵工會的動向，比抓住殺害田川克三的凶手更重要。想必有課長等級的主管介入調查，然而，公安部既沒能找到殺害田川克三的凶手，監控對象裡也沒有疑犯。如果有嫌犯，公安部必定會毫不猶豫以涉嫌殺人抓人，甚至進屋大肆搜索。

「總之。」小松接著說：「偵訊了早瀨之後，搜查方針也大幅轉變，感覺像是若不能當成隨機強盜殺人案，乾脆不要破案。」

「小松先生後來見過早瀨刑警嗎？」

「沒有，就那次而已。」

「後來曾聽說當時的內情嗎？」

「完全沒有。搜查總部之後就縮編，追訴期過了就解散。我們對這案子還是一無所知，甚至不確定是否成了懸案。」

此時笠原正好從天王寺旁的坡道走來，手裡拎著一只籐籃，大概是剛從谷中銀座購物回來。他常替太太跑腿。

民雄向笠原點頭致意，笠原走上前來說：

「你聽說了恩田兄的事嗎？」

笠原看來憂心忡忡。

「怎麼了？」

「他今天被找去下谷警署，似乎要接受偵訊。」

熊谷還在懷疑恩田嗎？

民雄看了看時間，下午一點四十分。

「什麼時候去的？」

「上午。」

「應該不是開警車來帶他回署裡？」

「聽說警方叫他過去，他就去了日暮里車站。」

小松打斷對話。

「我也該告辭了。」

民雄連忙要請他喝杯茶，但小松搖搖頭。

「我挺懷念這一帶的，我四處走走就好。」

小松離開，笠原也朝御殿坂通走去。

這天，民雄教完當地孩子們柔道，先回駐在所吃了飯，然後前往澡堂。

無論是沖洗身體，或在浴池裡泡澡，他腦中不住盤桓的都是今天遇見小松後意外得知的名字。國鐵員凶殺案的偵查過程中，與田川克三接觸過的刑警竟然是早瀨，這可真是出乎意料。天底下有這樣的巧合嗎？事實上，此案相關人士中出現早瀨的名字並不表示與父親的死有關，但父親所關注的案子竟然意外涉及父親的警察友人。

但是話又說回來，民雄再次俯瞰這兩件案子。

昭和二十三年的男妓凶殺案或許並不完全出自性的因素？一聽說被害人是男妓，難免會引人聯想與恩客起了糾紛，而父親當時認為被害人可能是警方的線民。

相反地，國鐵員凶殺案乍看之下是公安案件，也因為早瀨，讓整個案件更脫不了公安的色彩。然而平岡提出了不一樣的看法，他認為田川之死和工會運動關係不大，重點在於死者的同性戀愛對象。

換言之，兩案的觀點恰巧互為對比，男妓凶殺案有警方出沒，國鐵員凶殺案則涉及性。

更進一步說，這兩案彷彿是互為鏡像的案子。

父親曾經懷疑兩件案子的凶手是同一人，他身為巡查，卻碰巧捲入這些懸案，並展開調查。父親起疑的根據何在？他死前又有多接近真相？至少根據父親留下的筆記本，還看不出端倪。

父親曉得早瀨和國鐵員凶殺案有關嗎？如果早瀨是奉公安部指示去接觸那名鐵路員，自然不會透露給警察練習所同期的父親。就算父親對早瀨提起對這案件的關注，想來早瀨也會不動聲色，拒絕透露自己和死者的關係。

父親也可能靠自己調查，查出早瀨的存在，那麼父親肯定會老實向早瀨探詢情報，畢竟兩人可是推心置腹的交情。不過筆記上並沒有相關紀錄，可見父親不知道遇害的鐵路員曾和早瀨接觸。

兩件案子一對照起來，有如鏡面兩側相應的輪廓。

讓人不禁揣測起彼此間的關聯。

今天泡得比平時更久，民雄先在更衣室等到汗流乾，才走出澡堂。

民雄正在穿鞋的時候，天王寺的岩根進來了。

岩根一看到民雄，就壓低嗓門問：

「聽說，恩田兄被找去偵訊啦？」

民雄看了看周遭的眼神才回答：

「好像是，但詳情還不清楚。」

「聽說他還沒回來，這下不會是被逮捕了吧？」

「不會吧。」

對象是那樣的老先生，如果沒有嚴重的嫌疑，熊谷應該不會偵訊到這麼晚。

不對，民雄轉念一想，難道熊谷掌握了懷疑的證據，才會把恩田找去偵訊？和民雄當時產生的疑慮是一樣的嗎？這麼一來……

民雄為了讓岩根放心，於是說：

「應該已經回家了，至少不會漏夜偵訊。」

岩根看來還是很擔心。

「如果半夜還沒回來，那就等同被逮捕了吧？」

「沒事的。」

民雄回到駐在所，發現下谷警署派來支援的年輕巡查，正穿著大衣站在外頭守門。這位巡查姓佐野，畢業分發第二年，民雄不當班這天，他就負責看守駐在所，直到隔天早上為止。

「歡迎回來。」佐野的口氣開朗又誠懇。「今天沒什麼事，轄區裡天下太平。」

民雄說：

「這個町很平凡無聊吧，但就是這份無聊頗讓我引以為豪的。」

「不會無聊。」

「有勞你顧到明天了。」

「是。對了，剛才有位丹野先生打電話來，我把留言記下來了。」

丹野？他想起什麼了嗎？

民雄走進駐在所，看向辦公桌。

桌上放了張字條。

「上野公園的原田老師應該是以下人物：本名原田圭介，戰時在下谷國民學校教書，戰後曾住在上野公園。昭和四十九（一九七四）年在山谷和零工仲介槓上，遭到黑幫殺害，死時六十六歲。」

看來這位應該就是當年上野公園遊民的領隊。原來丹野當天離開之後，還是關注著民雄想調查的事。民雄依稀記得在新聞上看過這件凶殺案，只是從沒想過那件案子的被害人，就是父親筆記裡提到的「原田老師」。若真是同一人，代表他從大戰結束之後一直是遊民。

這下無法從原田口中打聽男妓凶殺案的線索了，只好放棄。

民雄撕碎了字條。

當天晚上十一點多，民雄在客廳裡看報紙，聽到救護車的警笛聲隨即抬起頭來。警笛聲從谷中墓地管理辦公室那一頭漸漸靠近，看來是要前往天王寺町。

民雄披上便服外套，從客廳出來到駐在所，佐野則是在門外看著救護車開過來。

民雄站到佐野旁邊，只見救護車在駐在所前的路口左轉，可能是天王寺的公寓居民叫了救護車。

民雄豎起耳朵，沒聽見警車的警笛，看來不是犯罪。

但是救護車直接開來天王寺町，駐在警察即使沒當班也該掌握狀況。

民雄對佐野說：

「我去看看狀況，你待在這裡。」

「是。」佐野回答。

民雄追趕救護車，發現車子開到笠原的公寓門口。救護車已停妥，警笛也關了，兩名救護人員正從救護車後方拉出擔架床。

三宅和子和兒子良和站在公寓門口，笠原也在，一旁站著和子家隔壁的中年婦女。

三宅和子對救護人員指著恩田那一戶的大門。

恩田怎麼了？

救護人員開門走進屋內。

民雄走向笠原問道：

「怎麼了？」

笠原說：

「恩田兄才結束偵訊回家，一進門心臟病就發作了。」

民雄嚇了一跳，再次確認：

「一回來就發作？」

「偵訊過程應該很嚴厲，而且老爺子的心臟本來就不太好。」

「三宅太太發現的？」

「對，她說在家裡聽到了摔倒的聲音，就趕來找我要主鑰匙開門，一看就發現恩田兄在屋裡掙扎。」

三宅和子聽見了民雄與笠原交談，回頭向兩人點點頭，表示確實如此，眼神中帶點惶恐。

笠原接著說：

「是我打了一一九。」

救護人員用擔架把恩田扛出來，民雄上前一步，只見救護人員將恩田放上停在門邊的擔架床。

民雄再走上前看著恩田，恩田臉色蒼白，滿頭大汗，呼吸困難，連話都說不出來。

恩田直盯著民雄的雙眼，痛苦不堪仍盯著不放，看起來像有話要說，又像要求助，嘴唇不住顫抖。

救護人員將擔架床推上救護車。

民雄對笠原說：

「應該需要保險證[16]吧，我去找找。」

「我去找吧。」

「房東知道在哪裡？」

「不知道。」

「我學過小偷闖空門的手法，大致能判斷保險證會放在哪裡。」

民雄走進恩田家，迅速觀察門戶格局。

是個老人家的樸素住居，廚房兼客廳兩坪出頭，裡面有座茶具櫃、一張矮桌、一張有扶手的椅子。後面有個三坪房間，裡面有座三層的組合櫃，還有個一間[17]寬的壁櫥。

櫃子下層有個用了很久的皮包，不算大，和女用的手持包差不多，附肩帶可側背。民雄蹲下來打開皮包。

16 日本的國民健康保險證，類似臺灣的健保卡。
17 約一．八二公尺。

皮包裡有幾個鼓鼓的帆布包，民雄一一打開來看，都是做榻榻米用的工具。恩田是榻榻米師傅，這應該是他使用的工具。這一帶有很多榻榻米鋪，民雄多少認得這些工具。

其中一只帆布包裡裝著用木棉布做的掌墊和肘墊，另一只帆布包裝著鐵鉤與鐵針。鐵鉤都有木柄，外觀像冰鑽，有鋪鉤與拉鉤，還有附木柄的鋪針。再打開一只帆布包，裡面有厚尺和邊尺[18]。皮包最底下收著一捲皮，拿出來掀開一看，裡面有幾十支針。其中約有大小十支針附木柄，長十五公分左右，包括角針[19]和縫針。

榻榻米師傅還會用上很多種刀具，但是目前沒看到，可能是因為帶著危險，留在榻榻米鋪裡了。皮包裡也沒有榔頭或尺規，看來這皮包裡都是恩田隨身使用的工具。

民雄收起工具，背起皮包。

笠原在廚房那頭說：

「找到保險證啦。」

「這樣啊。」民雄站起身。「得幫他帶一些隨身物品。」

「今天晚上應該只是觀察，或許打一針就能好轉。」

「希望如此啊。」

民雄走進廚房看了看櫃子，櫃子裡有個塑膠盒，盒中放著牙膏、牙刷、安全剃刀等盥洗用具。民雄將這些用具收進皮包裡，順便將掛在旁邊的毛巾拿一條下來，摺好放進皮包。

笠原訝異地看著民雄的舉動。

民雄說：

「或許會白準備，但還是假設他會住上一陣子。」

笠原問：

「你要去醫院？」

「畢竟是街坊生病，如果很快能出院，我就帶他回來。」

「因為你是駐在警察嗎？」

「因為是鄰居。笠原先生也去嗎？」

「也是我的房客啊。」

兩人走出房門，聽見救護人員關上了救護車的後門。

民雄攔下救護人員問：

「去哪間醫院？」

一位救護人員回答是日本醫大醫院。那是當地的綜合醫院，走下三崎坂，沿不忍通往南走一段就到了。

民雄說恩田的房東會跟著去醫院。

救護車再次響起警笛，駛離現場。

三宅和子與良和默默目送救護車離開。

民雄向和子點頭致意，便離開現場。

18 前者可測量榻榻米的厚度，後者可測量榻榻米邊的寬度。

19 整出榻榻米角的粗針。

民雄回到駐在所，佐野站在門外，似乎想問民雄發生了什麼事。

「附近的老先生心臟病發了。」民雄說：「不是案件，沒事。」

「這樣啊。」佐野的口氣聽來有些失望。「還以為這下有得忙了。」

佐野盯著民雄肩上的皮包。

民雄說：

「我也要去醫院，幫病患帶點隨身用品過去。」

佐野微笑。

「駐在警察需要做到這程度嗎？」

「彼此都認識，剛好我也沒當班。」

民雄先走進駐在所，對後面客廳裡的順子說：

「恩田先生心臟病發，被送去日醫大醫院了，我去探望他。」

順子訝異地問：

「有危險嗎？」

「不知道，但畢竟上了年紀。笠原先生也會過去，我去看看。」

民雄把皮包換邊背上，向佐野鞠躬，就走向三崎坂。十一月的晚上，已有微微的涼意。

兩天後的下午，熊谷又照常帶著篠澤來到天王寺駐在所。

熊谷一進駐在所，拿一份體育報丟在辦公桌上就說：

「聽說恩田老爺子住院啦？」

「是啊。」民雄謹慎回答。「兩天前的晚上心臟病發送去醫院，醫師說務必要靜養。」

「你做了什麼嗎？」

「救護車都從門前經過了，我就趕過去，陪他一趟。」

「當天我們偵訊過他。」

「聽說了。」

「一直偵訊到晚上快九點，這和他心臟病發有關嗎？」

「不確定，心臟不好的人接受長時間偵訊，還是會吃不消。」

「其實我們收到了目擊情報，那天也找目擊者來指證，三宅被殺當晚，鶯谷一帶有個和老爺子很像的人出沒。」

「恩田先生是嫌犯？」

「還不到那個地步，你和其他人都做了證，老爺子當晚在初音小路的酒館裡，我們總不能懷疑警察的證詞。」

民雄思考著熊谷這話是否在挖苦他，但是口氣並不像挖苦，表情也很自然，應該沒有弦外之音。

民雄避開了不在場證明的話題。

「恩田先生沒有殺三宅的動機吧？」

「是啊，雖然他住在被害人隔壁，彼此關係又不好，但是殺人動機不夠充分。」

「再來要等他出院？」

「不，管理官嚴厲警告了，不要搞到有人自殺或猝死。老爺子那把年紀不能再請去警局了，除非鐵證如山。」

熊谷走向牆上的鏡子，整了整頭髮，那頭凶巴巴的短鬈髮依然文風不動，但熊谷似乎很滿意。

「比方說凶器。」熊谷看著鏡子說：「榻榻米師傅不是會用鐵針嗎？如果找到沾了血的鐵針就能去醫院逮人。」

「怎樣的鐵證？」

民雄默不作聲，鏡子前的熊谷回過頭來。

「能不能找個名目去搜老爺子的家？例如他曾出過哪些事？扒竊、偷盆栽、偷內衣、偷腳踏車、破窗偷車，什麼都好。有沒有任何報案和恩田扯上過關係？」

民雄搖搖頭。「那位老先生風評很好。」

「日期遠一點也沒關係，只要還在追訴期內就好。」

「我去年才到這裡服勤。」

「根據偵訊期間的感覺，我能肯定他是凶手，他那可不是普通的緊張。」

「偵訊時就把人當凶手，老先生當然會心臟病發。」

「別護著他了。」熊谷說：「我們可是乖乖在九點之前就讓他回去喔。」

辦公桌上的電話響起，民雄拿起話筒，是轄區股長打來的，要確認今天早上的報告內容。

民雄一邊回電話，一邊對熊谷鞠躬。

熊谷顯得不是滋味，催著同行的篠澤離開駐在所。

11

弟弟正紀從住家部分的大門走進屋裡。

民雄微笑，請他進客廳來。弟弟在玄關打了個平淡的新年招呼，順子連忙趕到門口，恭敬跪下行三指貼地禮[20]。和也與奈緒子也向叔叔打了招呼。

這一天是昭和六十三（一九八八）年的元旦，民雄沒班，下谷警署派人前來駐在所支援。民雄恰好一年來沒見過弟弟正紀，無論是父親的忌日或掃墓，正紀都沒有露面。正紀本來就不重視這些習俗，長男民雄躲不過大小法事的義務，但次男可以。正紀一路長大和三位「世伯」都不太熟。

正紀從都立工業高中畢業之後，進了墨田區裡的電子設備製造商工作，聽說積極參與工會運動。約三十歲時結婚，沒有孩子，目前住在江東區的龜戶。

大家都說民雄像父親，正紀像母親，正紀的個頭比民雄小，長相也較斯文些。

「怎麼？」民雄問正紀：「竟然大過年的能見到你。」

「是啊。」正紀說得有些難為情。「就是莫名想來駐在所看看。」

兄弟倆在天王寺駐在所度過的時間不長，但是在父親過世之後，一家三口還是住在谷中。這塊土地對一家人來說有如故鄉般的存在，正紀或許因此才動念來訪。

---

20 跪地磕頭，雙手各伸直三指湊齊貼地，是日本大禮。

民雄問到了正紀的妻子。

正紀說岳父身體不好，妻子回娘家去了，所以才大過年就來民雄家裡拜訪。

民雄請正紀進客廳，給牌位上炷香，正紀上過香之後就叫來哥哥的孩子，各給了一份壓歲錢。孩子們乖乖收下並道謝。民雄讓正紀喝點日本酒，正紀問：

「元旦去神社拜過了？」

「拜過。」民雄回答。這一帶居民大多是日暮里諏訪神社的氏子[21]，民雄一家四口當然也是一早八點就前往諏訪神社拜拜。

弟弟說：

「我也去一趟吧。」

民雄靈機一動，站起身來。「一起去吧，這次要抽到上上籤。」

順子有點吃驚，交互看著民雄和正紀。

兄弟倆走向諏訪神社，正紀豎起大衣的衣領說：

「剛才去了媽媽的公寓一趟。」

民雄說：

「媽媽昨天來家裡和我們一起跨年。」

「媽媽很擔心哥哥。」

「擔心？」民雄看向正紀。「擔心什麼？」

「擔心哥哥正在調查的事。」

「爸爸的事嗎？」

「你不是在調查爸爸的死因？」

「是滿在意的。」

民雄望向元旦湛藍的天空，接著說：

「我不認為爸爸是意外身亡，也不是自殺，更不可能是個放棄職責的駐在警察。」

「都三十年前的事了。」

「今年第三十一年，那又怎麼了？」

「就算犯法，也有追訴期吧。」

「法律上有，但是對孩子來說，父親的死沒有時效。」

「我們都辦過三十三次忌日了吧。」

「才三十年而已，有些宗派可是會辦到五十次。」

「就算查到新的事證又能怎樣？能讓爸爸瞑目嗎？可以洗清他棄守崗位的臭名嗎？」

民雄想了想該怎麼回應。

「我就甘心了。」

「就這樣？」

「對，你不覺得這是好事？」

「爸爸死的時候我才六歲，哥哥也才八歲，當時還太小，對爸爸的記憶本來就不深。我想我失去

---

21 拜同一座神社的信眾。

爸爸的失落感，並不像哥哥那麼嚴重。」

「這件事由我來擔心就好了。」

「但是媽媽很擔心。她以前說過，不曉得爸爸在查些什麼，明明不是自己分內的職務，一有空卻學刑警查案，或許爸爸正是因為多管閒事那天才會死掉。媽媽說，哥哥現在就像當年的爸爸一樣。」

「偏執嗎？」

「媽不是這樣說。」

兄弟倆走過谷中墓地，從這裡穿過御殿坂通就有路通往諏訪神社。御殿坂通的對面不是台東區，而是荒川區了。路上到處是要去諏訪神社拜新年的香客，許多人穿著和服，大多攜家帶眷。民雄心想幸好來得早，如果現在才趕來，得排上三十分鐘才能到神殿前拜拜。

正紀說：

「我知道哥哥有段時間精神不穩，媽媽可是擔心得要命。哥哥看起來堅強，其實很脆弱。我很尊敬哥哥身為長男的責任感，但真的太逞強了。」

「這是理所當然的。」

「哥哥一直在調查三十年前爸爸的死因，這哪裡理所當然。」

「最近才開始查。」

「那更奇怪了。哥哥光要做好駐在警察這份工作，應該已經沒有餘力了。你在工作之外還是個丈夫，是兩個小孩的父親，也是媽媽的兒子。如今還要再扛起爸爸的兒子這個身分嗎？」

「說什麼扛不扛，本來就是爸爸的兒子。」

「我們在爸爸活著的時候，已經是好兒子了。這樣就夠了。」

「聽起來有點無情。」

「我是在擔心哥哥。爸爸對我來說已經過去了，但是哥哥還活著。我並不希望哥哥過度偏執，更不想看到你精神崩潰。」

「你看我像是要崩潰了嗎？」

「我剛才說過，哥哥很脆弱。媽媽知道，我也知道。不要再找些麻煩事往人生裡攬了。」

「或許這正是我的精神安定劑。」

「不是，就算是，副作用也很嚴重。哥哥只要當個優秀的駐在警察，一個好爸爸，一個好國民，就是爸爸的好兒子。何必去學私家偵探查案？」

「我不這麼想。」

「哥哥。」

正紀停下腳步，轉過頭凝視著民雄，神情嚴肅。

民雄也正視著弟弟。

正紀說：

「為了媽媽想，那些事點到為止就好了吧？我也擔心哥哥的精神狀況，拜託你了。」

正紀的口氣聽起來很焦慮，民雄感覺自己就像出發前碰上颱風而被攔阻的登山客。

民雄開口：

「我了解了，不會讓媽媽和你操心。」

正紀打量民雄的眼神，似乎在確認能否相信民雄的話。

最後正紀說：

「那我就放心了。」口氣聽起來還是有點懷疑。

民雄在諏訪神社向正紀道別，走回駐在所的路上碰到笠原，笠原看來也是去神社拜新年，大衣領口底下露出領帶。民雄停下腳步打招呼，笠原說：

「你聽說恩田兄的事了嗎？」

民雄搖搖頭。

「沒有，去年聽說他得在醫院裡過年不是嗎？」

笠原說：

「他之前申請了區裡的老人之家，這次一住院，排序立刻往前拉。岩根兄動用天王寺的關係，區公所也批准了，等他身體康復就能住進去。」

區裡的老人之家就在谷中小學隔壁，也在同一個町，恩田往後還是可以和老朋友往來。

笠原接著說：

「昨天去探望恩田兄，他一直說要向你道謝。他先要我轉達謝意，等他身體好了還要親自上門道謝，這是怎麼回事？」

「不曉得，因為我常去探望他吧。」

「那他自己來道謝不就好了？總之恩田兄的事可以放下心了，等他康復了，我們再去初音小路喝一杯。」

笠原愉快地揮了揮手，走向諏訪神社。

12

安城民雄看著這天送來的通緝令。

通緝對象是黑道分子，赤柴孝志。赤柴在是幫派幹部，幫派在山谷、淺草一帶擺廟會攤賺錢，而他也出身台東區。兩天前的傍晚，他失手槍殺另一名道上的幫派幹部，地點在木馬館旁邊，許多人目擊，真是膽大包天的槍擊案。

淺草警署立刻逼問赤柴所屬的幫派，要赤柴孝志出面投案，但幫派也無能為力。據說赤柴早就脫離幫派管控，消失無蹤。幫派表示這件凶殺案和幫派無關，純屬兩造當事人間的爭執。

這案子也在下谷警署蔚為話題，赤柴孝志今年五十三歲，父親戰死，母親在他十二歲那年自殺。十五歲幹下強盜案被送進感化院，出院後立刻犯下傷害案，被關進少年監獄，離開少年監獄後又加入淺草的黑幫。昭和四十九年在山谷殺害了支援日薪零工的公民運動團體領導人，被判刑十二年。

這人性情暴戾，在牢裡經常受罰，或許才沒能提前假釋出獄。他因殺人被逮捕時還驗出了毒品反應，但是沒有分案。想必就算出獄了，毒癮也還在。

所以案發才兩天，警視廳和淺草警署立刻在淺草一帶嚴密戒備。一個會開槍殺人的莽夫，持槍逍遙法外，還可能吸毒，令人擔心他接下來又要犯案。

警署也送來了附照片的傳單，台東區內所有飯店、旅館和賓館肯定都收到了。熟門熟路的重犯在台東區出沒，當然需要嚴加戒備。

民雄再次閱讀通緝令的其中一段。

昭和四十九年在山谷殺害了支援日薪零工的公民運動團體領導人……

殺死原田老師的凶手，就是這個赤柴孝志。

民雄這天巡邏比平常更加謹慎，注意力也更集中。

從後面住家傳來了招呼聲，我出門了，是兒子和也。和也目前就讀淺草的都立白鷗高中，現在是二年級，成績不錯，也在補習，應該可以考上首都圈內的國立大學。

「等等。」民雄起身，拉開了通往住家的拉門。

和也站在家門口，訝異地回頭。

「昨晚說的那件案子。」民雄對兒子說：「那個幫派分子還沒抓到，很可能在淺草附近，放學千萬別亂跑。」

「不會啦。」和也噘起嘴。「我什麼時候亂跑了。」

「走在路上要小心，如果聽見附近有槍聲就立刻趴下。」

「會不會太誇張了？」

「擔心你才這麼說。」

「好啦。」

和也走出門口。

順子從廚房看過來，眼神中透著擔心，這不是在開玩笑吧。

民雄說：

「妳也告訴奈緒子，有個殺了人的毒蟲在外面遊蕩，千萬要小心。」

「好。」

沒多久，駐在所正面的玻璃門打開，一名年輕的制服警察走進來。

「早安。」

這位三十歲的巡查姓金子。

他在早上八點半來接班，因為星期一這天民雄不當班。在制度上，駐在警察交接前都還在當班，民雄為了形式上的交接，一起床就立刻穿好制服，交接結束之後才脫下制服。

民雄向金子巡查回禮，將通緝令貼在牆上。

這是平成五（一九九三）年九月，民雄在天王寺駐在所服勤，已經整整七年了。

到了中午，民雄前往谷中銀座商店街，順子說是要和妹妹一起去有樂町。駐在警察當班而不在駐在所的時候，他的妻子就必須負責接電話，民雄沒班的話，這天自然也是順子的休假日。順子不在家做午餐，民雄就得出門吃飯。

民雄走進常去的蕎麥麵店，才坐下就看到熟人，是幾年前還在天王寺守墓的岩根，岩根這時已經完全退休不管事了。

岩根一看到民雄就坐在他對面，看了民雄手上的報紙一眼就說：

「赤柴孝志終究還是走到了這一步。」

民雄訝異地問：

「岩根兄認識他？」

「認識啊，他是這裡出身的壞孩子，小時候住在初音通，你不記得啦？」

「你小時候還住在他家附近。他母親在初音通的長屋上吊自殺，後來他就被親戚接走了。」

「不記得。」

民雄住在長屋的時候，年紀真的很小，不管怎麼回想，都想不起有個叫赤柴孝志的小孩。

「那孩子真可憐。」岩根說：「有那種際遇，我看除了當黑道也沒有其他選擇。」

「不管環境多悲慘，都有能夠走上正道的孩子。良和就是很好的例子。」

三宅良和目前就讀都立藏前工業高中，是民雄弟弟之前讀的高中。

岩根不同意民雄。

「如果只能靠偷竊果腹，任何人都會變小偷，我看那小子差不多也是活膩了。」

「為什麼會這麼想？」

「他已經殺了第二個人了吧？」

「是啊，之前還有一個。」

「這次的刑會判多重？」

「不確定，如果是殺人累犯，可能會判無期徒刑。」

「與其被判無期，還不如自我了斷，要是我就會這麼做。」

「警察不會讓他這麼做的。」

又有個客人走進麵店，是照相館第二代的永田，手裡拿著一只大皮包。

永田看到民雄打了招呼：

「我就知道你在這裡，有東西要給你看。」

永田在岩根旁邊的椅子坐下，從皮包裡拿出一只牛皮信封，信封裡有十乘十二的黑白照片，二十張左右。

永田把其中三張照片放在桌上，一張是燃燒中的建築物，民雄一看就知道，那是天王寺五重塔起火時拍的照片。

永田說：

「我老爸當時很快趕去，拿著自豪的萊卡相機拍照，好幾張捐給了都政府，但家裡還留著一些，你看。」

永田拿出拍攝圍觀群眾的照片，岩根也探頭過來。

「這是安城先生一家人吧，這男孩就是你了？」

民雄盯著那張照片瞧，拍攝當時封鎖線應該已經拉得很長了。三、四十個民眾正抬起頭看，照片中央的民眾長相拍得很清楚，應該有用閃光燈拍攝。封鎖線那頭是一對惶恐的母子，是母親和弟弟正紀，照片裡沒看到父親的身影。

未料圍觀群眾後方，卻出現了一張熟悉的臉孔。

民雄從來沒聽說那人當天也在現場。

為什麼？為何要躲在那裡？而且一直保密？瞞到了現在？

民雄只推測出一個結論。

「安城先生。」有人喊他。

抬頭一看，岩根擔心地看著他。

「照片裡拍到什麼嚇人的東西嗎？不就是你們一家？」

民雄勉強回過神來。

「是啊，沒錯，我可以借用這張照片嗎？」

「送給你吧，本來就是拿來送你的。」

民雄又將那張照片拿到手邊。

沒錯，絕對不會錯。

民雄仔細看過永田帶來的所有照片，然後全收進信封裡。永田和岩根一頭霧水地看著民雄，民雄就像突然變成了陌生人，讓人喊都不敢喊他一聲。

民雄從外套胸口袋裡掏出自用的小筆記本，今天一定要見到那人，等上完今天的柔道課，無論如何都要見到人。

民雄拿了信封起身。

這天晚上，民雄搭地下鐵千代田線在千駄木站下車，走上三崎坂，前往天王寺駐在所。他走進谷中墓地，走上櫻通，身後傳來警車的警笛聲，接著是一輛警車跟上。

附近出事了？民雄突然想到赤柴孝志，立刻小跑步起來。

代班的金子巡查站在駐在所門前，正用耳機聽無線電，神情緊張。

一看民雄走來，金子跑步靠近。

「發現通緝中的赤柴孝志，還綁了人質。」

果然沒錯。

民雄問：

「在哪裡？」

「芋坂的一間公寓，支援警力正趕過去。」

「現在什麼情況？」

「巡邏中的警官在日暮里車站發現赤柴孝志，赤柴開槍逃走，跑上紅葉坂逃來這裡，發現的警官都在現場。」

「人質是誰？」

「聽說是個小女孩。」

「附近居民呢？」

「民眾發現出事都避難去了，剩下的應該躲在家裡。」

民雄繞到住宅側的大門，開門進去。

「回來啦。」順子回頭，表情緊張兮兮。「民雄……」

「孩子們呢？」

「在二樓。」

「告訴他們千萬別出來。」

「出了什麼事？」

「通緝犯。」

「不，是你的表情……」

「什麼？」

「發生了什麼事？」

民雄沒有回答順子的問題，走上二樓的夫妻臥房，迅速脫了便服扔開。

警笛聲近在咫尺，要快點才行。

民雄迅速換好制服，從置物櫃裡拿出皮帶繫上，右手摸摸槍套，左手按著警棍，最後戴上警帽就離開房間。和也在走廊上，一看到民雄就嚇呆了，那是和也小時候看過許多次的表情。民雄顧不得那麼多，走下樓梯。

順子在樓梯底下驚訝地說：

「你今天沒當班呢。」

民雄回答：

「情況緊急。」

民雄穿上鞋走進駐在所，金子也吃了一驚。

「安城兄請待著吧，這是我的勤務。」

「我才是駐在警察。」

此時一輛警車駛來門前。

金子衝出駐在所，民雄也跟著出去，走銀杏通前往芋坂。

金子在後面大喊：

「等指令啊！安城兄，我們要等指令啊！」

民雄邊走邊說：

「歹徒手上可是有人質。」

警車從駐在所前快速駛來，擋在民雄面前，民雄只得停下腳步。

駕駛座上的警官氣沖沖喊著：

「請別衝動，支援馬上就到。」

這是下谷警署的地區課警官，民雄當然也認識。

但民雄搖搖頭，繞過警車繼續前往芋坂的公寓街。

副駕駛座上的警官下了警車，在民雄身後說：

「安城兄，你太胡來了。」

民雄說：

「這是我的轄區。」

「等支援吧。」

「還等什麼？歹徒有毒癮，身上又有槍。」

路上跑來五、六名男女，全是天王寺町的居民，大家看到民雄立刻鬆了口氣。

左手邊的巷子裡也看到十幾人，笠原也在裡面。

笠原對民雄說：

「是小野寺兄的公寓。」

也就是笠原公寓對面隔壁三戶。

「一樓，小遙是人質。」

笠原接著說：

小遙是小學三年級的女孩。

民雄對笠原說：

「你們去駐在所避難，可能會有流彈。」

「好，我們也這麼打算。」

前方路上看見兩名警察，緊靠著房屋外牆觀察巷子對面，其中一名年輕警察已經掏出手槍。

兩名警察靠著的民房位於巷子轉角，巷子對面就是小野寺的公寓。

民雄心想，赤柴孝志那傢伙假如從日暮里車站逃到這裡，乾脆逃進谷中墓地不就得了？谷中墓地那一帶不是更容易逃跑？

民雄往前靠近，年長的那名警察說：

「歹徒在裡面拿小女孩當肉盾，入口在左手邊，一樓數過去第二戶。」

民雄來到公寓前面，公寓與巷子間的前院空間大概能停上兩輛車，他離目標門口約七、八公尺遠，路燈照亮了公寓的正前方。

門內傳出小女孩的哭聲，哭得相當淒厲，還有男人的怒吼聲。

「別哭！吵死啦！」民雄聽出男子的吼聲明顯已經失去控制。

看來赤柴孝志就要控制不了自己的情緒了。

「請退後，太危險了。」

又有一輛警車開到民雄身後緊急煞車，民雄回頭一看，車頭燈十分刺眼。又是下谷警署的警車，後座衝下兩名警察，其中一名是地區課的代理課長澤口省三警部。

澤口對民雄大吼：

「安城，少管閒事！支援警力會陸續趕來！」

民雄點點頭。

「這裡是我的轄區。」

澤口一看民雄，臉上露出了一絲恐懼。

「安城，你怎麼了？」

「什麼？」

「怎麼回事？你這表情不太正常啊。」

「應該又回到之前的臉了吧。」

「等等！」

民雄不顧勸告上前一步，張開雙臂。

民雄對著赤柴孝志躲藏的那戶公寓大喊：

「赤柴孝志，我是警察，快放開人質，我來頂替她！」

等了一會兒，屋裡還是只傳出女孩的哭聲，赤柴孝志沒作聲。

民雄又喊了一次：

「換我來當人質，放了小女孩！」

「囉嗦！」屋裡傳出怒吼：「你算什麼東西，給我滾！」

「放開小女孩，換我當人質！」

「別過來！我會開槍！」

民雄張開雙臂，又上前了幾步。

「換我當人質，放了小女孩吧！」

「快滾，我要開槍了！」

「開吧，但是先放了孩子！」

「不要過來！」

兩人重複著同樣的對話，這期間民雄又往前走了幾步，走進公寓前院，距離門口只剩三公尺左右。

公寓門稍微打了開來，裡面可見人影晃動。

赤柴孝志從門縫裡說：

「槍給我，丟過來。」

「手槍有綁繩子，丟不過去。」

「整條腰帶都丟過來，動作慢點。」

「我放下槍，你放開孩子。」

民雄慢慢解開皮帶，輕輕扔到門前。

赤柴孝志從門後現身，昏暗的燈光下依舊可見那詭異的眼神，嘴裡露出白亮的牙齒，像咧嘴笑，又或許是吸毒後的亢奮。那副模樣，就算不是巡邏的警察，也肯定認為十分可疑，而且極具危險性。赤柴穿著黑長褲，配上白色亮面襯衫。

赤柴把小女孩的手腕扣在身後，用手槍頂著孩子的脖子。小女孩無視周遭的緊張氣氛，哭聲淒厲。赤柴顯然無法應付這孩子，用手槍也無法讓她乖乖閉上嘴，作為人質相當棘手，但要是放了小女孩，赤柴手中就沒有王牌了。

赤柴孝志扣著小女孩的手腕，靠近地上的皮帶，緩緩蹲下，用拿槍的手撿起皮帶。

「放開孩子。」民雄平靜地說。

「轉過身去，兩隻手放頭上，慢一點。」

民雄照做，把雙手放到頭上，轉過身去。

兩名警察從民宅後方稍微探出頭來，警察後方的駐在所方向似乎又來了一輛警車。

赤柴孝志在民雄身後說：

「別動，不准動。」

「快點放開孩子。」

民雄感覺到後方的赤柴上前一步，感覺到一股體溫，小女孩還是哭個不停。

赤柴怒斥小女孩：

「不准哭！滾一邊去！」

赤柴似乎一腳把孩子踢開，小女孩頓時跌倒在民雄右手邊，一倒地就尖叫。

民雄迅速轉身，同時確認赤柴的姿勢，他打算扭住赤柴持槍的手就往前摔，再搶走手槍。然而民雄此時怒不可遏，失去了冷靜，他與赤柴的距離比預期得更遠，伸手想抓赤柴的手腕卻沒抓到。民雄一撲空，又往前踏了一步。

眼前迎來了毒蟲狂熱的眼神，那瘋狂模樣就像瞳孔裡裝入熾熱的燈泡。下一秒，那眼神迸出另一道強光，光芒占據了民雄所有思考，一切變成死白。

時間彷彿無限延伸，民雄發現自己會死，也即將死去。

這是懲罰。民雄心想，這懲罰正好為自己的人生畫下句點。他的罪求不得原諒，也還不起，唯有死亡能一筆勾銷。他不會拒絕懲罰，也絕不抵抗，而是默默承受。

遠方傳來哨子聲，不對，或許是他腦海裡傳出了哨子聲，這哨聲指示哪裡有犯罪，哪裡有罪犯，而罪，其實在這裡。罪人，就在這裡。哨子吹得急切，要告知罪人的存在。

下一秒，意識陷入了黑暗。

第三部　和也

1

六名身穿深藍色甲種制服的男子，圍著一具棺木。

安城和也以家屬身分，站在棺木的尾端。

終於要出殯了，接下來由親屬送葬。齋場裡都是當地的親友，還有父親生前警視廳下谷警署裡的警察同僚，就要在此與安城民雄永別。

身穿黑西裝的齋場工作人員，默默點頭，示意親屬可以抬棺了。

和也與六名警察一起抬棺，感覺意外的輕。

和也身後跟著母親、叔叔、阿姨、姨父、祖母和妹妹，母親胸前抱著父親的遺照。照片裡的父親穿著警視廳警察的制服，頭戴警帽，是兩年前父親受署長表揚時所拍攝的。

祖母從告別式開始前就淚流滿面，母親一直抱著祖母的肩膀，安慰著她。母親也紅著眼眶，但忍著淚水。

制服警察在稻荷町的齋場大門口排成兩列。棺木會從隊伍之間通過，離開齋場，葬儀社的靈車已經等在外面。

棺木一靠近警察列隊，最前方的下谷警察署長大聲下令：

「向安城民雄警部敬禮！」

父親殉職時階級是巡查部長，從三天前身亡那天起追升兩階。

在場所有警察同時向棺木敬禮。

父親那天沒當班，依然穿上制服前往逮捕凶犯，警方並不追究，反而解釋為駐在警察負責的表現。由於父親捨身成仁，孩子平安獲救，吸毒殺人犯也隨即被捕，警視廳不打算追究違反這微不足道的內規。

那天晚上，頭部中彈的父親立刻被送往飯田橋的警察醫院急救，仍在隔天早上斷氣。那一天，駐在所前面擠滿了來上香弔唁的街坊，連都知事[1]都來慰問。

棺木經過制服警察的隊伍，上了靈車。

敬禮的警察隊伍末端站著幾個總廳警察，他們平常穿便衣，今天也換上制服。

棺木放上靈車之後，葬儀社人員關上後車門，接著家屬要前往位在町屋的火葬場。

家屬們走向小巴士，有個和也認識的男人走了過來，這人是下谷警察署的警官，也是父親生前的頂頭上司，還是爺爺在警察學校的同期。這人以警部階級退休之後，擔任上野商店街振興會的顧問，由於是退休警官，今天穿的是黑西裝。這人名叫香取茂一，父親生前總說他是恩人，也是世伯。

香取茂一來到和也面前沉痛說著：

「想不到連續兩代殉職，和也啊，我真的不知道該說什麼。」

香取的眼睛和鼻子都紅了，或許才剛哭過。

和也盡力保持平靜。

「聽說祖父不是殉職，只是家父一直很在意這件事。」

1 東京都的行政首長。

香取搖搖頭，堅定地說：

「不對，你爺爺是殉職，只是警視廳的內規未核准他殉職，所以你爸才格外努力要當上好警察，洗刷你爺爺的名聲。」

「祖父那樣死去算得上殉職嗎？」

祖父死於昭和三十二年，香取應該多少了解當時的情況。

香取回答：

「你爺爺死得莫名其妙，沒人知道是犯罪、意外，還是另有隱情。」

也可能是自殺，父親提過好多次了。和也沒有過問詳情，總之警視廳不承認祖父是殉職，只當成意外處理。

和也說：

「既然父親是殉職，也算贏過祖父了。」

「說什麼贏不贏，對你爺爺太失禮了。你爺爺和你爸都很了不起，我向你保證。」

此時又有一名男子走過來，和也一樣認識這人，據說和香取一樣，也是祖父在警察學校的同期，在公安圈子待很久。退休之後似乎在證券公司當顧問，名叫早瀨勇三。那長相依然有著公安刑警的威嚴，聽說兒子也是警視廳的警察。

早瀨似乎躊躇著怎麼開口，慰問一句之後接著說：

「我還是不敢相信你爸殉職了。」

香取說：

「那天他打來電話，說想見我，聽起來像有話想說。」

早瀨轉向香取。

「他打電話給你？就在那天？」

香取對早瀨說：

「對，他打來振興會辦公室，問我要不要一起喝酒。我聽說他早戒酒了，還滿意外的。」

「幾點打的？」

「七點多吧，或是再晚一點。」

「如果能見到面的話……」

「是啊，或許民雄就不必去那裡了。」香取說到這裡有點納悶。「對了，民雄在電話裡好像說剛見過你，還是要去見你，你那天見過他嗎？」

「沒有，好一陣子沒見他了。」早瀨望向和也，語氣變得急促。「前些天他也打過電話來，感覺有事想商量，或許是想談和也的出路。」

香取說：

「這樣嗎？他在電話裡的口氣很陰沉，簡直像換了一個人，不像是要討論和也升學的事。」

早瀨再次轉頭注視香取。

「他在電話中什麼都沒說嗎？完全沒有？」

「對，沒說什麼，只問我要不要一起喝酒。但是我當天有約，就回他改天再找他一起喝。」

「他提到要找其他人商量討論嗎？」

「倒沒聽他說。」

「他這陣子有什麼煩惱嗎？」

和也不這麼認為，父親直到當天早上都很正常，沒有任何擔憂的神色，情緒也沒有失控。假如當天晚上父親曾經打電話給香取，那麼就是當天才有了需要商量的煩惱，而不是更早發生的事。

但剛剛他才知道父親之前打了電話給早瀨，父親似乎是想找這兩人商量和也的出路？但父親根本沒向自己提過這件事。

工作人員請家屬坐上小巴士，和也正要走向小巴士，香取開了口，似乎話還沒說完。

「你爸真了不起，明明那麼會念書，但是高中一畢業就去讀警察學校，後來又考上國立大學，太優秀了。他原本可以飛黃騰達，沒想到就這樣殉職了。」

一旁的早瀨看向香取，搖搖頭，像是要他別說了。

「國立大學？」和也一臉疑惑。「我以為父親是以高中學歷進入警視廳工作的。」

「你爸警察學校一畢業，就去讀了北大，從北大畢業之後才當警察。」

和也還是第一次聽說，父親讀過北海道大學？畢業後才當警察？告別式上也完全沒提到這件事。然而香取茂一有如父親的世伯，一直很照顧父親，應該不會說謊。

和也向香取確認：

「父親讀過北大？警察學校一畢業就去了嗎？」

這時阿姨走過來。

「阿和，快點上車了。」

和也轉向阿姨。

「好，馬上去。」又轉頭問香取：「沒聽父親提起過。」

「嗯，其實啊。」香取看了看四周。「對不起，這事原本要保密，是你爸過世了我才能講。」

阿姨又喊了：

「阿和。」

和也無奈地走向小巴士，香取在他背後說：

「你爸一直在查你爺爺死亡的真相，一直都在查。」

和也在小巴士門口止步回頭，對香取喊著：

「等我們安頓下來，請說給我聽。我可以去拜訪嗎？」

「隨時歡迎。」香取回答。

和也坐上小巴士，車子立刻發動。

和也走在走道上，小巴士裡坐了十五名家屬，他用眼神尋找叔叔，叔叔安城正紀獨自坐在最後面的座位。妹妹要和也坐下，和也逕自走到最後面坐在叔叔旁邊，叔叔一時有些吃驚。叔叔長得有點像祖母，五官比父親更柔和。

安城家連續兩代出警察，叔叔卻格格不入，他從藏前工業高中畢業之後，去了墨田區的電子設備製造商上班，成為工會運動人士。部分親戚說他是共產黨員，對他敬而遠之，和也除了新年和幾次爺爺辦週年忌之外，都沒見上叔叔一面。

聽說叔叔目前是某個勞工團體的成員，親戚們說反正就是左派。但是和也並不討厭叔叔，親戚一貫討厭左派的態度本來就讓和也反感，一想到連反捕鯨人士都被批成共產黨就讓人難以接受。和也甚至認為，家族裡至少要有個像叔叔這樣的人才好。

小巴士開上昭和通，和也小聲詢問叔叔正紀：

「聽說爸爸讀過北大，是真的嗎？」

叔叔默默地注視著和也片刻，似乎是對和也的話感到訝異，又或是在猶豫該不該回答。

和也等著答案，叔叔終於開口：

「到了火葬場，我慢慢告訴你。」

和也點頭。

遺體要火化約莫一小時才會完全變成骨灰。親戚們聚集在火葬場的休息室，吃著簡樸的便當。叔叔悄悄離開休息室，和也跟了出去。

叔叔來到火葬場的空地上，拿出香菸叼在嘴裡。和也來到叔叔身邊和他望向同一個方向。

「今天聽說了很多事：像是爸爸考上警察學校之後，還去讀了北大；還有爸爸無法接受爺爺的死因，一直在調查真相。」

叔叔吐出一口白煙。

和也問：

「爸爸讀過北大，是真的嗎？」

叔叔拿開嘴裡的菸，簡短回答：

「真的。」

「考上警察學校才去？」

「畢業後才去。」

和也這下更糊塗了。

「警察學校一畢業，不就成為警察了嗎？」

「對，哥哥先當上警視廳的警察，後來考上北大去札幌當文學院的學生。」

「爸爸辭掉了警視廳的工作？」

「不，他應該還是警視廳的警察。」

「到底是怎麼回事？」

「哥哥的腦袋很聰明。」叔叔仰頭望著天空。「如果老爸沒有死得那麼早，老哥從上野高中畢業肯定能考上國立大學。但是單親家庭很窮，所以老哥決定和老爸一樣，去警視廳工作。警視廳認為這麼能幹的人當個巡查太浪費了。」

「所以讓他繼續上大學？」

「對，讓他讀書去考北大，他也順利考上了。」

「我從來沒聽過這件事，也不曉得爸爸去過札幌。我以為爸爸二十多歲才去上警察學校，之前都在打零工。」

叔叔轉向和也，表情顯得有些僵硬。

叔叔直盯著和也。

「我本來也以為是這樣，直到某天有人告訴我，哥哥其實是警視廳公安部的臥底。」

和也愣得眨了眨眼。

「臥底？」

「聽說他當時做了臥底，打探學運人士的動向。一九六〇年的安保年[2]，全學連的委員長就是北

2 為左派與學運發起的反對《日美安保條約》運動。一九五九年為首場抗爭，一九六〇年為運動高峰，大批抗議者包圍日本國會山莊示威。

大出身，所以公安設法要送個背景清白的警察混進北大。這人必須經得起調查才沒人會懷疑他是臥底，哥哥腦袋好就被選上了。他直到二十三、四歲，才從札幌回來當普通警察。不對，或許之後還執行了一段時間的臥底任務。」

這下和也懂了，今天下谷警察署長致詞時，稱父親高中畢業後就成為警察，當時和也還以為署長只是在美化父親的警察生涯。

話說回來，他真的對父親這段人生一無所知，父親想必認為去北大念書當公安臥底並非光彩的事，並不是因為擔心人身安全才絕口不提。

和也又問：

「爸爸的一位世伯說過，爸爸一直在調查爺爺過世的真相，是真的嗎？爺爺的死那麼不簡單嗎？」

「警方不承認老爸是殉職。」

「我知道，好像當成了意外，爸爸曾對我提過好多次。」

「你知道多少？」

「完全不清楚，只知道天王寺五重塔失火那天晚上，爺爺意外摔死了。」

「沒錯，在火災當晚一片混亂的時候，老爸從芋坂的鐵路天橋上摔下來。」

「那不是意外嗎？」

「那天晚上老爸當著我們的面，突然離開五重塔的火災現場，首班車發車時，才發現老爸的屍體，我完全搞不懂那怎麼會是意外。」

「如果不是意外，會是什麼？」

「我和哥哥懷疑是犯罪，或許老爸不是摔下去，而是被人從天橋上推下去。只不過……」

和也催叔叔說下去。

「只不過？」

「谷中警署和警視廳斷定那是自殺。警方稱駐在所旁失火，老爸責任心強，受不了良心譴責而自殺。」

「爺爺是這樣的人嗎？」

「他不是會因為自責而自殺的人，也不是會以死謝罪的人。」

「谷中警署和警視廳為何如此判斷？」

「老爸確實在火災時離開崗位，那些高官說什麼都不能接受吧，駐在所旁的重要古蹟失火了，總要有人出來扛責。」

「可是叔叔和爸爸都不相信那是自殺或意外？」

「只是直覺，沒有任何證據足以證明是犯罪。」

「當時沒有，現在呢？」

「哥哥發過誓，總有一天要親手挽回老爸的名聲，所以進入警視廳，他一直痴心妄想，以為腳踏實地查下去總會找到證據。」

「痴心妄想嗎？」

「就算不是妄想，也肯定誤判了情勢，或說搞錯狀況。孤身一人，要怎麼在整個警察組織裡查證據？」

和也不作聲，叔叔繼續說：

「老爸的死因到現在還是個謎。意外、謀殺、自殺，每個說法都有點道理，但那都是將近四十年前的事了，就算查明真相不是自殺，又能怎麼樣？警方不可能重新承認老爸是殉職警察，補辦喪禮。可是哥哥想的不一樣，他認為第二代警察就是要為了老爸的名聲去查明真相，即使已經過了幾十年也不晚。」

和也說：

「去年我隨口和爸爸提起未來的出路，當時聽爸爸說爺爺生前也有想查清楚的案子。」

「是啊。」叔叔說。「那是發生在他轄區裡的凶殺案。」

「案子破了嗎？」

「沒有，凶手逍遙法外，我記得老爸也一直掛念著那案子。」

「那案子和爺爺的死有關嗎？」

「我不曉得，但是哥哥相信有關，他相信只要查出老爸死去的真相，自然就知道凶殺案的真相。不對，應該相反，只要查明老爸在意的案件，就能得知道老爸死亡的真相。」

「最後兩個案件都沒能查出真相……」

「對，哥哥拚了命想挽回老爸的名聲，耗費太多心力。臥底任務本來就讓他身心負擔過重，幾乎承受不了壓力，這你知道的吧？」

和也想起父親一喝酒就鬧事的時期，當時還沒調到天王寺駐在所。那時父親只要喝酒就會發狂、對母親施暴，和也當時確實很痛恨父親。直到父親分發駐在所服勤後幾年，和也才與父親和解。

「那些都過去了。」叔叔換了話題。「你要升學吧？我聽說你和哥哥一樣，成績不錯。」

「爸爸都死了，我應該沒辦法上大學了。」

「哥哥是殉職，是因公身亡，我記得殉職警察的子弟可以請領獎學金。如果你因為沒錢就放棄升學，叔叔贊助你，你去念大學吧。」

和也看著叔叔，叔叔一臉認真，並非一時衝動或只是場面話。可是和也記得，叔叔的生活並不算寬裕。

叔叔微微一笑。

「我沒有孩子，如果能當你乾爹，也很開心啊。」

「可是……」

叔叔伸手打斷和也。「不過要贊助你升學，有個條件。」

「什麼條件？」

「就是不要當警察，能答應我嗎？」

和也為難地搖搖頭。

「今天之前，我確實沒想過當警察，可是……」

「現在不能答應我？」

「還不行。」

「好吧。」叔叔苦笑。「我是不可能綁住你的人生了，總之別擔心升學的事。」

「是。」

五年之後，安城和也在大學四年級的秋天，通過了警視廳警察I類錄用考試，錄取為大學畢業警官。繼祖父和父親之後，警察族譜上又多了一人，成為第三代的警視廳警察。

2

要在第一排。

安城和也進入警視廳警察學校的時候，下了這樣的決心。如果上頭指定座位就算了，但只要沒有指定，他一定要在第一排。第一排是他的專用座，無論聽課、實習，還是教官要人舉手志願上臺，他都要當第一個。

這天第四堂課上的是急救方法。除了指導教官之外，東京消防廳的緊急救護技術員也特別來替學員上課。安城和也當然也要在第一排聽課，所以早早前往實習室，坐在黑板前第一排。和也的同班同學也公認那是和也的專用座位。

和也就讀警察學校五個月了，像和也這樣具有大學學歷的Ｉ類錄取警視廳警察必須先在中野的警察學校接受六個月職前教育。高中畢業的警察則要受訓十個月，Ｉ類錄取警官省掉了基礎教育課程。班上男女混編，實習課程則是男女分開。

校舍響起鐘聲，第四堂課開始了。沒多久，三名男女走進了教室，分別是一位中年的警部補（指導教官），還有一對身穿東京消防廳制服的男女。女性比較年輕，應該不到二十五歲，幾乎和教室裡的巡查們差不多年紀。

包括和也在內，教室裡所有新警察全都愣住，三十名男學生的目光瞬間集中在那位女救護員身上。女救護員對此不以為意，或許她已經習慣這種場面了。

消防廳制服掩蓋不住她經過鍛練的健美身軀，一雙炯炯有神的鳳眼，堅定的雙唇，用小髮夾固定的短髮。整體印象是個非常活潑的女性，或許和也盯著她的時間，比其他同學還久了些。

指導教官在黑板前說：

「今天特別邀請了消防廳的緊急救護技術員，指導各位實用的急救方法。」

教官介紹男救護員，姓吉住，看來三十五、六歲，報上姓名後就鞠躬，感覺像地區課的警察。

指導教官又介紹今天的助理，女救護員永見。她簡短自我介紹，然後向學員們鞠躬。

東京消防廳從幾年前開始錄用女性緊急救護技術員，也就是說她還是新人，頂多只有兩、三年經驗。

指導教官說：

「當案件或意外發生時，警察很可能是第一個抵達現場的人，就算不是第一個，通常也是現場唯一能夠冷靜應付狀況的人。今天會以這樣的狀況為前提，演練警察在案件或意外現場該做些什麼。」

教官對吉住點頭。

吉住對永見使了個眼色，兩人就離開教室，走廊上似乎擺了一些教材。

指導教官說：

「警察也是人，說真的，人碰到意外或刑案現場多少會驚慌，尤其是年輕的男警察……」

指導教官突然頓住。

和也盯著教官的臉，年輕的男警察，為什麼？

指導教官說：

「在現場看到某些事物一定會緊張，你們認為是什麼？」

和也輕輕舉起手。

「屍體？」

指導教官點頭。

「說得更精確點，是鮮血和異性的裸體。」

男學生們紛紛笑出聲。

指導教官環視著臺下學生，接著說：

「你們還不習慣看到大量出血，我想也沒幾個人看慣異性的裸體。案發現場只要有鮮血或裸女，年輕警察就會變得慌張，不敢直視現場。」

指導教官對走廊喊：

「請進。」

和也望向門口。

吉住和永見扛了一個用半透明塑膠布包裹的大型物體進來。

兩人在地上攤開塑膠布，裡面包著一個男性假人模特兒，應該是急救方法的教材，假人半裸，五官做得相當逼真。

兩位救護員將假人橫放在黑板前的講桌上。

指導教官說：

「我要兩名志願者。」

和也毫不猶豫起立，坐他隔壁的人也站了起來。

指導教官看著兩個志願學生說：

「你們兩個，去走廊上換這件衣服回來。」

教官丟給兩人各一件老舊的T恤，雖然洗過，但已經不算白了，看起來就像園丁常穿的骯髒工作服。

和也與同學到走廊脫去警察制服上衣，並將內衣換成T恤。

另一名志願同學說：

「要做什麼？要我們彼此打到流血嗎？」

這人名叫樋口雅人，來自宮城縣，原本想就讀東京的私立大學經濟學院，畢業後通過警視廳警察錄用考試，希望成為對付智慧犯和經濟犯的刑警。

和也回答：

「怎麼可能，應該是演傷患。」

「會不會逼我給你人工呼吸？你有牙周病嗎？」

「不會啦。」

兩人拿著換下的制服，回到教室。

指導教官對樋口說：

「樋口，你仰躺在這塊塑膠布上。」

樋口無助地望向和也，然後聽命躺在塑膠布上。

吉住救護員站在樋口後面說：

「各位都知道，血液占人體體重的百分之八，一個體重六十公斤的成年人，體內大約有四・八公升的血液。當人體失去血液總量的三分之一，就會失血過多而死。以體重六十公斤的成年人來說，只要失血一．六公升就是過多了。實際上人只要失血一公升就會休克，但還不至於喪命。換句話說，人只要失血不超過總量的三分之一，就不致死亡。」

永見不知何時拿出了一瓶罐裝果汁。

吉住從永見手上接過罐裝果汁說：

「各位請看，這是一罐番茄汁，容量是一百八十毫升。」

吉住拉開易開罐的拉環，蹲在樋口旁邊，將番茄汁隨意灑在樋口的T恤上。白T恤馬上染得通紅，整件T恤染紅後，吉住繼續把番茄汁灑在手臂上，剩下的灑在塑膠布上。樋口全程都哭喪著一張臉。

僅僅一百八十毫升的番茄汁，卻染紅了相當大面積，還以為灑下的不只這一罐番茄汁。包括和也在內，所有同學應該都有同樣的感受。

吉住站起來說：

「各位看到了，一百八十毫升的番茄汁就能染紅這麼大片面積，所以請放心，就算案發現場看起來同樣慘烈，實際上的失血量一般也只有致死量的九分之一。因此請各位在現場務必保持冷靜，判斷傷者的傷勢，進行急救措施。」

指導教官拿了一把竹尺給樋口。

「好，樋口，這就是菜刀，捅在你的肚皮上，你用左手按住。」

樋口把竹尺垂直立在紅通通的T恤上。

指導教官說：

「假設傷患被這利器刺中軀幹後失血，趕到現場的警察該如何處置？」

和也立刻舉手。

「拔出利器，然後立刻止血，對嗎？」

指導教官微笑著看向吉住，意思是有學生上鉤了。

吉住對和也說：

「可惜，利器有時本身就具有止血的作用，反而是拔出身體的時候，可能導致傷者嚴重失血。此外，對於沒受過訓練的人來說，拔利器時還可能傷到內臟，或撕裂傷口。若是案發地點在東京都內，救護車很快就能趕到，請不要拔出利器。」

躺在地上的樋口出聲：

「就算傷患痛得慘叫，也不用管嗎？」

教室裡又傳出一片輕笑聲。

吉住認真地說：

「有力氣慘叫就代表傷口不深，也不會流這麼多血。」

指導教官接著說：

「總之，當你們趕到現場，看到有人流血或聽到尖叫聲都不必驚慌。」

吉住說：

「像這樣的傷勢和出血，屬於腹部外傷，接下來我要說明頭頸部外傷的情況。」

指導教官說：

「好，樋口起立，接下來換安城，你躺在這裡。」

這下換和也要被灑番茄汁了，他光想就覺得不太舒服，身體稍稍抖了一下。

這天上完急救方法的實習課程之後，樋口過來找和也搭話：

「安城，你不怕血啊？」

和也回答：

「老實說，才一百八十毫升的血我就想吐了。」

「哪像我，明知道是番茄汁還是渾身起雞皮疙瘩，打死我都不去重案課或交通課。」

「無論如何都想對付智慧犯嗎？」

「按我的特質和能力來看，還有別條路嗎？」

「那個部門不需要太多人力吧。」

「但競爭也少多了。你還是想去地區課？」

警視廳最近將巡邏課改稱地區課。

「嗯。」和也回答：「這是我的志願。」

「你是不是覺得自己個性很好？」

出乎意料的問題，和也眨了眨眼。

「怎麼這樣問？」

「地區課巡查的第一要件，就是個性要好，才能和當地人好好相處。我覺得這不像你的特質。」

是這樣嗎？這麼說來，父親原本肯定也不適合當個駐在警察，但是當上駐在警察之後，人就變了，變得圓滑、穩重，能與他人建立良好的關係。父親調單位之後個性也變了，自己應該也做得到，就算目前還缺乏地區課警察所需的特質，也不打緊。

「我覺得你適合當刑警，你會追根究柢，做事專注又細心。警視廳錄用你，應該是希望你當個好刑警。」

是這樣嗎？有個追根究柢、專注細心的地區課警官，也不是壞事啊。

「對了。」樋口說：「警視廳有專門分析罪犯側寫的職位嗎？」

最近日本的犯罪影集和電影常常出現專業的側寫員（profiler），聽說這類專家負責分析現場遺留物證和凶手的犯罪模式，鎖定犯人的整體樣貌。前一年才發生震驚全日本的神戶連續兒童殺人案，新聞媒體還請來美國的犯罪側寫專家，展現分析案件的技術。

不對，其實在那件案子裡，每個日本人都彷彿成了小市民側寫員，廣泛議論著犯人的樣貌。

和也回想起神戶連續兒童殺人案的經過。

「我們應該有類似功能的單位？或許在科學搜查研究所裡。」

「兵庫縣警肯定沒有。」

「所以一開始才會鎖定中年男子？」

「搜查總部原本一直在追查那中年人對吧？」

沒想到案件發生三個月後，警方逮捕了一名十四歲的中學生，這名未成年凶手跌破了許多日本人的眼鏡。

樋口說：

「往後肯定會有人因為想當側寫員才加入警視廳。」樋口話鋒一轉。「對了，今天那女的感覺還不賴。」

是說永見救護員嗎？和也努力保持冷靜反問：

「你說那個女救護員？」

「對啊，看起來精明幹練，好想認識那種女孩。」

和也繼續保持冷靜。

「我們應該會和消防廳辦聯誼吧。」

樋口似乎把和也的話當耳邊風，自言自語起來：

「光是穿制服就讓人神魂顛倒了。這是讓我下意識報考警視廳的原因嗎？」

和也沒回應，別過頭去。他確實有點在意那女孩，不是因為當警察悶太久了隨便哪個女孩都好，而是那女孩真的很不錯。

可是他卻比樋口晚承認對永見有意思，心裡有點不是滋味。

和也上完職前教育之後，分發至警視廳目黑警察署。他成為地區課警察，前往中目黑站前派出所服勤。大學畢業警察必須接受七個月的現場實習，這時才要開始。

這七個月，長官會評估新巡查的適應性，評估很嚴格。就某方面來說，這段期間算是試用期，完全不適合當警察的人會被刷下來。有不少人服務標準完畢業分發之後，就放棄當警察。

七個月的畢業分發結束之後，新任巡查必須再次回到警察學校，接受兩個月的職前補修科目研習。研習結束，上級會按本人的志願和適應性，決定之後分發的單位，所以能否分發心目中的職位，就要看畢業分發這七個月了。

和也住進目黑警察署附近的單身宿舍，前往目黑警察署上班。假如不算在中野警察學校上課的日子，這是和也第一次住在山手線一帶。這裡的街景和居民風情對下町長大的和也來說充滿新鮮感。

派出所長是個即將退休的巡查部長，姓白川，感覺為人敦厚。

和也第一天去目黑警察署打招呼，白川就一臉感慨說：

「安城，就是那個下谷警署安城警部的兒子嗎？」

和也說：

「是，父親生前還是巡查部長。」

「尊稱他警部應該的。原來啊，安城兄有這麼個好兒子。」

白川向在場其他的地區課警察介紹和也。

「你們記得吧？他就是下谷警署安城民雄警部的兒子。安城警部從吸毒殺人犯手裡救出孩子，中槍身亡，現在他兒子來繼承父業啦。」

和也並不是第一次聽人這麼介紹他，感覺警視廳這個組織，對於第二代、第三代的警察會表達某種敬意。警察職業的傳承代表父親給孩子好的榜樣，也證明孩子以父親的職業為榮。殉職警察的孩子選擇從事父親的職業，對其他警察來說也覺得生涯頗值得驕傲。

和也聽著介紹心想，父親當時是什麼情況呢？警察同僚和前輩們也是這麼看待他嗎？還是因為祖父那樣死去，反而冷眼相待？

和也跟著派出所長走出目黑警察署大門，發現一樓大廳很多警察都盯著他看，甚至聽到有些人低聲說，就是那安城兄的兒子啊。

和也感到不太自在，只好默默在心裡說，爸爸，這個棒子的壓力好大啊。

和也以為自己耳濡目染，從小便已對派出所警察的勤務瞭若指掌，實際當上警察之後，才發現那不過是九牛一毛。派出所警察的職務五花八門，也少不了文書工作。

每天都有人走進中目黑站前派出所，諮詢數不清的問題，以及小案件和意外事故。最多的是問路，也有失物提交與招領、腳踏車失竊等等。這些小事都要寫公文，而且數量不容小覷。

中目黑車站內的旅客常發生爭執，有人喝醉需要照料，碰到色狼報案，周邊酒館街的賴帳糾紛，卡拉ＯＫ的噪音和狗大便都有人找警察投訴。派出所前就是山手通，經常要處理小車禍，大致和扒竊的報案數差不多。再加上這一帶地狹人稠，常有人打電話抱怨隔壁人家的庭院落葉太多，或是違規停車。還有少年輔導工作。

每次有人上派出所抱怨或報案，和也就得寫一份公文。和也在警察學校學過撰寫各種受理文件、案件報告，但還不熟練；而到了派出所不過十天，和也幾乎遇上了地區課警察會面臨的所有小案件、小事故和各種投訴，一口氣熟悉了所有公文的寫法。協助搭檔巡查逮捕闖空門的現行犯時，學會了現行犯逮捕手續書甲第十七號報案單的寫法；民眾在中目黑車站內壓制鬧事的醉漢交給警察，他又學會現行犯逮捕手續書乙第十八號報案單的寫法。這些都是在派出所服勤頭兩個星期內發生的事。

在派出所服勤滿兩星期當天，白川問和也：

「安城，你好像從來沒有提過職務盤查的報告，你沒有執行過盤查嗎？」

和也在學校裡並不太擅長職務盤查。要是眼前有個渾身血跡的可疑人物也就算了，但只是看起來可疑，和也便不太敢逕自上前盤查。這兩星期間，和也經常觀摩前輩進行職務盤查，但只敢聽前輩指示，比對姓名和通緝名單。和也在派出所裡或徒步巡邏時，要是看到哪個路人有點可疑想攔下盤查，前輩們都會在一旁觀察整個過程，壓力實在很沉重，所以他至今沒有主動進行職務盤查。

和也回答白川：

「我還看不出誰是可疑人物。」

「你應該習慣站前派出所的工作了吧？」

「是。」

「那天線也應該架起來了。就是一個怪字，你的天線自然會抓到某些周遭環境欠缺協調感的訊號。」

「我還沒有自信。」

「那個破窗偷車賊還在犯案，試著把天線功率調到最大吧。」

「是。」

這天晚上，和也的值勤搭檔是巡查前輩成田，成田約三十歲，不時會哼歌，是個愛開玩笑的人。

晚上九點多，和也與成田徒步巡邏途中，在天祖神社旁的路上發現可疑人物。兩人才走過轉角，就發現一名男子探頭往停在路邊的車裡瞧。

男子一發現和也等人的腳步聲就突然站直身子，在路燈下可以清楚看見男子的長相，距離兩人約二十公尺。

成田小聲說：

「動手？」

「是。」

「如果他反抗，你扮黑臉，我扮白臉。」

兩人搭檔進行職務盤查的時候，一定要分黑臉白臉，和也還不熟悉其中的技巧，但是扮黑臉嚇唬人，應該比扮白臉輕鬆。

男子一看到和也兩人就轉過頭去，這條路筆直延伸約五十公尺，視野開闊，兩邊是住宅大廈，無處可逃。

男子往兩人走來，似乎打消了逃跑的念頭，打算若無其事直接錯身而過。

男子看上去四十歲左右，穿著淺白T恤配工作服，下身是牛仔褲，一頭蓬鬆亂髮，肩上揹的不確定是單肩包還是後背包。

成田親切向男子搭話：

「大叔，怎麼了？丟了什麼嗎？」

成田邊說邊伸手擋住男子的去路，和也也停下來站在成田旁邊。

男子交互看了看兩名警察，生硬地說：

「不，沒事。」

表情看來有點緊張，但夜裡警察來搭話，任何人應該都會感到緊張。

「這樣啊。」成田的口氣很自然。「我看你像在找什麼呢。」

「只是在散步。」

「大叔要去哪裡？」

「中目黑車站。」

成田表示納悶。

「哎呀？這不就繞遠路了？」

「我習慣走這條路。」

「喔，你住這附近嗎？」

「對。」

「住哪裡？」

「就那裡。」男子指著馬路那頭。

成田望向馬路那頭說：

「這一帶的地名地號是什麼？上目黑四丁目？」

「啊，對，上目黑四丁目。」

「錯了啦大叔，這附近是二丁目。」

「我就說是附近了。」

「怎麼了，大叔？你在害怕什麼嗎？」

「才沒有。」

「太好了。」成田對著對方笑。「我可不喜歡嚇人。大叔，想問你幾件事，能不能和我們去一趟派出所？」

男子明顯驚慌起來。

「我還有事。」

「一下子就好了。反正你要去車站吧？我們順路啊。」

男子又看了和也一眼，才不甘願邁開腳步。男子邊走著，將背包從右肩換到左肩，看來裡面重量不輕。和也故意走在男子右後方，避免男子逃跑。

成田走在男子左邊，又輕鬆說著：

「大叔，能不能再告訴我一次你住哪？上目黑的哪裡？」

「沒有，不是上目黑啦。」

「哎呀？是我聽錯了嗎？大叔剛才不是說住上目黑嗎？」

「我不是那個意思。」

「是我搞錯了嗎，可以再問一次地址嗎？大叔住哪呢？」

三人走進目黑銀座商店街，路上燈火通明，往來行人又多，路上行人好奇看著和也三人。

和也再次打量他左前方這名男子，身上的T恤有點髒，牛仔褲的褲腳破爛，只有身上的背包又新又乾淨。

看來成田與和也靠職務盤查逮到了某個罪犯，可以向派出所長報告了。

和也心想，話又說回來，成田的說話方式是職務盤查的技巧之一，但是和也應該做不到。如果地區課警察的資格，是要自然而然以這種方式進行盤查，他將來肯定當不了優秀的地區課警察，還是經過訓練、累積經驗之後，自己也做得到？

父親當時是怎麼做的？他沒有看過父親進行職務盤查，但肯定不像成田的模式。父親的口氣應該會更嚴謹，也就是較具壓迫感的盤問。但不曉得哪一種比較有效。

三十分鐘後進行B號比對[3]，得知兩人職務盤查的男子，正是神奈川縣警通緝中的破窗偷車賊。

婦人趕來派出所的日子，是十一月初的星期一。

婦人約莫六十歲，一臉受到驚嚇。

「對不起，好像有黑道霸占了我家的土地，請幫忙處理一下。」

仔細一問，原來是建設公司派了一批像黑道的人，占據一塊正要建造住宅大廈的土地。婦人的丈夫是地主，也是出錢營建的金主，去年委託這家建設公司建造一棟五層樓的住宅大廈，但是工程還沒結束，建設公司就主張擁有住宅的所有權。公司找夫婦倆談了好多次，還向法院申請假處分，拿到臨時登記執行命令，硬是登記了建物所有權。今天更送來一批黑道模樣的男人強占工地。

地點是上目黑四丁目，蛇崩伊勢通的一條巷子裡，和也與成田騎腳踏車前往現場。

工地的圍牆上有告示牌，牆板裡拉起藍色的防塵布，防塵布裡應該搭起了鋼骨。和也與成田快速掃過告示牌上的建築批准項目。

工程車出入口前站著兩名男子，一看就是混黑道的。不遠處有個穿運動服的大叔，大叔一看到和也等人立刻鬆了一口氣似地跑了過來。

大叔自稱淺見進，名片上印著服飾販賣公司資訊，頭銜是董事長。

淺見迅速描述事情經過。

這塊土地原本歸淺見家族所有，去年這裡還有兩棟木造公寓，但因木造建築老朽，淺見打算改建五層樓的住宅大廈，並透過朋友介紹，和渡邊工業這家建設公司簽約。

沒想到鋼骨才剛搭好，渡邊工業就突然停工，稱工程費不夠。淺見付給渡邊工業的金額相當於總工程費，不料渡邊工業總是找各種藉口拒絕開工。淺見忍無可忍，於是停止付款並解除契約。

想不到渡邊工業依照民事訴訟法申請假處分，登記暫時所有權。渡邊工業主張承建人將搭建之建築物交付給發包人之前，所有權歸於承建人，而法院也許可了。

和也聽到這裡就懂了。原來是黑心建商打算主張建物的所有權，進而搶奪土地。只要扣著工程，

3 即通緝犯比對。

占據不放，就能以低廉的價格搶走土地。然而既然申請到假處分，就很難說對方違法。

成田為難地問淺見：

「淺見先生今天也被騷擾嗎？」

淺見氣呼呼說：

「我來視察工程進度，並打算和新的建商簽約，沒想到他們卻不讓我進去。這可是我的土地啊。可是你們看他們那德行，我也不敢硬來，所以才報警找派出所，打一一〇。」

成田走近兩個黑道裡面年長的那人，和也跟了上去。

成田對眼前的平頭男說：

「怎麼不讓地主進去呢？這是他的正當權利吧？」

對方賊笑。

「就算土地是他的，建造中的建築可是我們的。發包人就是亂放話，我們才申請假處分，法院也判准啦。」

「讓他進去吧，他可是地主。」

「可以進去，但是不能進去建築裡，誰知道他會搞什麼鬼？」

此時後方傳來緊急煞車聲。

回頭一看，是目黑警署的偵防車，車上下來兩名便衣男子，和也認識這兩人，都是刑事課的刑警。年長的巡查部長是柴田三郎，手下的巡查是稻垣敏夫。

柴田走向平頭男問：

「這在搞什麼？」

柴田的眼睛總是有點浮腫，看起來不太起眼，五官並不凶悍，給人的感覺也不能幹，身上的衣服像是大賣場的便宜貨。這種中年男子在年輕女孩眼中只是嘲笑的對象罷了。

平頭男看柴田走來，明顯露出冷笑。柴田問了經過，平頭男一樣咧著嘴端出藉口，不同的是，這次還從西裝胸口袋裡拿出一份文件，似乎是假處分的判決書。

柴田看了文件後一臉為難。

平頭男又乘勝追擊。

「您也看到了，這是民事判決，輪不到警察出面。」

此時柴田接聽無線電的耳機，臉色沉了下來。

他將無線電放回口袋，走到淺見面前。

「淺見先生，看來這不是警察可以介入的事，或許找律師談談比較好。」

「太過分了！」淺見氣憤難平。「這樣下去別說房子沒了，連土地都會被他們搶走！」

「法院都判決假處分了，這就是民事，接下來透過律師交涉比較好。」

「這是詐欺！渡邊工業一開始簽約就是打算搶我的土地！」

「只能交給司法判斷了。」

「原來警察這麼沒用。」

「就目前來說是的。」柴田鞠躬道歉。

成田低聲問柴田：

「這是怎麼回事？」

柴田忿忿地說：

「渡邊工業的律師剛剛到了警署，署長出面應付，說淺見和渡邊工業的案子已經判決假處分，法律上沒問題。不管民眾有什麼苦衷，這都是民事事件，要我們別插手。」

「那我們呢？」

「這是署長的吩咐，我們要撤了，你們也只能旁觀吧。」

和也看向淺見和平頭男，淺見目瞪口呆，似乎無法相信警察會這樣處理。平頭男則是邊冷笑邊盯著警察，似乎對這種場面已習以為常。

和也和成田對看一眼，難道只能撤退了嗎？

和也回到警署之後，聽說了渡邊工業律師來訪的事。

這名律師叫做大澤泰樹，六十多歲，外型是個壯漢。這天早上，就在和也聽淺見夫人申訴的同時，大澤泰樹來到警署要求見署長。大澤律師對署長表示，渡邊工業和淺見進發生合約糾紛，錯在淺見，渡邊工業因此申請假處分。為了避免未完成的工程被破壞才派人監視，這都是民事行為，希望署長不要接受報警或閒雜人士申訴。署長答應下來，吩咐地區課和刑事課的課長不要插手。

柴田等人在署長吩咐之前已經接獲一一〇報案，趕往現場，不料刑事課長立刻聯絡柴田，說是民事糾紛，要他收班。

和也在更衣室換下制服，柴田剛好走進來，雙手插在褲袋裡。

柴田一看到和也，就苦笑說：

「這件事真是吞不下去啊。」

和也挺直腰桿回答：

「我認為就法律上來說，渡邊工業站得住腳。」

「你對法律很熟？」

「記得之前在學校曾學過類似的案例。」

「在中野？」

「啊，不是，在大學，我念法學院。」

「這到底是什麼狀況？」

和也回想法律條文。

「像這種建築合約，假如發包人並沒有供應建材，即便支付了發包費用，交屋之前，建築依然不歸發包人所有。以這件案子來說，建材應該是渡邊工業購買的，所以在交屋前所有權確實歸渡邊工業。」

「就算是這樣，從簽約到目前為止的過程還是讓人不服氣，大澤律師和渡邊工業肯定有鬼。」

「他們是竊占土地的慣犯嗎？」

「可能是詐欺，泡沫時期更常發生這種事。」

「所以是犯罪？」

「那當然。這樣下去，淺見就會被迫賤價賣掉土地。假如說這不是犯罪，日本就沒有經濟犯啦。」

「可是上面吩咐不能介入。」

「前提是沒有犯罪情事啊。」

反過來說，只要有犯罪情事，柴田就打算徹查到底，署長吩咐就當參考了。

和也還沒問清楚，柴田就嘓著嘴走進廁所。

獲報那件車禍的那天，是接近耶誕節的一個假日。北部營造辦事處[4]前，一輛貨車撞上了對向車道的私家車，兩輛車彈飛撞進馬路兩側的房屋裡。聽說現場多人受傷，警署發出緊急指示，和也與成田一同趕往現場。

發生車禍的馬路不是寬廣幹道，車速其實快不起來，不應該發生這麼嚴重的車禍，或許是因為年關將近，雙方都在趕路。

兩人騎腳踏車趕到現場時，附近已經聚集三、四十名行人圍觀。

貨車撞進了辦事處大門旁的牆壁，車頭嚴重毀損，擋風玻璃碎裂。貨車旁站著一名發愣的三十歲男子，應該是貨車司機。

私家車翻倒在馬路另一頭住宅大廈的樹叢間，兩人橫躺在地。

成田對和也說：

「我查看貨車，你看私家車。」

「是。」

倒地的兩人分別是中年婦女和男孩，婦女臉上看似有撕裂傷，雙手摀著臉。男孩約中學年紀，四肢伸直，看不到外傷。

和也繞到私家車前面，擋風玻璃一樣全碎，引擎熄火，汽油味很淡，不必擔心起火。

駕駛座上坐著一名男子，趴倒在方向盤上，臉上和頭上滿是鮮血，看來還有在呼吸。

要先把車子翻回來救人嗎？還是乾脆從擋風玻璃拉出來？如果翻車會動到傷者，說不定還會造成更嚴重的出血。

後方同時傳來警車和救護車的警笛聲，還是先讓救護隊員來救出駕駛為要。

和也蹲在中年婦女身邊，看情形是撞車的時候被拋出車外。
「聽得見嗎？妳還好嗎？」
和也一喊，婦女無法動彈，微弱地應聲。
「好痛，救我。」
「別擔心，救護車要來了。」
和也轉身，跪在一旁仰躺的男孩身邊。
「聽得見嗎？你還好嗎？」
男孩沒反應，但是睜著雙眼。
和也拿起男孩的手腕想確認脈搏，沒有脈搏？他稍微移動了位置後再確認一次，還是沒有脈搏，是他哪裡做錯了嗎？
男孩依然有體溫啊。
和也想起在警察學校學過的急救方法，雙手按在男孩胸口，用體重進行心臟按摩。他按了兩下、三下，到第五下總算有了反應，男孩動了一下，嗆咳兩聲，嘴裡嘔出了些穢物。
和也扶著男孩坐起來，男孩並沒喊痛，看來沒有骨折或嚴重瘀傷。和也輕拍男孩的背，男孩又咳了咳，吐在自己的長褲上。
此時警車與救護車抵達現場。
成田對前來支援的交通課警察說：

4 管理當地土木行政效率的政府機關。

「私家車裡還有人。」

又傳來救護車的警笛聲，似乎還又有兩輛過來。

和也看了看男孩的表情，雙眼已經恢復生氣，訝異地盯著和也。

「沒事吧？」和也問。

男孩緩緩點頭。

交通課的警察和救護隊員趕到現場，將私家車翻正，四輪落地，發出沉重的聲響，玻璃碎片散落一地。

第二輛救護車趕到現場。

兩名救護隊員下車，先趕到中年婦女身邊。

其中一名救護隊員盯著婦女的雙眼，對她伸出一隻手指。

「這是幾隻？」隊員問。

「一隻。」婦女回答。

「哪裡會痛？」

「臉痛、背痛，哎，全身都在痛。」

救護隊員拿出了一支像麥克風的物體。

「上目黑三丁目，營造辦事處前車禍，女性，意識清醒。」

緊接著第三輛救護車也到了。

兩名救護隊員趕到和也與男孩身邊，其中一人是女性，和也記得她，就是來警察學校教學的緊急救護技術員，記得姓永見。

兩人對上眼，永見也露出訝異的表情，她記得和也。

和也對兩名救護隊員說：

「剛剛心跳好像停止了，做了心肺復甦術，總算有了呼吸。」

男救護隊員說：

「是你幫他做的嗎？」

「對，他後來還嘔吐了。」

「好，再來交給我們。」

三名傷患分別被放上擔架床，男孩躺的擔架床被送上救護車時，和也又與永見對上眼。

永見說：

「那孩子差點就不行了，多虧你及早進行急救處置。」

和也有點靦腆地說：

「那次的訓練有成果啦。」

「你在目黑警署？」

「對。」和也回答時快速瞥了一眼永見制服胸口的名牌，全名是永見由香。「妳呢？」

「我現在是麻布署。」永見說的署，應該是消防署。

和也脫口說了出乎意料的話：

「可以打電話給妳嗎？」

永見瞪大雙眼，乍看有些開心，但和也不確定。

永見回答：

「是安城先生吧。」

「對。」

「我等你的電話。」

永見坐上救護車，男救護隊員關上了後車門。

和也趕到救護車前方指揮群眾，幫忙開路。永見搭的救護車迅速離開營造辦事處前。

我等你的電話。

由香這句話還縈繞耳邊。

和也念大學時幾乎都在打工，沒有聯誼的經驗，也沒參加社團，整整四年都像過著苦行僧的日子。女孩對他這麼說，他無法抵抗。

別得意忘形了。和也警告自己，這只是我敲門、對方應門的反應罷了。

三天後的晚上，和也下了班，返家前去了二樓的刑警室，他喜歡像這樣不時觀察署裡其他部門的狀況。

今年十二月沒有發生大案子，刑警室裡看不到幾個刑警，只有七、八人坐在自己的座位上處理文書。

和也左顧右盼，瞥見智慧犯股後方柴田與稻垣的身影。兩人坐在開會用的沙發座，只穿襯衫捲起袖子，柴田拿著一只馬克杯。兩人面前有塊白板，他們一臉嚴肅盯著白板，似乎正在分析資料。

耶誕節隔天的晚上，雙方總算同時沒有值班。

和也在澀谷站前派出所前迎接永見由香。永見由香穿著焦糖色的短外套配長褲，和也心想，和她見了第三次才總算看到她穿便服，穿起便服也非常迷人。永見看上去一點都不像第一線的救護隊員，要說她在時尚產業上班，人們肯定也會相信。

永見由香來到和也面前，把和也從頭到腳打量一番，和也今天穿著大學時代穿的深藍色西裝外套配雙排釦短大衣。

永見由香說：

「一眼還沒認出來是你，你穿起便服感覺很不一樣。」

「這樣啊。」

和也突然有點心慌。

念警察學校的時候指導教官們告誡過，別誤會，和警察交往的女孩都是迷上這身制服，可不是你們本身的魅力。任何人穿了制服，都能取代你們。

永見由香也是迷上了這身制服，才接受和也的邀請嗎？

或許和也不小心露出失望的表情。

「不是啦。」永見由香對和也的反應感到訝異。「我的意思是，你穿上便服，完全不像個警察先生呢。」

和也說：

「如果穿上便服還像警察，那就完蛋啦。」

永見由香張嘴大笑，露出一口皓齒。

平成十二（二〇〇〇）年的元旦，和也的畢業分發剛好滿三個月。

除夕勤務結束之後，和也在元旦早上返家。

父親死後，一家人搬去日暮里的住宅大廈，目前母親和妹妹同住。和也元旦回到日暮里的家中，叔叔正紀也來拜年。叔叔正向牌位供上一點屠蘇酒，母親和妹妹奈緒子在一旁接待叔叔。

叔叔遵守父親去世時的承諾，出錢讓和也讀大學。那時叔叔的條件是不當警察，不過和也最後沒有答應這個條件就上了大學，並在大學四年級的秋天對叔叔說，他要去考警視廳警察錄用考試。叔叔似乎早就料到，只簡短回了：「好吧，以後就靠你照顧你媽和妹妹了。」

和也向叔叔拜年，叔叔看來有話想說。

和也端正坐姿，等叔叔開口。

叔叔說：

「你終究還是當了警察啊。」

「對不起。」和也鞠躬。「明知道叔叔討厭警察，我還是選了這條路。」

「沒關係。警視廳當初對老爸的死很冷淡，我一直都懷恨在心，但是哥哥不一樣，他也當了警察，認為有辦法洗刷老爸的名聲。既然你是他兒子，當然會當警察。」

「叔叔並非真的感到開心吧。」

「是啊。」叔叔一口承認。「你想想，我搞了那麼久的勞工運動，家族裡有這樣的人，你可升不了官啊。」

「我並不是為了升官。」

「你也想當駐在警察？東京都內的駐在所愈來愈少了吧。」

「我還沒想過要投身哪個部門。」

「能不能聽我一句真心誠意的勸告？」

「什麼？」

「千萬不要當公安警察。」

和也眼角瞥見母親抬起頭來，母親對公安兩個字很敏感。根據叔叔以前說的，父親曾經當過公安的暗樁，執行激進派裡的臥底任務，導致罹患了精神疾病。父親年輕時只要喝酒就鬧事、毆打母親，也是這個緣故。

和也開起玩笑。

「家裡有人混左派，我就算申請也絕對不會通過吧。」

叔叔笑了。

「一點都沒錯。」

母親喊了叔叔，說接下來一家人要去諏訪神社拜新年，然後去祖母的公寓一趟，問他要不要一起來。

叔叔搖頭，看來他才剛去過祖母家。

叔叔說：

「我差不多該把媽媽接回家了。今天和她談到這個，她一口就回絕。」

母親說：

「畢竟婆婆身子還硬朗呢。」

「她命好啊。」

叔叔說要回去，和也送他到門口。

叔叔又說：

「千萬不要當公安警察，我不希望連你也落得哥哥那樣的下場。」

和也說：

「爸爸是當了駐在警察，完成了駐在警察的任務而死，不是嗎？」

叔叔臉色一沉，搖搖頭。

「不對，他會死是因為當公安警察引發的精神疾病，一直沒有治好。最近那個叫什麼？PTSD？」

「創傷後壓力症候群。」

「那天，哥哥的精神疾病又發作了。你知道那種病的症狀嗎？」

「大致知道。」

「這種病只要受到壓力就會變得麻木，症狀之一就是感受不到恐懼。嫂子說哥哥那天的表情就和之前精神受創時一樣。他是受到強烈的打擊，導致又發病了，才會落得那個下場。」

和也記得父親當天的表情，父親吩咐母親不要離開駐在所，然後穿上制服出門，當時父親的神情連和也看了都感到恐懼，以為過去的父親又回來了。但是和也一轉念又否定了自己的想法，父親已經不是從前的父親了，只是因為緊急狀況而變得緊繃，然而還不到十分鐘，父親就中彈身亡。

或許和也當時太過震驚，扭曲了自己的記憶。父親為了拯救小女孩，挺身對抗吸毒殺人犯，那個父親絕不可能是從前喝酒鬧事、家暴的父親，而是一個有責任感、值得效法的駐在警察。是什麼事給予父親強烈的打擊？父親當天發生了什麼事？至少父親直到那天早上看起來都很正常，不像是精神疾病復發。那天究竟出了什麼事？

和也回想起父親喪禮當天，有兩位卸任警官（也是父親的世伯）聊起父親當天的事，似乎提到要和父親見面還是已經見了面。

發生了什麼事？世伯們知道父親當天出了什麼事嗎？

和也盯著叔叔的臉，感覺有人對著他的背脊澆上了冷水。

難道，這不只是一件駐在警察殉職的案子嗎？

和也問：

「和爸爸當過公安有關吧？叔叔是這樣想的嗎？」

「哥哥是因為執行公安的任務才崩潰，他從來沒有詳細告訴我這件事，不過他確實是臥底警察。我可以想像這對精神造成多大的傷害。」

「就算是真的，為什麼會在那天復發？爸爸當天早上都還很正常，那天究竟發生了什麼事？我實在很在意。」

「算了吧。」叔叔加重口氣。「千萬別想查清楚，不要和哥哥走上同一條路。」

「他終究是我父親。」

「別去翻舊帳。哥哥從來沒有對我或你奶奶談過公安時期的事，他的任務辛苦到會罹患精神疾病，你要是查下去，肯定會查到令人不舒服的真相。」

「叔叔知道真相吧？」

叔叔愣了一下，眼神顯得有些動搖。

「我不知道。」

騙人，和也有這感覺。叔叔一定知道什麼，知道父親的祕密，這祕密嚴重到足以讓父親的 PTSD 復發。

或許父親沒有直接把這件事告訴叔叔，但是叔叔已經搞了那麼久的勞工運動，或許從不同管道得知父親的任務內容。

和也心想，搞不好叔叔除了工運、勞運人士之外，還有其他不為人知的面孔？也可能他就是公安警察的監控對象？

和也正想再開口。

「先走了。」

叔叔連忙開門走出去，走廊上的腳步聲一路通往電梯。

二月某一天早上，冷風颼颼，和也所屬的地區課巡查第一班，要出動支援刑事課。原來刑事課正調查一件臥底的案子，準備一舉逮捕所有嫌犯。

刑事課的目的地是上目黑四丁目那塊淺見進的土地，目前那塊工地處於停工狀態，約有五名黑幫分子住在裡面，他們在工地裡建了組合屋，二十四小時賴著不走。約一個月前，淺見進聘了另一家建商來工地施工，可是卻都被非法占據工地的黑幫分子趕走了。

刑事課的刑警與地區課的巡查分乘六輛車前往現場，其中一輛車是押送車，這天幾乎所有刑事課刑警都出動了。

一到現場，地區課的警察立刻包圍工地的前門與後門，和也被分派去守備前門。

刑事課長站在警員們正中央，他右手邊就是穿著大衣的柴田。

幾個黑幫分子立刻從車輛出入口跑出來，平頭男也在其中，這群人看到警方這麼大陣仗都相當驚訝，似乎完全沒料到。

刑事課長上前，掏出了一份白色文件。

「警方依據刑事訴訟法第二百一十八條，將搜索淺見進所有之上日黑四丁目五番，不得妨礙公務。」

平頭男說：

「混蛋，我們是依法行事喔，少來亂搞！」

站在課長旁邊的柴田也上前一步，對著平頭男說：

「難波篤司吧？」

「哪裡打聽到的？」

「依強行妨礙業務罪逮捕你，給我過來！」

「什麼？」

「你從去年十一月起，和渡邊工業聯手霸占據這裡，企圖搶地是吧。」

柴田對稻垣和另一名刑警使眼色，兩名刑警立刻繞到難波左右兩側架住他，難波愣了一下連忙掙扎。

「混蛋！放開我！」

柴田對難波出示一張文件。

「這是逮捕令，看得懂嗎？還是要念給你聽？」

難波企圖甩開兩名刑警的手，刑警們卻更用力壓制難波。柴田等難波放棄抵抗後快速給他上了銬。

一名刑事課探員看著手錶說：

「二月二十日上午八點四十五分，逮捕難波篤司。」

其他刑事課探員隨即從車輛出入口的門縫裡衝進工地。

這天回到警署，前輩把逮捕難波的來龍去脈轉達和也。

據說是柴田等人認為渡邊工業的假處分有犯罪情事，耐著性子派人臥底偵查。渡邊工業是某政府列管幫派的旗下公司，日本警方俗稱不良土建。泡沫經濟時期，東京都內發生了好幾起類似案件，土地建物遭到奪取。

大澤泰樹是檢察官出身，俗稱退檢律師，當了律師之後和黑社會走得愈來愈近，最後成了黑幫的法律顧問，盡教黑幫幹些遊走法律邊緣的勾當。

柴田等人清查大澤與渡邊工業的過往，訪查許多遭到疑似合法搶奪土地建物的被害人，掌握多起搶奪案的全貌。同時也查出淺見進這案件中，這批人涉及詐欺、恐嚇、強行妨礙業務、偽造公文，公文正本不當行使等罪嫌。經過四個月臥底偵辦，掌握充分證據，才將渡邊工業社長與難波篤司的逮捕令申請下來，而有了這天的逮捕大戲。

聽了前因後果，和也對柴田刑警的能力感到驚嘆。像這樣錯綜複雜、鑽法律漏洞的犯罪，竟然成功立案為刑事案件，這光靠普通的想像力、耐性與智慧根本辦不到。和也心想，真是人不可貌相，柴田是個神探可倫坡類型的刑警吧，畢竟警視廳的刑警，不見得都像石原經紀公司[5]那些演員一樣帥氣。

三天後，律師大澤泰樹被逮捕，和也親眼看到柴田與稻垣兩人帶著大澤走進目黑警署。

和也看向柴田，柴田的眼神還是同樣惺忪，一臉意與闌珊。

和也對柴田誠心敬禮，柴田淺淺笑了笑。

和也腦袋裡突然冒出搜查二課四個字，他從來沒想過將來要去哪個單位，但是如果能像柴田這樣辦案或許是個選項，自己的特質應該很適合。

畢業分發已經七個月了，再過一個月，和也就要返回警察學校。

這天和也執勤結束回到警署，派出所長白川叫他過去，這個時候地區課的辦公室裡還有很多巡查在辦公。

白川把兩張紙放在待客茶几上，推給和也。

「你照這張紙條的內容，自己重新填上去。」

一張是市面上的通用收據，金額、日期、簽名欄都是空白的，也就是空白收據。

另一張紙條上寫著人名，東京都內的地名地號，和也當然都沒印象。

這是假收據？

和也快速整理思緒。幾年前，警視廳赤坂警署被人揭發做黑帳，政府提告要求償還，赤坂警署在判決下來前就答應償還，也就是警察自行承認盜用公款。當時媒體指出，這不僅僅限於赤坂警署，拿假收據做黑帳（即盜用公款）是整個警視廳組織的問題。

和也想當個警視廳警察，這則新聞他無法置身事外，他也想過要是哪天上頭叫他寫假收據該怎麼應付。和也完全不打算將公款據為私有，但如果整個警察組織都這麼做，身為組織的一員又該如何應對？想當個清廉警察的原則，面對著有盜用公款陋習的警察組織，該如何求取雙贏？怎麼做才能兩全其美？

和也最後是這麼想的：

組織的腐敗遲早會獲得清洗，不可能永遠腐敗下去，而警察機構的目標是維護民眾安全，這樣的

---

5 由日本演員石原裕次郎創辦的知名經紀公司。

社會需求想必也會持續下去。即使他進入警視廳，也不可能當上將大筆公款中飽私囊的主管。他能夠想像的金額頂多只夠同僚們吃吃喝喝，或稍微慰勞第一線警察。有必要把這種程度的行為視為貪汙，犧牲畢生的警官生涯去對抗嗎？有必要因為如此微不足道的弊端，就否定整個警察機構存在的理由嗎？

他很想問父親是怎麼應對的。父親身為駐在警察，肯定連一圓公款都沒有貪過。駐在警察不會領搜查費，也不可能涉及弊端，但或許簽過轄區警署的假收據。警察要聽命行事，父親身為警察的一分子，如果要繼續服勤，就無法拒絕長官的指示。父親擔任駐在警察，甚至公安警察的時期，應該就很清楚犯罪的輕重，並知道罪與罰之間，確實存在著灰色地帶。

一回神，和也發現白川直盯著他。

和也發現，這是一個考驗，所有要完成畢業分發的巡查都得經過這場考驗，看你是否有資格加入這個團隊。

和也擠出微笑回答：

「是。」

畢業分發最後一天晚上，和也值勤結束後，前往目黑站附近的居酒屋參加歡送會。當天地區課裡沒有值夜班的同仁都來參加，地區課長和副署長也出席了。

酒過三巡，白川在和也耳邊說了幾句，要他去找地區課長和副署長敬酒。和也心想這是出社會的規矩，連忙拿著啤酒瓶來到地區課長旁邊倒酒，也為副署長倒了一杯。

副署長說：

「安城啊，聽說你是天王寺駐在所安城警部的兒子？」

畢業分發時，副署長肯定也得知了這個消息，和也回答是的。

因為打小白球曬得黝黑的副署長，笑盈盈說：

「記得你爺爺也在天王寺駐在所服過勤吧？」

「是，聽說時間不長就是了。」

「天王寺五重塔的火災，我聽前輩們說過好多次了，想不到竟然有人選在駐在所旁縱火殉情。你爺爺真不走運，他就是那天殉職的，對吧？」

地區課長喝得滿臉通紅。

「那不是殉職啦。安城巡查部長是碰到火災，心裡一慌，擅離職守自殺去了，所以沒有受到殉職禮遇。」

「這樣嗎？」

「是啊。」

和也注意到在場十多名警察同仁都同時看向自己，爺爺是擅離職守自殺，因此沒有受到殉職禮遇……

他這下懂了。如果父親總是聽別人這麼說，最終想獨自查明祖父死去的真相一點也不奇怪。

副署長大剌剌說著：

「總之，連你這孫子都當了警察，也算是洗清了第一代的臭名啦。好好表現吧！」

地區課長也說：

「要當其他巡查的榜樣啊。」

和也鞠躬之後就退下去。

他腦中迴盪著副署長口中那兩個字。

臭名。

真的是臭名嗎？爺爺只能在酒席上淪為眾人的笑柄嗎？

我不服氣，和也心中慢慢有了這個想法。

和也再次走進中野警察學校的大門，接受職前補修科目研習。

前往指定教室後發現，之前一起被錄用的巡查中少了約一成的人，這代表那些巡查完成畢業分發之後並沒有回學校，八成是上頭判斷他們不適合當警察，將其勸退，或者自行辭職了。

樋口走來向和也攀談。

「目黑警署如何？」

和也回答：

「學到了不少。」

「還是想去地區課？」

「不曉得。」

「喔！」樋口似乎很開心。「你也考慮要當刑警了？」

「我還是不擅長職務盤查。」

「不必勉強，目黑警署是不是有個姓柴田的刑警？」

「對。」

「他竟然逮捕了渡邊工業的渡邊，還有退檢的大澤律師，膽子真大，我也好想承辦那種案子。」

「那可是要應付黑道呢。」

「總比跑血淋淋的現場好吧。」

職前補修科目研習為期兩個月，新任巡查不只要學習比先前六個月更專業的實務知識，還要接連分發到新單位。就某方面來說，這時候起才算正式執行警視廳警察的勤務，相當於通過私人企業的試用期，正式錄用。

職前補修科目研習結束前三天，安城和也巡查前往警察學校校長室旁的會議室。

兩分鐘前，也就是這天第四堂課下課後，教官遞給他一張紙條，紙條上要他下課後前往會議室，署名人是校長。

和也來到會議室前，深吸一口氣後敲門，門內馬上有人要他進去。

開門一看，會議室裡有張大桌，三名男子面對面坐在大桌另一頭。坐在右手邊的是警察學校校長，身穿制服。

左手邊的兩人穿著西裝，都四十歲左右，一個戴無框眼鏡，另一個留短髮，皮膚黝黑。看這兩人的氣質，肯定是警視廳的中階主管，兩人都仔細打量著和也。

和也先向校長敬禮。

「安城和也巡查，前來報到。」

校長說：

「你過來，這位是總廳警務部的及川人事二課課長。」

眼鏡男點頭致意。

校長接著說：

「這位是警務部人事一課的畑山課長。」

短髮男也點頭致意。

兩人都是警務的主管？警務部分為人事與監察兩個單位，可說是警視廳內部的警察，專門監察警察是否違反服務章程，甚至有無犯法。

難道他的行為出了問題？是因為和東京消防廳緊急救護技術員永見由香交往嗎？不會吧，已經不是戰前或戰後時期，警察無論和哪一種職業的人交往都不再是問題，至少警視廳目前檯面上是這樣的態度。

不對，說到人事一課，管的是警部以上的警察人事，人事二課管警部補以下，一課和二課的課長都來了，代表找和也不是為了人事。

和也壓抑著心中的不安。

校長起身，對兩位主管說：

「我就告辭了。」

校長從右手邊的門走回校長室。

及川二課長以低沉的嗓音對和也說：

「我看你很緊張。」

「是。」和也不確定這算不算問題，還是回答了。「不知道警務部為何要找我。」

及川揚起了嘴角，像是在微笑。

「你別擔心，先坐下。」

和也走向房間後方，來到剛才校長坐的位子旁邊，坐在兩人對面。

那兩人面前放著檔案夾，看來是人事相關資料，或許是和也的資料。

及川先看了桌上的文件，接著說：

「下谷警署的安城警部就是令尊吧？」

「是。」和也回答。「正確來說，家父七年前殉職時還是巡查部長。」

「而令尊的父親也是警察。」

「是，是在天王寺駐在所服勤的巡查。」

「就算在警視廳裡，一家三代都當警察也很罕見，想必是令尊教得好啊。」

這應該不是提問，和也沒有回話。

及川把文件翻了一頁。

「你是都立大學畢業，卻沒有直接報考警察廳，能問問原因嗎？以你的成績，應該可以輕鬆通過II類考試。」

這一問，和也就懂了。他應該是警察廳錄用的警官，分派來警視廳警務部擔任人事二課長[6]。

和也回答：

「我想在警視廳工作，當個東京都的警察。」

6 警視廳為東京都警察，轄區只限東京一地；警察廳則掌管全國警察事務。即一般所謂「現場」的角色是由警視廳及各道府縣警察總部負責。

「首都警察之外就不考慮嗎？」

「並非不考慮，但家父與祖父都是警視廳的警察，所以沒想過當其他縣警的警察。」

「畢業分發的考核還不錯，只是有幾個小問題，你知道是什麼問題嗎？」

「我的職務盤查成績並不好，枉費前輩們多次指導。」

「這是你的個性吧。你為人孤僻嗎？是否不習慣配合身邊的人做事？」

「不是，我絕對沒有那種想法。」和也稍微動了氣。「我讀高中時曾經加入籃球社，是能夠融入團隊的人。」

「沒關係，什麼警察都有，有你這樣的人也不錯，我沒有要責怪你的意思。先前你和人事官面試，說你想當刑警吧？」

「是。」

和也直到面試前一天才下定決心，放棄當地區課的警察，改當刑事課的刑警。他告訴面試官，第一志願是偵查智慧犯、經濟犯，以總廳來說就是刑事部搜查二課。

「你應該可以當個好刑警，申請也會通過。這算是特例，你只要分發去轄區一小段時間，就能分發到總廳。」

「咦？」

出乎意料。一般來說就連I類錄用的大學畢業警察，結束職前補修科目研習之後也必須分發轄區待上幾年。而和也竟然在短時間內就能進總廳？

也就是說，他一結業就會分發搜查三課？新刑警按例會先去搜查三課查辦竊盜犯，學習犯罪技術，並訓練偵辦技巧。

及川說：

「你很快會成為搜查四課的機動人員，人事令要稍微調整過，但一兩個月就會下來。」

和也這下更驚訝了。搜查四課負責偵辦黑道幫派，警視廳裡最凶神惡煞的警察都聚集在那裡，和也並沒有提過想去搜查四課，他沒有那個部門所需要的特質。

和也顯得有點退縮。

「老實說，我沒有信心應付黑道幫派，我自認膽識不夠，發生狀況時的打鬥能力也不強。」

原本不發一語的畑山一課長突然說：

「並不是要你應付幫派分子。」

和也轉向畑山。

「您的意思是？」

「是讓你當搜查四課某個刑警的手下，查探他的行徑。」

和也一時搞不清楚狀況，他要被分發去警視廳的刑事部搜查四課，任務卻是查探一名刑警的行徑，而且還是由兩名警務部的人事課長前來通知此事，這到底是怎麼一回事？

「意思就是……」

「實際上是為警務部工作。」

也就是要分發到管理部門？不過和也申請的可是刑警啊。

畑山說：

「我就說白了，希望你當暗樁來清查有問題的警察。如果你不喜歡，就忘了這回事，到此為止，之後你應該會分發去機動隊。」

「不會。」和也連忙說：「我知道人事不能盡如己意。」

及川微笑。

「答得好。明天人事令就會下來，你要分發到總廳搜查四課。」

畑山說：

「但是連搜查四課課長都不知道你真正的任務，你表面上是四課的新任刑警，一切舉止都要像四課課員。你的直屬長官是及川二課長，至於檯面下的任務由我來吩咐。除了我們兩人之外，沒有人知道你檯面下的任務，說到這裡聽得懂嗎？」

和也問：

「假如命令互相牴觸，我該聽誰的？」

「我想不可能。萬一有這種事，你就照四課的指揮系統走，不過全都要向我報告。」

「可以請教目標是哪位警察嗎？」

「先別問他的名字，你要自然而然接觸他。但他可是除暴的扛霸子，單槍匹馬在都內的黑社會裡建立起龐大的情報網。約莫六年前，就是他取得有人在國內製毒的消息，你有印象嗎？」

和也謹慎回答：

「是那件宗教團體的案子？」

「對，這情報後來連公安都目瞪口呆，只是當時四課不知道事情的嚴重性。」

畑山說：

「目前四課已經沒有人動得了他，沒人敢管他怎麼臥底，有消息說他私生活靡爛，花錢如流水，還聽說他和黑社會愈走愈近，可檯面上沒人敢查他，也沒人想查他。」

「進一步說，」及川說：「他看起來是單打獨鬥，但我們懷疑他的所作所為是由上級授意，所以才要派人臥底調查。」

和也一時無法回答。職前補修科目研習才剛結束，第一份任務就是要調查警察前輩的行徑，這對他的職涯第二階段來說實在不是理想的起步。就算他的任務成功了，能和誰分享這份喜悅？他要扮演的是一個很骯髒的角色，但他有辦法拒絕嗎？

和也想到父親，父親還在讀警察學校的時候就奉命去讀大學，當公安的臥底。父親當時心裡又是多麼糾結？

和也又想起父親酒後對母親施暴的往事。父親之所以罹患精神疾病，或許不只是公安的任務嚴峻，更因為自己被迫走上的警察生涯？也許父親從奉命擔任公安刑警的那一刻起，心靈就受傷了？和也遲早會步上父親的後塵？

畑山和及川盯著和也，似乎在衡量和也是否能扛下這樣的任務。

無論如何，身在警察機構中就不能拒絕人事命令，再說這項任務的壓力根本無法和父親當年相比。父親可是在激進派裡臥底多年，探查各種運動，隨時面臨生命危險。

和也交互看著眼前兩人，問道：

「請再讓我問個問題，為什麼會挑上我執行這項任務？」

兩人面面相覷，似乎沒想過和也會這麼問。

及川轉頭看著和也。

「是血脈。你身上流著好警察的血脈，足以承受這樣特殊的任務。」

和也並不算完全接受，但還是答應下來。

3

這男人比和也想像中感覺更正派些。

不過也只是與和也的想像有落差罷了。即便他事前對這男人的情況一無所知，和也也不會視他為等閒之輩。男人渾身散發著危險氛圍，讓人不敢隨意靠近，還透出一股頹廢的氣息。男人感覺不像黑幫分子，倒像是靠炒股票、賭錢維生的投機客。

男人眉毛淡、單眼皮，瞥了和也一眼，就對搜查四課長內山說：

「別這樣，就讓他跟著我吧，我總有一天也得找人接棒跑現場。」

內山斜睨和也一眼，為難地說：

「新人一來就到你手下做事？難得的明日之星恐怕會被帶壞吧。」

男人半開玩笑說：

「你的意思是說我是壞蛋囉？」

刑警室這張辦公桌周圍的警察都笑了。

內山也笑說：

「你還有自覺啊？」

「隨便你怎麼說，可以給我吧？」

內山搔搔頭。

「他只是在等缺，先被派來刑事課實習，可能一年就會被調走。」

「我會用心教他啦。」

「你本來都不要手下，怎麼突然開竅了？」

「值得教的新人當然隨時歡迎啊。我只是不喜歡那些空有半吊子經驗的傢伙。」

「嗯，也好。」內山轉身對和也說：「安城，你就先跟著這傢伙。他是加賀谷股長，四課的獨行痞。」

周遭的警察又笑了。

課長口中的加賀谷對和也點頭致意。

「我話先說在前面，任務很辛苦喔。」

和也謹慎回應：

「是，請您多多指教。」

「別那麼緊張兮兮的，你就是安城警部的兒子吧？」

「是，天王寺駐在所安城家的長子。」

「下谷警署守靈那天我也去了，當時的高中生就是你嗎？」

「是，當時我高中二年級。」

「赤柴孝志躲藏在日暮里的情報就是我告訴下谷警署的，真遺憾啊。」

「畢竟父親是責任感很強的駐在警官。」

「我了解。我得去開定期會議啦。」

一旁的內山說：

「這傢伙因為勤務需要，不太來刑警室，只有開會時會露臉。」

加賀谷說：

「開完會我們馬上舉辦加賀谷學校的職前研習，你等我啊。」

庶務股的女職員一手摀住電話話筒，喊了內山。

「課長，要開始了。」

內山對加賀谷說：

「走吧。有炸彈嗎？」

加賀谷搖搖頭。

「別那麼急啊，怎麼可能每星期都有？」

加賀谷與內山從刑警室四課這區走向電梯廳。

和也看了看時間。

上午十一點七分。

平成十二年九月四日，地點是警視廳總廳大樓六樓，和也名義上是獲得拔擢的新刑警，分發警視廳刑事部搜查四課，今天是他服勤第一天。

在這之前的兩個月，和也是以畢業分發的名義在目黑警署的刑事課盜犯股任職，這是為了讓這次拔擢看上去更自然而然所進行的安排，還是對警務來說是最佳時機，和也不得而知。總之，他直到三天前才收到人事異動通知。

這天早上，內山課長向和也介紹搜查四課的刑警前輩，所有人都負責偵辦黑道犯罪。之後決定讓和也擔任加賀谷的直屬部下。

和也不清楚這是否符合畑山等人的劇本，既然要刺探黑心刑警的消息，有那麼容易成為目標的部下嗎？光聽剛才內山與加賀谷的談話，反而感覺是加賀谷要求和也當他的部下？或者這也在畑山的計畫之中，藉此反將一軍，假意「按照加賀谷的要求」讓和也成為加賀谷的下屬？如此一來就能降低加賀谷的戒心，滲透其私生活的真面目？

不對，和也要刺探的對象真的是加賀谷仁警部？畢竟畑山並沒有提到偵查對象的姓名，難不成和也雖順利分發四課，卻選錯了刑警前輩當長官？

刑警會召開定期會議交換消息，和也在這段期間接受庶務股職員的詳細指導，包括總廳勤務的服務章程、廳舍管理規則、各種申請手續等管理相關事項。除了總廳舍的使用規則之外，基本上與地區課巡查的服務章程差不多，應該很快就能習慣。

會議總算結束，眾多股長級的刑警返回刑警室。

加賀谷走到和也面前說：

「走了，跟我來。」

和也馬上起身，他察覺其他刑警和職員都在看著自己。

加賀谷走在前面，和也在走道上看著加賀谷的背影，發現他的西裝非常高級。和也看不出是哪個品牌，但是那合身的剪裁、高級的布料和精巧的做工，都與自己的西裝有如天壤之別。加賀谷的西裝是亮眼的藍色，對一名刑警來說也太花稍了點。

兩人搭電梯到一樓，加賀谷全程沉默，也不看和也一眼。和也多次偷瞥加賀谷的側臉，很難判斷他是心情不好、正在思考，還是對和也不滿。實在看不透這男人的內心。

一離開警視廳總廳大樓，加賀谷就走櫻田通往南，和也跟在加賀谷身後約兩步的距離。加賀谷完全不提自己要去哪裡，一名男子與兩人錯身，訝異地看了和也一眼，或許也是警視廳的刑警。加賀谷並沒有向那男子致意。

到了通產省辦公大樓前面左轉，進入內幸町，走到媒體中心大樓[7]後方，Winds新橋的連棟摩天大樓，加賀谷才走進大樓門口。警衛對加賀谷點頭致意，加賀谷也點頭，和也搞不懂加賀谷的用意，只能跟著走。加賀谷頭也不回往大樓裡走，經過電梯廳，走廊右手邊有樓梯，加賀谷就從樓梯往下走。

加賀谷一路走到底，打開一扇鐵門，是大樓的地下停車場。

停車場看來空無一人。

加賀谷總算開了口：

「你會開車吧？」

和也回答：

「會。」

和也在大學四年級的時候考到了駕照，在目黑警署服勤時也開過幾次偵防車，他開車的經驗雖不多，但比新手上路要好，回答會開車應該沒問題。

「你來開。」

加賀谷邊走邊掏出車鑰匙，通道前方有輛銀色轎車，警示燈閃了一下。

兩人走到車子前面，和也大吃一驚，這是輛右駕車，而且是慕尼黑總公司生產的原裝車，目視接近全新。如果警部要靠自己的薪水買這種車，人生可能就得割捨掉大多數的需求。

和也可能表現得太過吃驚，加賀谷說：

「就算擦撞，也不會叫你賠啦。」

口氣變得比在總廳裡隨性許多。

加賀谷打開車門，坐上副駕駛座，和也坐上駕駛座，確認是自排或手排車，才插入車鑰匙。

放開手煞車之前，和也忍不住問：

「能請教兩、三個問題嗎？」

加賀谷皺眉瞪著和也，和也以為自己說錯話，真想把話收回來。

「什麼問題？」加賀谷說：「要問很久嗎？」

「不會，請問我該怎麼稱呼警部？」

聽內山說加賀谷是四課的股長，但並不是做一般股長的工作。內山又叫加賀谷獨行痞，代表他在四課裡沒有部下，總是單獨執行任務，可見和也無法用職稱稱呼加賀谷，用階級稱呼也有點怪。

「也對。」加賀谷回頭看著擋風窗說：「如果問我的話，我會選老闆吧。」

「老闆嗎？」

「怎麼可能。」

「可以直接喊姓氏嗎？」

「不行。」

---

7 Nippon Press Center Building，日本記者俱樂部的總部。

又沉默了片刻。

和也看著加賀谷的臉。

加賀谷出聲了：

「叫老爹怎麼樣？你叫我老爹會不舒服嗎？」

加賀谷當下的表情看起來異常親切，甚至還有點難為情。

和也跟著微笑了。

「老爹嗎？那就是老爹了。」

「好，我就叫你安城如何？」

「是。」

加賀谷的表情又回復了。

「開車，其他問題路上再問。」

「是。」

和也小心開著車，在通道上的車速不到二十公里，開上出口的斜坡，從彎道路鏡確認出口右手邊的車況，才把轎車開上馬路。

和也抓不到時機把車開進車流中，通常路上行車看到偵防車會默默閃開，但是這輛轎車不同。

加賀谷煩躁地說：

「閃方向燈衝進去啊。只要硬闖，別人就會讓啦。」

和也被後方來車猛按喇叭，總算擠進了車潮。

「還要問什麼？」加賀谷問。

和也問：
「老爹目前是執行什麼任務？」
「你沒聽課長講過？」
「不太清楚。」
「蒐集所有與四課相關的情報，範圍和暴力集團對策課重疊，應該說我們和暴對是互相競爭。」
「這我聽說了，但是不太清楚具體的任務內容。」
加賀谷頓了一下。
「建立網絡，維護網絡。」
「是指打通人脈嗎？」
「對，才有黑幫的情報來源。」
「老爹都是單獨打拚過來的吧。」
「對，人脈是跟著人走，不是跟著公家職位走，所以我都自己來。」
「建立和維護又是什麼意思？」
加賀谷嗤笑一聲。
「之後就懂了。」
「往哪裡去？」
「乃木坂，走外堀通吧。」
「是。」
過了兩個路口之後，加賀谷問：

「你有手機吧？」

和也看著前方回答：

「有，最近才辦的。」

手機剛在日本問世，股票券商、房仲與黑道趨之若鶩，接著藝人、趕流行的人和業務員也跟上潮流。後來電信商推出零元手機方案大力推廣，才迅速普及到年輕人之間。當時目黑警屬地區課的巡查，將近三成辦了手機。

和也是因為由香的建議才辦手機，由香說一定要有手機，要求和也辦一支，和也除了和由香聯絡之外並沒在用手機。

「能給我號碼？」

「是。」

加賀谷把和也報的手機號碼記在自己的手機裡，和也放在胸口袋裡的手機立刻響起，他拿出手機看了來電號碼。

「把我的名字加入聯絡人。」加賀谷說。

「老爹真熟練啊。」

「誰教我的工作就是交換情報。」

和也轉進加賀谷說的巷子，放慢車速。左手邊有一棟貼著棕色壁磚的大樓，一樓有日本菜餐廳的招牌，加賀谷要和也停在餐廳門口，和也乖乖將轎車開進停車場。

加賀谷伸出手，輕輕拍了汽車喇叭。

和也觀察這座大樓，看來有五層，二樓以上應該是住家或小辦公室。大樓外牆掛了幾塊招牌，招牌上是片假名的公司名稱，似乎有很多媒體與服飾相關的小公司。

一名年輕男子走出大樓門口，身穿黑長褲和黑色絲質襯衫，一頭長髮，有點像牛郎。男子見到轎車裡的加賀谷，微微鞠了躬。

「跟我來。」加賀谷說，從置物箱裡拿出一張護貝卡，那是東京都公安委員會發行的停車證，表示此車不受禁止停車限制。加賀谷將停車證放在儀表板上，下了車。

和也猶豫片刻，將引擎熄火，抽出鑰匙。

和也一下車，加賀谷就說：

「鑰匙交給這男的。」

和也照辦，男子接過鑰匙，領著加賀谷走進大樓入口，和也跟著進去。

走樓梯上三樓，打開一扇鐵門，門內是個鋪地毯的辦公室，約七、八坪大，裡面有兩名男子，後方靠著四張辦公桌，前方有一組待客沙發。進門正對面牆上掛著一張字畫，上頭寫著書法字「誠」，字畫旁擺著一座白木的小神龕。

一名男子和善地走向加賀谷。

「老爹，怎麼突然大駕光臨？」

這名男子頭髮濃密，還抹了大量的髮油，穿著絲質黑襯衫配白長褲，年紀和加賀谷差不多，一看就知道不是普通市民，是在道上混的。

加賀谷坐上待客沙發，翹起二郎腿。

和也沒有收到指令，靜靜地站在一旁。

髮油男也坐在加賀谷對面。

加賀谷作勢望向和也，對髮油男說：

「這是我小弟，安城，記好啦。」

男子鞠躬。「小弟江藤，請多多關照。」

和也連忙微微鞠躬。

「敝姓安城。」

「來，請坐。」

「不必，別管他。」

自稱江藤的男子問加賀谷：

「老爹總算收了手下？」

加賀谷搖搖頭。

「人家硬塞給我的，我要把他操到發光。不過呢，」加賀谷口氣一沉。「你知道，我今天為什麼會來？」

「難不成？」

「就是。我從其他門路打聽到，鈴木已經回東京了，你何時知道的？」

「回來時打過照面。」

「混蛋！」加賀谷大吼一聲。

和也嚇得縮起脖子東張西望，只見屋內其他男人並不怎麼緊張，也不顯得生氣，或許已經習慣這種場面了。

加賀谷身子往前傾，直瞪著江藤。

「我告訴過你，不管他有任何消息都得通知我吧。」

「抱歉，剛好錯過聯絡的時機。」

「這哪是藉口？你在隱瞞什麼？鈴木這次打算幹啥？」

「我沒有隱瞞，鈴木也打算做點正當生意，才會回到東京。」

「為什麼不告訴我？署內開會我才知道他跑回來了，這不是丟光我的臉嗎？搞不好四課也不需要我了。」

「抱歉，老爹大人有大量啊。」

江藤深深鞠躬。

「他的動靜得由我來掌握才行，什麼動靜都要告訴我，我是不是講到嘴巴都要爛了？」

「聽說他一開始就不打算久待。」

「這誰信啊？就算是，也要向我報告。」

「真的很抱歉，欠老爹的一定還。」

「你要我信你？」

「我只能磕頭證明了。」

加賀谷站了起來。

「下次去你店裡。」

加賀谷走向門口，和也跟了上去。

等上了車，加賀谷應該會解釋剛才發生了什麼事，或許這就是加賀谷的工作，建立人脈，並且維修保養。至於加賀谷與江藤的關係算不算人脈，還是個問題。

和也開車前進，加賀谷說：

「安城，你這套西裝哪裡買的？」

「西裝嗎？」和也愣了一下，說出全國連鎖西裝專賣店的店名。

加賀谷同情地說：

「去買好一點的牌子。四課應付的人不是小偷，也不是吃霸王餐的窮酸鬼，而是一群靠派頭決定對方身價的傢伙。」

和也小心地反駁：

「我們是地方公務員，不必迎合對方的標準吧？」

「不行。」加賀谷說：「人家看你是窮酸公務員會瞧不起你，嗤之以鼻。要和他們平起平坐套消息，就得有一定的派頭。」

「我認為警察和他們的人生價值觀並不一樣。」

「你爸這樣說過？」

和也回答：

「家父沒這麼說過，但是他這麼過了一輩子。」

「如果你只是活在谷中，那可能就夠了，不過我們的對手不是谷中那群窮酸百姓，那些人只看你能花多少錢、能買多貴的東西。你穿這身西裝去，不管問什麼，他們都只會裝蒜。要是搭地鐵去他們的事務所，連門都不讓你進去。」

「但這樣還像警察嗎？」

「不要逼我跳針啊。」加賀谷的口氣顯得不耐煩。「他們根本不懂我們的使命感和公僕心態，只看得到光鮮亮麗的派頭，派頭夠大，本事就夠強。我們必須變強，他們才看得到。」

和也不出聲，加賀谷問：

「不服氣？」

「不敢，只是沒想過這種事。」

「四課是很危險的崗位，已經有好多前輩走偏了。」

「什麼？」

「每天看人揮金如土，會覺得自己領死薪水很悲慘，對方就趁虛而入，原本把對方當線民，後來反而收了對方的錢，當起了黑道的暗樁。」

和也謹慎地思考怎麼回應。

「我想這種人應該是入錯行了，一開始就不該當警察。」

「信仰堅貞的警察可沒幾人。」

開上外苑東通停紅燈時，和也問：

「接下來去哪裡？」

「白金。」加賀谷回答：「在飯倉片町左轉，走櫻田通。」

和也先回答是，又問了一個在意的問題：

「光靠警察的薪水就要和他們一樣耍派頭，不會很辛苦嗎？」

加賀谷嗤之以鼻。

「我可是在辦特別任務。長官已經幫我考慮到了，免得我也走偏。」

意思是有特別津貼？如果有，是什麼名目？還是靠做黑帳來支應？

加賀谷說：

「好吧，西裝這事就不勉強你。」

「日後我會想辦法。」

「但是鞋子明天一定要換雙新的。」

和也聽了臉一紅。他知道自己的鞋子已經有些破舊，原本打算下次領薪水就去買新鞋。

和也有些為難說：

「是，我會盡快。」

「你沒辦法吧？」加賀谷似乎改變了主意。「畢竟你的薪水還很低。沒關係，別勉強，工作需要的裝備由上面配發。」

「像制服一樣嗎？」

「像戰鬥服，經費我再去搶。」

要從哪裡搶呢？加賀谷並沒有說。應該是落在常理的範圍內吧？加賀谷要派頭是經過警視廳高層同意的，所以可以依某些名目支出經費。加賀谷言下之意，是要上面多撥點經費購買和也的服裝。

燈號轉綠，和也沒有反對加賀谷的提議，發動了車子。

到了白金，加賀谷前往一家中古車商的展示廳，加賀谷在展示廳角落的待客沙發上，又不可一世地逼問對方。對方是個四十來歲的男子，看來擅長待客，從頭到尾都以微笑應對加賀谷。對話中提到了幾個人名，和也完全不懂這些人名出現的來龍去脈。

離開那家中古車商之後，加賀谷在車上才說：

「給我記住，他們可不是因為喜歡警察才給線報，也不是因為喜歡我這個人才給線報。」
和也問：
「是指要交換情報嗎？」
「不對，警察的情報怎麼可能交給他們。」
「那對方怎麼會提供情報給我們？」
「通常都是為了做生意。對方只要有可以打擊對手財路的線報，就會交給我們。」
「還有呢？」
「為了保護自己的生意，當他們主動提供不少消息就代表隱瞞了什麼。」
「這似乎很難分辨。」
「沒錯。而且他們提供的線報七成是空話，為了打擊生意對手，很多都是假消息，如果全都當真就麻煩了。」
「但是反過來說，有三成情報是真的？」
「三成不是假情報，不過有沒有用又是另當別論。」
「接下來要去哪裡？」
加賀谷回答：
「再去六本木。」
加賀谷一天下來就跑了四個地方，看來都是黑幫旗下的事務所，他完全不對和也說為什麼去這些地方，或怎麼得到這些情報。每到一間事務所，他就會說出一個人名，卻完全不像在打聽該人士的近況，而只是閒聊時順口問一下。而在車上，他也完全不提下一個目的地的狀況。

兩人離開第四間事務所的時候，已經是晚上七點了。

加賀谷一上車就問：

「肚子餓了沒？」

「不會。」和也忍著飢餓回答。

「第一天把你操得太慘，得好好犒賞你，但是等下次吧。」

「什麼犒賞，太客氣了。」

「慶祝你走馬上任啊。你喝酒嗎？」

「多少喝一點。」

「今天忍著別喝，接著去麻布十番，鳥居坂下。」

和也按照加賀谷的指示，將轎車停在澳洲大使館附近的路邊。

左手邊有一塊小小的壽司店招牌，看那門面，就知道消費絕對不便宜。

加賀谷說：

「我大約一小時後回來，然後就放你自由。」

「我只要等著就好了嗎？」

「對。」

加賀谷下了車，走向壽司店門口。

和也伸手打開車上音響，播放唱片，唱片是歌劇，曲目是詠嘆調，和也沒想到加賀谷會聽歌劇，

他轉為ＦＭ廣播。有個電臺全天候播放美國流行音樂，這個正好。

約莫過了十五分鐘，有人敲了駕駛座的車窗，轉頭一看是個制服警察，和也降下車窗。

年輕警察問：

「這輛車怎麼了？為什麼停在這裡？」

看來他已經注意到公安委員會的許可證。

和也掏出了警察手冊。

「執行公務。」

「啊。」警察恍然大悟。「大使館附近對吧。」

警察敬禮之後離開。

又過了十五分鐘，加賀谷從壽司店走出來。

和也突然想到，待命的時候應該下車替長官開車門嗎？就算是長官與下屬的關係，有必要做到這個地步嗎？他又不是警視總監的專屬司機。

不過和也還是下了車，假如他做得太過火，加賀谷一定會糾正他。

和也從駕駛座下車時發現加賀谷身後跟著一個人，是女人，一身白色套裝，是加賀谷的女伴？

加賀谷走來轎車旁邊，女子跟在後面，看來二十五、六歲，很年輕。

加賀谷說：

「你可不是我的司機，是比較年輕的搭檔啊。」

果然這麼說。

「這位是中田小姐，你認識嗎？」

和也正眼看著加賀谷口中的中田小姐，他有印象，今天才見過，就在總廳六樓，搜查四課那層樓。

是女警？還是職員？

中田微笑。

「晚安。」

聽到這聲音，和也才想起她是庶務股的職員。

「晚安。」和也回答得有點心慌，這是怎麼回事？加賀谷和中田私下會面？一起吃飯嗎？店裡還有其他線民嗎？

加賀谷說：

「開車吧，今天就到這裡收工。」

中田坐上後座。

加賀谷在副駕駛座上說：

「目黑，到目黑車站旁邊。」

和也發動車子往麻布十番方向開去，途中加賀谷問：

「你需要交日報給課長？」

「不用。」和也回答：「上面說我的日報交給老爹，直接監督的責任好像在老爹身上。」

「好吧，但是內容別寫得太複雜了。時間、地點，不需要太清楚，也不要使用專有名詞。」

「每天都要交吧？」

「我不一定每天去刑警室報到，去的時候再一起看。只要前一天沒吩咐，你隔天中午左右再到刑警室就好，我會交代你當天做什麼。」

「是。」

車子到目黑站西邊的權之助坂往下走，這裡是相當熱鬧的地區，經過三叉路口後加賀谷指示往左，是條單行道，左轉之後，又是一條下坡。

「就那裡。」加賀谷說。

左手邊是一座住宅大廈，外牆是紅磚模樣的壁磚，這裡有事務所嗎？

加賀谷指著前方。

「記住了，這裡是我的前線基地，左手邊有停車場入口，你靠左邊停。」

加賀谷從置物盒裡拿出一支遙控器。

和也將車子停在停車場入口前，柵欄鐵門往上升起，鐵門後是平緩的斜坡。

加賀谷說：

「開進去，照箭頭走，停在十二號車位前面。」

和也照做，將車子開到漆有白色阿拉伯數字12的車位前，停下車。

加賀谷與中田下了車。

和也倒車停入十二號車位。

停車期間，中田走向停車場角落的電梯，是要去加賀谷的住處？加賀谷沒有家人嗎？帶公家機關的女職員回自己家，沒有問題嗎？

和也下了車，等待加賀谷進一步指示。

加賀谷從和也手中拿回車鑰匙。

「辛苦啦，第一天就把你操得這麼慘。明天應該也是這種行程，你要有心理準備。」

「這樣就結束了嗎？」

「搭電梯上去，從正門出去就好。」

電梯下到停車場，中田先進去，接著是加賀谷。

和也最後進電梯，不看加賀谷或中田，轉身背對兩人。加賀谷按了五樓的按鍵，和也則是按大廳層。

電梯很快就到大廳層，電梯門打開。

「明天見啦。」身後的加賀谷說。

和也轉過上半身對加賀谷說：

「告辭了。」

和也發現加賀谷身邊的中田表情格外愉悅，彷彿在問和也，你吃驚個什麼勁啊？又像是在嘲笑和也的狼狽樣。

過了兩天。

和也與加賀谷一同離開總廳，前往停車場。加賀谷按下遙控器，車子上閃起警示燈。

和也從加賀谷手上接過鑰匙，坐上駕駛座。

坐副駕駛座的加賀谷，從置物盒裡拿出一個小包裹，看起來像盒巧克力。

「配發裝備。」加賀谷說：「打開看看。」

和也拆開包裝紙，裡面有個漂亮的紙盒，打開一看是手錶，而且是名牌。

看來加賀谷辦到了先前答應的事，但和也猶豫該不該收下。這是公家經費買的？還是用黑帳買的？不對，還有更糟的，如果這是偵查對象的賄賂呢？

加賀谷看出了和也的遲疑，補上一句。

「這是清白的東西，一點都不髒，也不附帶任何條件，你就放心用吧，這是我團隊裡的標準配發裝備。」

和也姑且開了玩笑。

「團隊裡除了我，還有其他隊員嗎？」

「一軍只有你，我還有二軍呢。」

「所有人都戴這款錶嗎？」

「別傻了。」加賀谷笑笑。「總之你戴著，我不希望被說我手下的人寒酸。」

和也看起來應該很寒酸。他點頭致意，從盒中拿出手錶。

加賀谷打開音響，歌劇詠嘆調專輯的女高音唱了起來，加賀谷稍微轉大音量。

和也問。

「老爹喜歡歌劇？」

加賀谷回答。

「是啊，尤其是義大利歌劇。幹我們這一行，有時候需要高昂的氣勢。歌劇最適合給自己打氣了，尤其是義大利歌劇，主題特別嗆辣。橫刀奪愛，紅杏出牆，出賣背叛，報仇雪恨，聽得我都要燒起來啦。」

加賀谷還跟著音樂哼了起來。

「這曲子叫什麼名字？」

〈公主徹夜未眠〉，加賀谷回答。

和也當上加賀谷仁警部唯一的直屬手下。過了一星期之後，和也在刑警室自己的座位上寫日報，有人打電話來了。隔壁座位的前輩刑警接起電話，對方說要找和也，就把話筒交給他。

「我畑山。」對方簡短說了。是警務部的人事一課長。「現在能過來嗎？」

「可以。」和也一邊回話，又看了看庶務組的辦公桌，中田不在座位上，是去茶水間了嗎？警務這通電話的時機可真巧。

因為要是其他刑警不在，這通內線可能會被庶務股的中田接到，警務部課長親自打電話給菜鳥和也，中田肯定會加以留意，還可能發揮想像力，猜到和也的祕密任務，通報加賀谷。

新人安城和也是警務的臥底。假如這件事曝光，畑山等人的計畫就會泡湯了，無論加賀谷幹了什麼好事，所有證據都會被銷毀。

和也上到十二樓，在會議室裡和畑山碰面。

畑山說。

「一星期了。怎麼樣，有什麼發現？」

和也沒有直接回答這個問題。

「我想先報告一件事，可以嗎？」

「什麼事？」

「加賀谷警部在六樓有幫手，就算加賀谷不在，四課發生的所有事都逃不過他的掌握。」

「畢竟是他自己的課，當然會有同仁會轉告他。」

「我認為從人事一課打內線過來，相當危險。」

「我沒有報上名字。」

「機靈的人就猜得到。」

「你說，加賀谷的暗樁是誰？」

「庶務股的女職員。」

畑山瞪大眼睛。

「他們有一腿？」

「我看他們私下來往密切。」

畑山哼了一聲，雙臂抱在胸前。

「你有手機嗎？」

「最近開始用了。」

「往後就不打內線。」

和也將手機號碼抄在紙條上，交給畑山。

畑山將紙條夾在筆記本裡。

「你跟了加賀谷一星期，感覺如何？」

和也報告，加賀谷的私生活確實很豪奢，包括德國原廠進口車，在警視廳附近有車位，還有住宅大廈的地段，名貴的西裝與手錶等等。

和也說，加賀谷給了自己一支高級名錶，說是必要配備。

「這傢伙真大方啊。」

「根據警部的說法，這像是上面提供經費買的。」

畑山說：

「他說上面，是四課長的意思？」

「不是，我覺得警部和課長似乎有點生疏。」

「嗯。」畑山眉頭深鎖。「所以是更高層了。」

「不能直接問加賀谷警部嗎？」

「我們當然問過，結果他氣得說我們查太多，小心查到什麼不該查的，這麼一來警務也不敢隨便出手。」

畑山搖搖頭，接著又問：

「他和幫派沒有勾結？」

「沒有，警部在這方面算是嚴守底線，看不出來有所勾結。」

「好吧，就算有內幕，也不會那麼快露出馬腳。你不用急，先博取他的信任。」

「是。」

「如果沒有特別要報告的，下次就是一星期後碰面。如果掌握到什麼證據，隨時通知我。」

和也第一次回報，十五分鐘就結束了。

十月的最後一個星期天早上，加賀谷打了和也的手機。

和也在日比谷電影院街的人行道上停下腳步，對由香說：

「等等，長官打電話來。」

由香停下腳步回頭。

和也按下通話鍵，接聽電話。

「是我。」加賀谷的聲音有點沙啞，聽起來狀況不太好。「你在哪裡？」

和也不知道加賀谷要辦什麼事，謹慎地回答：

「東京都內，日比谷。」

「日比谷啊，正好，情況緊急，出動了。」

「咦？今天應該沒班吧。」

「我知道，不就說緊急了嗎？快開車來。」

「要去哪裡？」

「府中，東京賽馬場。」

真的是要工作嗎？真的發生了緊急狀況？

和也鐵了心說：

「老爹，其實我和女朋友在一起，早就約好見面，也已經碰頭了。」

「一大早就約會？真健康啊。」

「都十點了。」

「很早啊。」

「如果這件事情可以延後，我會很感謝老爹幫忙。」

加賀谷在電話那頭咳了咳。

「安城，我這人不太為難人的，也不會沒道理就打斷你約會。但我得說這是緊急狀況，是我們的工作。快出來，這不是拜託，是長官的命令喔。」

和也仰頭看著天空，大嘆了一口氣。今天原本打算和由香看電影，然後吃頓飯，最後想約她一起上賓館，只是還沒開口。兩人已經發生了兩次關係，應該不會被拒絕。

「喂喂？」加賀谷說。

和也的口氣明顯不服。

「知道了，我該怎麼做？」

「目黑的據點，我把鑰匙寄放在管理員室，我會打電話通知，你去停車場等著。十一點可以吧？」

「我十一點到。」

正要掛斷的時候，加賀谷又說：

「等等，不如你來府中約會。你那對象會不會討厭賽馬？」

「不知道。」和也望向由香，由香微微傾首。根據片段的對話，她應該知道約會泡湯了吧？「我們今天本來打算去看電影。」

「頂多三小時，下午兩點就放你走，接下來車子給你用。我等你，把你的小姑娘也帶來。」

加賀谷不等回應就掛斷電話。

「怎麼了？」由香問，她今天穿白色系外套配黑襯衫，下面是波浪長裙，看起來比穿制服更有女人味。蓋在頭髮底下的耳朵穿了耳環，又或許是夾式的，但無論哪一種，東京消防廳人員在勤務中都不准配戴。

和也邊道歉邊向由香解釋來龍去脈。

聽完之後，由香說：

「人家難得請我們一起去，去府中也沒關係啊。是不是要看真正的賽馬？感覺滿有趣的。」

出乎意料的反應，和也忍不住確認：

「這樣好嗎？是賽馬場喔？」

「今天是不是武豐要出賽？叫做什麼？菊花賞？」

「天皇賞。」和也訂正，其實他也不太清楚。

「如果妳不介意，就陪我上班到兩點吧。」

「我這段時間就看馬吧。」

和也搭計程車在住宅大廈下車，向管理員打了招呼，管理員立刻打開自動鎖，從大廳出來把車鑰匙交給和也。和也帶著由香前往地下停車場，來到車子前面。

由香一看不禁讚嘆：

「好厲害喔，你的長官是誰啊？竟然開這種車？」

「他的職位很特別，和一般警察不一樣。」

「就算對這種人說沒班也無濟於事吧。」

五分鐘後加賀谷出現在停車場，似乎宿醉還沒醒，兩眼又紅又腫，身穿藍色西裝。

和也向加賀谷介紹由香。

「這位是永見小姐，東京消防廳的緊急救護技術員。」

「喔！」加賀谷一看由香就瞪大眼睛。「不愧是安城，好眼光。」

「幸會。」由香也打了招呼，她的眼神充滿好奇。一個地方公務員住華廈，開名車，她肯定很想知道是何方神聖。

和也說：

「那我就不客氣，帶永見小姐一起去了。」

「可以，我坐後座，讓我睡到府中吧。」

車子下了中央道的稻城交流道，後座的加賀谷打起電話。

看來他是追著某人到賽馬場，電話裡不斷提到鈴木這個人名。

「對啦，鈴木啊，你少胡說八道，你以為我為什麼到處放話？就是因為有事啊。不對，是我有事找你，你竟然給我到處亂竄？聽好，我已經到府中了，我知道你鈴木人就在賽馬場，你可別逃啊。要不要我當著七萬名觀眾揭發你幹的好事？聽清楚，我可是特地來找你的。」

和也看到了通往賽馬場的路標。

「直接開去正門嗎？路況似乎很塞。」

加賀谷暫時拿開手機。

「記得東門有工作人員通關門，走那裡。」

「他們會放行嗎？」

「我們可是來辦公的，當然放了。」

這個房間有玻璃帷幕，可以俯瞰整座賽馬場。

室內擺著幾張桌子，垂直面對落地窗排開，每張桌子都坐著一群人。正對落地窗的牆上掛著幾座電視螢幕。

和也是第一次來到東京賽馬場，當然也是第一次進入馬主特別室。現下房間裡有七、八十名男女，瀰漫著濃濃的雪茄味。

進特別室之前，女職員提醒加賀谷三人必須打領帶。加賀谷原本就穿西裝打領帶，和也只穿了普通外套。

加賀谷秀出警察手冊，女職員才放過服儀不整的和也，但即使如此，和也依舊是在場最格格不入的男性。

特別室裡有知名演歌歌星，身邊好像也都是演藝圈的人。另一桌是新創證券公司社長，以及最近常上電視的年輕企業主。更後面桌子的一群男人中，坐著剛當上某大臣的保守派政客。

前方有七名男女，男性穿著的西裝無論料子或色調，都和普通老百姓的審美觀稍有出入。另外兩名女子穿著貼身的套裝，可能是俱樂部的公關小姐。這群男女面前擺了兩只放小菜的銀盤，還有許多啤酒瓶、葡萄酒瓶和酒杯。

加賀谷找上一名中年男子，身穿白色雙排扣西裝，半長的頭髮抹油往後貼平，是個帥氣的五字頭男子。和也沒來由地想，他應該很會唱卡拉ＯＫ吧。

「拜託節制點吧，加賀谷兄。」對方開了口，口氣相當不耐煩。「你也看到了，這房間禁止一般人進出，很隱私的。怎麼一張令紙都沒有就闖進來呢？」

加賀谷來到男子對面的座位，坐五分滿，翹起二郎腿。

「我可不是闖進來的，是鈴木你請我來的吧？是吧？」

加賀谷口中的鈴木交互看了看左右兩邊的男子說：

「我可不想在這裡惹麻煩。」

「我當然也不想惹麻煩，只是來敘敘舊的。難得你回來啦，聽說又要做新生意？」

「是啊。」

「能不能給張名片？」

「還沒去印呢。」

「要聯絡哪個地方？現在住哪？」

鈴木小聲說了些什麼。

「寫下來。」加賀谷吩咐和也。

和也立刻掏出本子，寫下男子說的地址。

和也身邊的男人之中，一名看來最年長的來到加賀谷身邊說：

「刑警大叔，我不曉得你有什麼苦衷，不過我們自己人正在享受呢。你要一起享受也可以，如果不是，能不能換個地方再談？」

「一下就好。」加賀谷看都不看那年長男子就說：「我要找這位鈴木信也聊聊天。」

「要不要喝一杯？你這找碴的態度，我們看了可都不舒服。」

加賀谷無視年長男，又對鈴木說：

「鈴木，要不要把你這些新朋友介紹給我認識？你的朋友或許會變成我的朋友喔。」

「這是在挖苦我嗎？」

「還是說有些人不方便介紹給我認識？既然如此，我每個人都拍張大頭照，回去慢慢查囉。」

「請不要恐嚇我。」

「名字告訴我也行，之後慢慢交朋友就好了。」

鈴木瞪著加賀谷，加賀谷面不改色地瞪回去。

同桌的男男女女屏氣凝神地看著加賀谷與鈴木。

最後鈴木別過頭去。

「這位是很疼愛我的齋藤公介兄，齋藤興產的社長，加賀谷兄應該聽過？」

「哦……」加賀谷望向鈴木介紹的年長男齋藤說：「我對馬不太熟。」

這話聽起來不是對賽馬產業不熟，而是直接把對方叫做馬，姓齋藤的男子頓時板起臉孔。

鈴木接著介紹在場的男人，加賀谷仔細凝視每一張臉，似乎要好好記住每個人的長相和姓名。

介紹完之後，後面那張桌子爆出歡呼，幾名男女走向落地窗邊。

加賀谷對和也使個眼色，站起來，和也跟上加賀谷。

加賀谷對鈴木說：

「大白天的就穿白西裝喝紅酒，真是闊綽啊。這生意肯定好賺吧？」

「哪裡哪裡。」鈴木搖頭說。「守規矩做點小生意罷了。」

「哪天也招待我來玩玩啊，如何？」

「如果要來這裡，隨時請你來都行。」

「到時就有勞你啦。」

離開馬主特別室之後，和也問加賀谷：

「剛才到底是怎麼回事？」

和也以為得不到答案，想不到加賀谷說了：

「你也看到啦，我來搞清楚他的新人脈。」

「他是哪一號人物？」

「搞地下錢莊的。之前已經派人去臥底，想不到一年前他把債權都脫手，逃離東京。聽說他去了福岡，現在又回來了，應該是找到了新的搖錢樹。」

「今天是來嚇嚇他？」

「不是啦。」加賀谷苦笑。「是給他燙個金，表示他非但沒被通緝，四課還對他禮遇有加，這麼一來金主們就會真心拿錢投資他。錢一到手，鈴木遲早會搞地下錢莊搞到走火入魔，等他幹一票就一口氣收網，至少可以搜索所有關係人的住處。」

「放長線釣大魚對吧。」

「線也沒那麼長，一年內就會有結果，我想知道他懷裡還藏了哪幾招。」

走上觀眾席底下的漫長通道，加賀谷突然問：

「你女朋友還好嗎？我的事算辦完啦。」

「辦完了？」

「這種日子總有一兩個暗樁會來府中，剛好可以若無其事碰個面。你們可以回去啦，開我的車吧。」

和也拿出手機打給由香。

和也說可以去兜個風，可是由香說難得來賽馬場，想看完天皇賞的賽事。

加賀谷聽了電話內容說：

「好，那我要繼續辦自己的事，你就應付小姑娘。天皇賞跑完之後呢，我們一起開車回都心吃個飯。浪費你一個沒班的日子，就請你吃頓好的。不必擔心酒駕，酒喝下去就對啦。」

和也心想，這下沒時間和由香獨處了，但沒說出口。

和也又打電話給由香，轉告加賀谷的提議，由香開心地說：

「啊，不錯呢。哎，能幫我問問加賀谷先生嗎？」

「問什麼？」

「我看賽馬報紙猜了一場，第一名是好歌劇，第二名是名將戶仁，問他怎麼樣？」

和也把由香的問題轉告加賀谷。

拿來，加賀谷說了一聲就拿走和也的手機，開心說道：

「小姑娘，這完全是報紙上的人氣指標啊。要是我就買武豐騎的黃金旅程，還有的場騎的名將戶仁。」

這樣啊，和也聽到由香在手機裡這麼說。

加賀谷胸有成竹地說：

「要是我，就賭這一把。」

偶像藝人把獎盃交給第一名的騎師，和田龍二。東京賽馬場裡滿滿的觀眾，霎時拍手歡呼。

由香回頭問和也：

「我贏了多少啊？」

和也連心算都不必，直接回答：

「兩千六百圓。」

「好耶！」

和也身旁的加賀谷不開心地扔了手上的馬票。

「老爹買了多少？」和也問。

「三萬。」加賀谷回答：「就賭這一把。」

「今天老爹不用請也沒關係啦。」

「囉嗦。」加賀谷說：「賭一口氣我也要請。」

由香對著加賀谷說：

「今天就讓你請囉。」

口氣就像個參加運動會的女學生。

這天晚上十點，和也與由香才分開。

一行人回到都心，把車停回加賀谷的據點，加賀谷帶兩人前往南青山的義大利餐廳。吃完之後，三人前往附近的酒吧。原本加賀谷吃完飯後表示想先離開，但是三人聊得很開心，由香留住加賀谷，加賀谷也就接受挽留。

加賀谷當然不會對由香提起工作的事，從頭到尾只聊天皇賞賽事，不然就是賭馬和麻將之類的賭博，還說他年輕的時候有多麼愛賭。

晚上十點離開酒吧，加賀谷寬闊的肩膀有點駝，就這樣離開了。

和也約由香再喝一攤，意思就是想去賓館開房。

由香搖搖頭，說差不多該回去了，看起來就是瞬間熄火，恢復冷靜的感覺。和也覺得遺憾，但也無奈，兩人走到地下鐵表參道站，分別走向不同月臺搭車。和也搭千代田線，要回母親在日暮里的住宅大廈；由香搭半藏門線，要回三軒茶屋的家。

隔天四課開會，加賀谷一如往常，星期一都比較早進總廳。這天開完會之後，加賀谷會主動召集課裡的同仁與下屬開個簡單的會議，和也一樣參加。

會議主題都在交換情報，目標是昨天見到的鈴木信也，加賀谷和其他刑警交流鈴木的情報，以及鈴木經營的地下錢莊。

「那傢伙的新人脈裡有齋藤興產的齋藤公介，還有雜誌社老闆村上智明。安城，村上的身分比對了嗎？」

和也把上午比對出來的結果向大家報告。

「五年前，愛知縣警逮捕過一名同名男子，罪名是詐欺，此人出版小鋼珠必勝法雜誌，向讀者騙取了四百五十萬圓，被判緩刑。」

四課一個叫做寺脇拓的年輕刑警說：

「就是那個村上啊。」

加賀谷問：

「他是誰？」

「就那個水滸傳集團啦，發行的小鋼珠雜誌叫做水滸傳，據點在名古屋，目前是投資顧問。」

「實在很可疑。」

「如果是這個村上，還和齋藤公介、鈴木信也聯手？」

「又要搞詐欺吧？違反證券交易法之類的。炒股、高利貸、詐欺犯三人聯手，肯定已經動起來了。」加賀谷對寺脇說：「你要不要扛下來辦辦看？」

「交給我吧。只要能逮到齋藤公介，我整個鬥志都上來了。」

「經濟犯罪的可能性很高，和二課討論看看，今天三點開始怎麼樣？」

「沒問題。」

「好，接下來……」

和也在加賀谷旁邊聽著，慢慢理解到為什麼加賀谷獲准獨立執行任務，加賀谷這名刑警確實光靠個人就能完成一個團隊的任務。

和也心想，如果是這樣，當然也得撥給加賀谷足以養一個股的預算。目黑的據點、德國進口轎車，這下都有了答案，想必都是在必要的經費範圍內。而加賀谷必定也感到驕傲，自己值得高層撥下這麼多預算。

警視廳十二樓的會議室裡，和也對畑山說：

「這個星期沒有特別要報告的，警部積極接觸都內的線民，目前特別關注水滸傳集團進軍東京的事。」

「我聽說了。」畑山顯得不是滋味。「他親眼見到齋藤公介和村上智明在一起？」

「是。」

「光這則消息，就夠讓二課嚇到腿軟了。」

和也沒有出聲，畑山訝異地問：

「你該不會成了加賀谷的粉絲？」

「啊，沒有。」和也被畑山說中了心聲，有點慌張。「我會努力讓目標相信自己是個好部下。」

「所有人都承認他是個厲害的刑警，但也怕他會失控或脫序。你想想看，要是他成了刑事案的被告，在法庭上會聽到什麼證詞？假如警務課能用違反服務章程制住他，危害就能降到最低。」

和也說：

「目前沒有發現和黑道走太近，或是收受太多好處的跡象。」

「可能還不夠信任你。」

和也心想並不是這樣，雖說他拿不出證據，他認為加賀谷是信得過他的。和也認為加賀谷確實想把他訓練成一個好刑警，而他也逐漸博得了加賀谷的信任，至少加賀谷沒有懷疑他是警務的暗樁。

畑山說：

「最理想的結果當然還是他有你跟在旁邊之後變得收斂，不再是會被內部懷疑的對象啦。」

如果因為和也跟著，讓事情往這方向走，無疑是最完美的結局。

隔週星期一，和也開車走櫻田往蒲田去的時候，不經意問了加賀谷的私生活。

「老爹星期天都在做什麼？打高爾夫嗎？」

「怎麼了？」加賀谷問：「想探我的私生活啊？」

「沒有啦。」和也想起今天早上和中田說過話因此才這麼問。中田似乎並沒有和加賀谷同居。

「我只是覺得老爹在上班時間和私生活，落差應該很大。」

「你是說我工作的時候太威風了嗎？」加賀谷說完之後也忍不住笑了。「總之你覺得我公私落差很大就對了。」

「老爹總要喘口氣。」

加賀谷在副駕駛座上挪了挪身子。

「釣魚，海釣啦。我沒班的時候通常會去城之島，那裡有我常去的釣魚旅館，他們會派船讓我去海釣。」

「老爹喜歡海？」

「對啊，尤其是太平洋。我是新潟人，小時候真的不怎麼喜歡那邊的日本海。」

「老爹都是自己去？」

「通常啦，有時候會找朋友一起，還會約我的暗椿去。你釣魚嗎？」

「完全沒有。」

「我希望退休之後當個開釣船的船東。三崎那邊有個海釣船的船東跟我很熟，他說退休後要把生財工具都賣給老顧客，包括營業權、釣船，還有港口停泊權。我已經向他報名了，說到時候一定要找我。」

「真是個好計畫。」

「這是我的快樂退休計畫啦。但等我到了退休的年紀，那艘船差不多也該退休了，就需要一艘新船啦。」

「海釣船要多少錢？」

「有高有低，如果是一艘好價碼的船，也相當於大樓一戶的錢。」

「還要考開船執照吧。」

「我還沒對別人說。」加賀谷盯著和也，促狹地笑笑。「我在通過警部補考試前，就已經考取二級小型船舶的駕照啦。」

此時加賀谷的手機響起。

加賀谷接起手機，又變回平常的表情。

「目的地換了，去淺草。」

這星期某一天，和也和加賀谷在新宿奔波，晚上才收工。

加賀谷一上轎車就吩咐和也：

「去池袋吧，你今天得陪我到晚一點。」

「是。」轎車停在大久保通，這下要走明治通了。「去池袋哪裡？」

「豐島區公所。」

「要做什麼？」

「打麻將。」

和也瞥了副駕駛座上的加賀谷一眼，加賀谷揚起嘴角說：

「辦公啦。」

車子停在明治通上一座住商混合大樓前，和也將車停在路邊，就和加賀谷走進大樓。三樓有家麻將館，看起來相當高級，裡面似乎還有包廂，裡頭的排氣系統媲美無煙烤肉店，幾乎聞不到菸味。

一名年輕男子走出來，個頭小，短髮抹了髮膠，年紀二十好幾。

「真對不起，突然請老爹跑這一趟，但是有個人務必要介紹給老爹認識。」

這名男子自稱星野，在池袋開徵信社。

這時又走來一名男子，四十多歲，身材圓胖，留著小平頭，看來像拉麵店老闆。

年輕男子向加賀谷介紹中年男子，說是麻將館老闆，前不久才頂下來自己經營。中年男子聲稱他之前在一家小飯店的廚房做事。

加賀谷直接承認自己是警視廳的刑警，和也吃了一驚，但這肯定有原因，因而保持沉默，聽加賀谷繼續介紹和也是他的下屬。

前往裡面的包廂，又走來兩名中年男子，自稱是星野的朋友。一個是在池袋有幾棟大樓的房地產業者，另一個是埼玉的產業廢棄物處理業者。

和也靜靜坐在包廂角落看四人打麻將，一滴酒也沒喝。四人的話題圍繞在池袋的餐飲業和風化業，加賀谷隨口提些問題，星野等人想到什麼就答什麼。

這天晚上打完麻將已經過了十二點，算了算台數，加賀谷付了七萬多現金給星野。

離開麻將館的時候，老闆喊了加賀谷一聲：

「下次再來啊，公家的人一樣歡迎。」

回到車上，和也好奇問：

「那些錢是老爹自掏腰包？」

加賀谷苦笑說：

「本來只打算輸個兩、三萬的。」

「這下頭痛了。」

「總有辦法的啦，這是必要投資。」

「剛才是什麼狀況？」

「星野想拉抬自己的身價，讓別人覺得他和警視廳的刑警很熟，隨時都能找刑警過來，還讓刑警付錢，我只是照他的劇本演。」

「演這齣戲有什麼好處？」

「他的情報來源不錯，你看他八面玲瓏，不會隨便樹敵。不管在哪混都沒人懷疑他，所以我故意讓別人覺得他是警察的線民，有些人就想反過來利用這種人。」

和也想，就算真有幫助，七萬圓肯定很傷。

隔天，和也打電話給由香，問她週末有沒有計畫，由香說她排了班。和也又問接下來哪天有空，由香又說好一陣子沒辦法配合和也的空檔。

和也嘆了口氣。

「看來只能配合妳請特休了。」

「別勉強。」由香說：「你現在是該努力的關頭，才能快點成為獨當一面的刑警，我替你加油喔。」

「見不到你很寂寞啊。」

「因為不能做愛嗎？」

「才不是，妳懂的吧？」

「都成年了就忍著點，我們都是做這種工作的，只能接受啦。」

掛斷電話之後，和也心想自己輸了，只有他覺得不能沒有對方。

下個星期，兩人來到蒲田的時候，加賀谷的手機響了。

和也邊開車邊豎起耳朵。

「很急？」「兩千？」「訂金？」加賀谷簡短說了幾聲，像是要簽約買什麼。

加賀谷說：

「我們離開轄區，到城之島去。」

「三浦半島？」

「對，到三崎去。」

「緊急狀況？」

「不是。」加賀谷回答：「有件在意的事，現在去一趟回來也不會太晚。」

一個半小時後車子抵達城之島，在那裡待了三十分鐘左右，五點半離開城之島。

回程路上，和也問：

「要買那艘船嗎？」

原來加賀谷去了城之島的港口看中古遊艇。一名船主突然要賣船，聯絡了加賀谷，說有興趣務必快來看。

加賀谷煩惱地低聲呻吟了一陣才說：

「買了也沒用，又不能馬上跑去開海釣鋪，也沒有存款。再說那艘船太大了點。」

「聽老爹的口氣似乎很想買。」

「當然想啊。」加賀谷承認。「大歸大，但是有背景，比行情便宜很多。」

「有背景是指？」

「犯罪，那艘船上之前發生過傷害案。」

「那還適合當海釣船嗎？」

「換個船名重新註冊就沒人知道了。」

「要換什麼名字？」

「還沒想過。」

加賀谷無奈地嘆了口氣，雙手揉揉臉皮。

下個星期一，和也照常與加賀谷一起走進內幸町大樓的停車場，加賀谷說要去廁所，把車鑰匙交給和也，和也就自己走向加賀谷的轎車。

和也上了駕駛座，發現副駕駛座的椅背放得很低，座位也往前移了，難道昨天中田坐過這輛車？加賀谷上車的時候，會調整座椅前後和椅背角度，可是現在副駕駛座的座椅移得太前面，加賀谷連雙腿都伸不直吧。

和也繞到副駕駛座，打開車門要調整座椅位置，發現地墊上掉了個小飾品，從駕駛座那頭看不見。是中田掉的嗎？

和也撿起飾品一看，不禁打了個冷顫。他認得這只耳環，款式簡單的水鑽耳環，而且不只認得，他還摸過這只耳環，甚至對它吹過氣。

永見由香搭過這輛車？還把椅背放這麼低？

從電梯那裡傳來腳步聲，和也連忙將耳環收進西裝口袋，稍微拉起椅背的角度。

「今天去澀谷。」加賀谷說：「怎麼？車子被刮了嗎？」

「沒有。」和也繞到駕駛座說：「只是檢查一下。」

這天四處奔波途中，和也打電話給由香。

由香說正在工作，不能聊太久。

和也快速問了：

「先問一下，這星期天能見面嗎？」

「NO，不行喔。」

「OK，再聊。」

銀色轎車開始減速。

和也在租來的小轎車上放開油門，避免太過貼近前車。

此刻是星期天上午十點二十分，昨天和也和加賀谷跑了都內各地的鬧區，直到大半夜。和也開著那輛銀色轎車，半夜十二點才抵達權之助坂的住宅大廈。

要回家之前，和也問了加賀谷。

明天也要去三崎嗎？

對。加賀谷回答，天氣好像不錯。

這個星期天確實秋高氣爽，在這樣的日子裡吹海風肯定暢快。

轎車停了下來，地點是246國道（玉川通）上，三軒茶屋附近。過了書店前面，離紅綠燈還有段距離。和也把自己租的車停在書店門口。

和也戴著墨鏡和阿波羅帽[8]，大口猛嚼口香糖來扭曲臉的輪廓。

早上八點半，和也就租了這輛車停在坡道上，等待加賀谷出來。大概二十分鐘前，加賀谷的轎車從停車場開出，車上只有加賀谷一人，到這裡都在預料之中。

加賀谷的轎車開上行人坂，和也尾隨其後，保持五十公尺車距。

轎車很快在山手通右轉，從大橋轉上246國道，和也跟到了這裡突然心跳加速，甚至有些喘不過氣。

轎車最後停在三軒茶屋，就是永見由香家附近，由香和父母同住，但連和也都沒有來過她家。

加賀谷在車上講手機。

和也發現過馬路的行人中，有個熟悉的面孔，這人一邊講著手機，一邊小跑步從右邊穿越246國道，正是永見由香。由香笑盈盈，露出雪白的牙齒，身穿白色皮夾克配卡其裙，揹著一只大肩包。

只見由香笑得更開心了，揮揮手。

車裡的加賀谷拿下手機。

永見由香過了馬路，打開轎車的副駕駛座，迅速坐上車。

車門關上，轎車打了往右的方向燈，前方燈號還是紅燈。

由香在車裡往加賀谷貼過去，加賀谷也把臉轉向由香。

到目前還是不出和也所料。但話說回來，和也真心希望不要發生這樣的事。

前方號誌燈轉綠，車子發動，經過人行穿越道猛然加速，三兩下就駛離246國道。

和也猶豫片刻之後，放棄繼續跟蹤。他看到的情景已經夠了，如果根據他剛才一路觀察，還不能判斷自己身上發生了什麼事，當刑警就沒意義了。

和也懂了，而且有了決定。

---

8 美國太空總署的工作帽，帽緣比一般棒球帽更寬，因阿波羅計畫而得名。

4

隔天星期一，和也在搜查四課裡等待加賀谷到來。

和也期待著加賀谷的表情，碰到和也打招呼，他是否不敢正視和也？還是照常面無表情地看著和也？總不會主動對和也提起由香的話題吧。

九點五十五分，加賀谷和四課長內山一起現身，兩人的臉色都很凝重。

和也來到加賀谷的座位前，加賀谷對和也說：

「你記得之前去府中，有個男人悄悄離開鈴木那一桌嗎？那男人沒有自我介紹就走了，你要離開停車場時還指著一輛白色賓士說，就是他的。」

那是之前去東京賽馬場的事，在馬主特別室確實發生過這件事，和也記得先離開的男人長相，之後要離開賽馬場又見到那人，才把這件事告訴加賀谷。

和也盯著加賀谷的雙眼，還是看不穿他的心思，只知道當下加賀谷對其他話題毫無興趣。至少加賀谷和和也對望，眼神中不帶絲毫愧疚。

和也回答：

「我記得，白色賓士E系列。」

「車號記得嗎？」

想都不用想，和也立刻說出四碼車號。

「去比對。」加賀谷吩咐。

內山微微苦笑。

「只看了一眼，虧他還記得。」

加賀谷轉向內山。

「我很器重他的，真是收了個好部下。」

這下和也總算看到加賀谷有了表情，帶著些許得意的神色。

和也一時心想，昨天看到的是誤會嗎？

這天的聯絡會議開了很久，加賀谷直到下午快一點才回到搜查四課的樓層，而且顯得格外神經兮兮。

「哼。」加賀谷一回到自己的座位就說：「只會出一張嘴。」

和也看著加賀谷，等待著指示。

加賀谷轉向和也。

「如果還沒吃飯，就先去吃，上面要找我了。」

「是。」和也將早上加賀谷吩咐的車牌比對結果整理成檔案夾，交給加賀谷。「這是那輛車的報告。」

加賀谷接過檔案夾，看都沒看就扔在辦公桌上。

下午四點，和也照加賀谷的吩咐，前往出租停車場要開加賀谷的轎車。和也一解除車門鎖，立刻打開副駕駛座的車門確認座椅位置，果然往前移了一點。他又仔細檢查地墊，這次沒看到掉落的物品。和也坐上駕駛座之後確認里程數，他每次去加油都會把計程錶歸零，上次加油是星期六傍晚，計程錶轉到一百八十公里。在都內行駛的距離大概十五公里，代表星期天開了一百六十五公里。要是來回一趟城之島，也就是三浦半島繞一圈再回到都心，差不多就這個數字。

和也開出轎車到聯合廳舍底下等著，從後照鏡裡看到加賀谷現身，加賀谷走出警視廳總廳大樓，邊走邊講手機。

加賀谷來到車子旁邊，邊講手機邊坐上副駕駛座，口氣聽來不甚滿意。

「我知道，今天大家都在罵我，但是請長官記得，去年已經幹得很勉強了。」

加賀谷揚了揚下巴，示意出發。

和也沒聽到要去哪，總之應該先往溜池那邊去。

和也邊開車邊仔細聽。

加賀谷接著說：

「我幾乎已經提前舉發了今年度的進度，還把暗樁們都逼得很緊了。」

和也用眼角觀察加賀谷。

加賀谷直盯著前方講電話，對方可能是主管，或更上面的長官，不過官階沒那麼大，或是關係夠好，因而他仍不斷反駁。

「如果神奈川縣警要來比，我們當然也想加把勁。沒錯，分數能夠贏一倍是最好，我懂，但是在這個時間點，真的太勉強了。」

像在談警視廳主導的某個活動，現下正在進行的是什麼活動呢？舉報黑槍？掃毒？總不會是交通安全吧。

加賀谷說：

「沒有啦，如果硬逼是有可能，只不過我還得和二課、和暴對周旋，要照中期的進度來跑。只有我一個偷跑的話，債就換成別人要還，搞不好會砸掉更大的目標。」

加賀谷總算轉向和也，用唇語說了六本木，和也點頭。

「我當然知道事有先後，但是我也有盤算，應該再半年就能抓到一尾大的。我這半年都在布這傢伙的局，機會難得啊。」

加賀谷板起臉，看來對方的反應很火大。

「我懂了，對，就是這樣。」加賀谷口氣一變。「今晚是吧？九點，好，我會告訴大家。到時候我會提出具體的要求，可以嗎？」

加賀谷說到這裡頻頻點頭。

「是，明白，好，這樣沒問題。」

加賀谷掛斷電話。

和也有點困惑，要問發生了什麼糾紛嗎？還是會被嫌管太多？

和也正在猶豫，加賀谷說：

「要是打屁股就有好成績，我還用煩惱嗎？那批人真是夠了。」

總算有機會了，和也問：

「發生了什麼事？」

「沒有，老樣子，只是這個時間點不好。」

加賀谷深深嘆了口氣。

「九點鐘該去哪裡？」

「銀座，日航飯店前面，但先去池袋一趟。」

「不是六本木？」

「狀況變了。」

星野出現在卡拉ＯＫ的包廂，這人先前在麻將館贏了加賀谷七萬圓，聽說是開徵信社的，現在看他手裡提著黑色的大單肩包。

星野似乎相當提防他人的目光，進包廂的時候還回頭張望。

加賀谷作勢望向Ｌ型沙發上的空位。

星野將單肩包放在腳邊說：

「我用之前賺的付頭期款買了數位相機，最近做這門生意，設備投資可不得了。」

加賀谷酸溜溜地說：

「只是要拍人家出軌幽會，說什麼投資設備。」

「真的需要啊。數位相機在暗處也拍得清楚，已經回不去底片機了啦。」

「改天再聽你聊這個，聽你在電話裡的口氣，嚇到想開溜是吧。」

「怎麼可能，我沒理由開溜。」

「是嗎？那我就放心啦。」加賀谷的口氣很故意。「那是答應我這件事了？」

「很難辦啊。」

加賀谷皺起眉頭，壓低嗓門。

「你是幹，還是不幹？」

「呃，就……」

「就怎樣？」

「我試試看，托卡列夫[9]可以嗎？」

和也聽到這個詞差點抖了一下，勉強保持鎮定。

「沒問題。」加賀谷說：「這星期內。」

「最難的就是這個。」

「我知道很難，但目前除了你，沒人能幫忙了，所以我才來找你。」

星野稍微放鬆了一點。

「既然老爹都開口了。」

「不會讓你吃虧啦。」

「時間這麼趕，該花的錢可是要花喔。」

「我懂。」

「無頭的行嗎？」

「也只能這樣了。」

「我想辦法。款子呢？」

「明天準備好。」

---

9 Tokarev，前蘇聯製造的半自動手槍。

「一支一捆。」

「別敲我竹槓。」

「我沒那個意思，是對方報了這個價，不對，可能還更貴。」

加賀谷一臉不悅。

「盡量砍一點。」

「我懂，而且應該不能只有一支吧？」

「拿得出量嗎？」

「如果能一次賣一批，對方生意做起來方便，風險也比較低。我問問五支怎樣？」

「三支就好。」

「我想辦法動用我所有人脈。」星野站起身。「明天就麻煩老爹了。」

星野離開之後，加賀谷沉默了一陣子，交叉雙臂沉思不語。和也等著接下來的指示，同時咀嚼加賀谷與星野的對話。

加賀谷注意到和也的眼神。

「我們在談線報費。」

和也說：

「剛剛提到了托卡列夫吧？」

「就是托卡列夫的線報。」加賀谷起身。「去銀座。」

車子開到了日航飯店，加賀谷簡短說了：

「喔，對方已經到了。」

和也停好車，拉起手煞車，跟著加賀谷的視線看過去。

人行道上有三名穿西裝的男子也正好下了車。

三人中有兩人看來和加賀谷差不多年紀，另一人看來體型較肥胖，年紀也較長。這些人的感覺不是政府官員，就是銀行高層。

加賀谷說：

「安城，今天就這樣，你把車停回內幸町，就可以自由活動了。」

「是。」和也問：「明天呢？」

「一早動身。」

加賀谷開了副駕駛座的車門，走到銀座的馬路上。

和也稍稍彎腰盯著那群男子，這時是晚上九點，周遭燈火通明，離五公尺左右仍然能清楚看見那些人的長相。

加賀谷走向那三人的途中不斷鞠躬，三人則是神氣地看著加賀谷。

和也努力記住三人的長相，根據加賀谷今天的電話內容，這三人應該就是批准加賀谷獨自辦案，除了一般經費之外還補貼額外偵查費的人。換個說法，就是走和正規組織不同的指令系統，指揮監督加賀谷的人。

加賀谷與這三人會合之後，就走日航飯店旁邊的中通離去。

隔天，和也直到下午兩點才接到加賀谷的電話。

加賀谷說，到我家接我，我才剛起床。

和也立刻開轎車前往加賀谷在權之助坂的住處。

加賀谷已經來到大樓門口，雙眼紅腫，看來不是喝太多就是睡太少。昨天晚上喝得可能不是很暢快，至少不像是享受過夜生活的表情。

加賀谷說：

「先開車再說。」

和也將車子開上山手通。

加賀谷拿出手機，開始通話。

「是我。」加賀谷口氣不太好。「考慮了沒？」

聽這口氣，對方是誰呢？星野嗎？還是其他暗樁？

加賀谷接著說：

「好，很懂事，我現在過去，準備好了吧。」

準備好了，是托卡列夫嗎？還是像加賀谷說的只是托卡列夫的線報？星野說「無頭」的，代表舉發後查不出來源的手槍。若是情報只有藏匿手槍的地點，這些手槍大多會以「無頭」結案。

加賀谷向對方說：

「我知道，就信我吧。」

加賀谷掛斷手機，吩咐和也：

「乃木坂，你記得第一次帶你去的事務所？」

「江藤先生的？」

「不必稱他先生，對，江藤的事務所。」

和也踩下油門。

車子停在熟悉的事務所前面，那名年輕男子又走上前來，就是看來像牛郎的男子。

加賀谷下了車，年輕男子對加賀谷說：

「請老爹一個人上去。」

加賀谷也沒拒絕。

「你等著。」加賀谷對和也說了之後，與年輕男子進入大樓。

五分鐘後加賀谷就回來了，出奇的快，年輕男子跟在他後面。

加賀谷打開副駕駛座的車門，對和也說：

「安田要一起來。」

和也看向後座，年輕男子正在開車門。

「要去哪裡？」和也問加賀谷。

「赤坂，御筋通。」

「御筋通的哪裡？」

安田不耐煩回答：

「我的店啦。」

和也心想，他開的是牛郎店吧？

出乎意料，竟然是家當鋪。店門旁掛了一塊古董商的小招牌，另一塊電燈大招牌卻沒顯示古董商或當鋪，只有片假名的店名，字體風格就像精品專賣店一樣。

車子停在招牌前面，加賀谷說：

「我馬上回來。」

加賀谷與安田一起進入那間當鋪。

等待期間，和也看了招牌上的文字。

「名牌精品、黃金鐘錶、和服現鈔

信用卡與禮券折現、新品或精品折現七成五至九成

營業至凌晨兩點」

最後那一段引人好奇，這間當鋪可能背地裡幹地下錢莊的生意，應該也在洗黑錢，換句話說現金就在這裡。

沒多久，加賀谷回到車裡，手上提著鋁製手提箱。

安田在當鋪門口停下腳步，往和也這邊看。

「好。」加賀谷說：「去池袋，星野的辦公室。」

「安田先生呢？」和也問。

「沒事了，他說他要看店。」

星野的徵信社位在一棟骯髒住商混合大樓的三樓，地點在池袋二丁目，一家超市旁邊。

加賀谷到了又說：

「你等著。」

加賀谷獨自拎著鋁製手提箱，走進大樓門口。

和也隔著擋風玻璃窗仰望大樓，看起來沒有電梯，以屋齡來說差不多該考慮改建了。換句話說，這裡的房租很便宜。

三樓的窗玻璃上貼了池袋偵探社幾個字，看來是星野的辦公室。這時是下午四點半，池袋二丁目的每扇窗戶都燈火通明。

等了五分鐘，加賀谷還沒出來，和也無聊地打開車用音響。

這是加賀谷常聽的歌劇詠嘆調精選，和也調整音量，比加賀谷常聽的要小聲。

不知道等了多久，和也突然回過神，他這段時間都在想著前天在三軒茶屋看到的場景。加賀谷的轎車停在路邊，由香往車子跑去，臉上掛著微笑，平常當班時絕對不會露出那種香豔的微笑。和也原以為那微笑只屬於自己，現在每次回想起那微笑，畫面放大，更讓他難受得喘不過氣。

音樂換下一曲，不知道是這張唱片的第幾首曲子，加賀谷不時會哼著。加賀谷說，這首叫做〈公主徹夜未眠〉。

和也一時好奇，伸手打開置物箱找唱片的盒子，很快就找到了。

他抽出唱片介紹，看了看歌詞。

開頭就是無人得以入睡。無人得以入睡，妳也一樣，公主陛下。只能困守在妳冰冷的寢宮，仰望天上因愛與希望而閃爍的繁星。

歌詞最後是這樣的。

沉去吧，星光！一旦破曉，我將獲勝！勝利，成功！

女高音唱畢，加賀谷也正好回來，手上還是提著鋁製手提箱，和也關上車用音響。

加賀谷說：

「淺草。」

和也回答是之後，又問：

「情況怎麼樣？」

嗯嗯，加賀谷低吟一聲，聽不出是不順利還是不想回答和也。

加賀谷拿出手機，打開螢幕，馬上又打電話給某人。

「對了。」

加賀谷突然想到什麼，嘀咕一聲闔起手機，收回胸口袋。

「去川越街道，看到超商就停車。」

車子開到川越街道看到一家便利商店，和也停下車，加賀谷將鋁製手提箱放在副駕駛座底下，走進店裡。

加賀谷花了十分鐘才回來，若是在超商買東西也買太久了。和也心想，他應該是去打電話，或許不方便當著和也的面交談。

加賀谷回來之後，手裡提著白色塑膠袋。

加賀谷一坐上副駕駛座，就遞給和也一罐咖啡。

「啊，謝謝。」

加賀谷難得這麼貼心，不對，這舉動甚至有點刻意。

轎車剛從東池袋開上首都高速公路，加賀谷的手機就響了。

加賀谷看了螢幕，嘖了一聲。

「啊，對啦。」加賀谷接聽手機，口氣死板地回答。「啊，對啦。」

聽起來就是刻意避開特定名詞。

「對，我知道——沒錯，我就想知道這個。——現在生意興隆對吧？——我之後回撥，沒問題吧？」

和也默不作聲，加賀谷收起手機說：

「這可真是怪了。」

「啊？」和也用眼角看著加賀谷。

加賀谷接著說：

「只要有案子就是接二連三，突然忙得要死，沒案子的時候，就閒得像領乾薪一樣。」

「現在算是很忙的時候吧？」

「什麼事都湊在一起上門了。」

「有事請盡管吩咐我。」

「收留你就是為了這個啊。」

「我現在該做什麼？」

「讓我好好思考。」

「只要閉嘴就行了？」

「對。」

到了淺草的雷門通，加賀谷又獨自下車，說離開十五分鐘左右。這次還是把鋁製手提箱留在車上，和也沒有碰手提箱，反正肯定上了鎖。

和也又打開車用音響，聽著加賀谷喜歡的唱片。

加賀谷約三十分鐘後才回來。

「目黑。」加賀谷吩咐：「今天到此為止，車子就停在那裡。」

那裡是指內幸町的停車場，看來加賀谷還要再去某處喝一攤。

和也將車子停在權之助坂的住宅大廈底下，加賀谷提起鋁製手提箱走進住宅大門。

一等加賀谷走遠，和也立刻打電話給由香。

由香接起電話，口氣有點緊張。

和也心平氣和地說：

「今天難得提早下班，而且我有車，如果妳還沒下班，我打算去接妳。」

「啊，抱歉。」由香說：「我已經到家了，不能再出門了。」

「見一面就好？很想見妳。」

「我知道，但是今晚沒辦法。」

「明天怎樣？後天也行。」

「我班表改了，最近忙得要命，這陣子都撥不出時間。」

「這陣子？」

「對，最近的工作真是要命。」

「星期六呢？白天也行。」

「星期六和家人有約了。」

連想都沒想有哪些約會就快速回答。

「是嗎，那星期天呢？」

「哎，安城先生。」由香口氣一沉。「能多體諒我嗎，成熟一點吧。」

「好吧，只要見一面就好。星期五給我三十分鐘喝個茶也不行嗎？不會耽誤妳太久。」

「星期五？」由香的口氣突然變得慌張。「星期五得早點回家。」

「喝個茶就好，地點看妳方便。」

「好吧，只有三十分鐘的話。不過安城先生也很忙吧？」

「我會和長官商量。」

「約幾點？」

和也硬是要到了約會，才想起很難約時間，畢竟每天下班時間都是加賀谷說了算。

「九點？」

「九點算起，只有半小時喔。」

「約哪裡？」

「時間不算太晚，澀谷吧？」

「可以。」

由香說了井之頭線澀谷站內的一家速食店，感覺只是要去打發一段空檔。

「要是工作出了狀況走不開，我再打給妳。」

「我可能也是，你要體諒我喔。」

「我了解。」
「真的只到九點半喔。」
「嗯，好，再見。」
「再見。」
和也沒來由地想起三個字，哄小孩。
和也沒關車燈就把車子停在店門口，剛才下車的男子走過來，一臉就是別亂停的表情。
和也下了車，隔著車頭對男子說：
「安田，上車坐坐吧。」
安田停下腳步，訝異地盯著和也。
「怎麼回事？要去哪裡？」
「哪裡都不去，只是在車上聊聊。」
「跟你聊？老爹呢？」
「是老爹吩咐我來談事情，上車吧。」
和也作勢望向副駕駛座，安田左右張望，又回頭看了看當鋪，才坐進副駕駛座。
和也坐上駕駛座，問了安田：
「老爹挺在意的，為什麼會改變主意？」
安田難以置信地盯著和也。
「改變主意，什麼意思？」

「一開始不是說會考慮嗎？」

「大哥考慮過了啊。」

「老爹以為被拒絕了，你大哥到今天才改變主意的嗎？」

「大哥考慮的不是那個，畢竟是一筆大錢啊。」

談的果然是錢。

「要多少錢才會乾脆答應下來？」

「不知道，去問大哥比較好吧。但是突然開口要兩千萬也太誇張了？」

「不是要你馬上給。」和也隨口亂猜。「真的拿不出來？」

「就算是做生意也沒辦法。假設我們和警視廳的刑警簽了十一[10]的約，你們要是倒債，我們也只能忍氣吞聲啊。」

「別小看老爹了。」

「我知道，所以大哥也是鐵了心。」

「老爹覺得你們在擺架子。」

「誤會啦，大哥是信得過加賀谷老爹才會這樣。」

「你們也不吃虧吧？」

「我覺得有風險啦，但加賀谷老爹的確能張羅到這筆錢。」

「你知道他要幹什麼？」

10 十天一成利息，地下錢莊用語。

「我猜得到。」

「說說看。」

安田又露出狐疑的表情。

「是老爹吩咐你來的吧？」

「是啊，老爹想知道江藤翻臉的真正原因。」

「哪有什麼真正原因，最後還不是信了加賀谷老爹。」

「信了還簽十一？」

「我們可是做正當生意。可以了嗎？」

「下車。」

安田下了轎車，輕輕關上車門。

和也看著安田走回當鋪，心想。

那只鋁製手提箱裡果然是錢，而且多達兩千萬圓。加賀谷今天拿著這筆錢，向池袋的星野買了托卡列夫的線報，不對，或許直接買了托卡列夫手槍。星野說過，一支一捆。

一捆不至於是一千萬圓，可能有一百萬。但是以目前的行情來說，中國製手槍頂多二十萬，要是都內發生幫派火併，還會更便宜。話說回來，加賀谷現在很急，從手機的對話可以發現高層緊急指示，要求他立刻拿出成果。

假如是緊急調貨，價格確實會上漲，對方也肯定會乘機敲竹槓。

加賀谷和長官商量用錢，長官卻拒絕撥付更多偵查經費，也就是不給錢。

長官不給錢，又逼著加賀谷端出成果，加賀谷只好靠自己籌錢了。

根據星野所說，似乎只能弄到三支槍，假設加賀谷出手大方，一支給一百萬，那就要花三百萬，裡面八成還包括星野的回扣，但也不會更多了。

這麼說來，加賀谷借了兩千萬，打算怎麼用？

不對。和也搖搖頭，問題不在這裡，加賀谷向黑道旗下的錢莊借了這麼大一筆錢，要去買無頭手槍，而且十天要一成利息。加賀谷打算怎麼還這筆錢？就算辦案有成績，發破案獎金，金額想必不高。區區地方公務員哪裡還得起？

後方有人按喇叭，後照鏡上是一輛白色賓士，比自己的車更高級，才敢囂張地按喇叭吧，看來只能離開了。

和也打入駕駛檔，開走了轎車。

隔天是星期三，加賀谷今天看起來和平常沒兩樣，依序探視澀谷、新宿等安插暗樁的地點，這天的行程，和也已經跑了第三次。

在新宿，加賀谷去了區公所通附近的俱樂部喝酒，俱樂部老闆似乎是加賀谷的暗樁。加賀谷和老闆交談的時候，和也在候客吧檯喝烏龍茶。

四十五分鐘後加賀谷離開俱樂部，難得顯得有些醉意，看來短時間內喝了不少酒。

「今天收工，去目黑吧。」

口齒都不清楚了。

走明治通往權之助坂的途中，和也不斷偷瞥副駕駛座上的加賀谷，加賀谷不發一語，和也想確認他是不是睡著了。只見加賀谷沒睡，雙眼反而瞪得比平常更大，直盯著擋風玻璃前方。車上播放著那張歌劇唱片，抵達權之助坂時已經聽了兩遍〈公主徹夜未眠〉了。

隔天早上，警務部人事一課長畑山一走進來，就問起和也狀況。

正在使用桌上型電腦的和也，聽了抬起頭來。

和也正在警務部的資料室，使用資料室裡的電腦終端機，登入警視廳主管的人事資料庫。他要逐一確認所有警部以上的主管照片，找出三天前在銀座看到的那三人是誰。

和也對畑山說：

「我找到兩個人，只是不敢百分百確定。」

「是誰？」

和也看著放在電腦旁邊的紙條，敲打鍵盤，先叫出了一個人的資料。

螢幕左側是大頭照，右側是本人姓名、出生年月日、學歷、錄用年次、晉升經歷、任職單位經歷等，這些是人事課管理的警視廳職員基本資料。

畑山看著電腦螢幕說：

「中野寬治警視長，頭銜是生活安全部長，大人物啊。」

和也說：

「不是直屬長官吧？」

「但是他可以主張搜查四課的功勞歸他所有，我們也會和他們交換情資。不過他和加賀谷的交集在哪？為什麼會特別關照加賀谷？」

和也交互看了看紙條和螢幕。

「加賀谷警部之前在愛宕警署當刑事課股長，中野警視長是那裡的署長。加賀谷警部……」和也頓了一下。「當時是警部補，加賀谷警部補舉發中國籍的走私集團，獲得部長表揚，中野署長也升遷到總廳。」

「加賀谷從此成為長官們得力的刑警。另一個呢？」

「我想是這個人，目前已經不在總廳，回警察廳了。」

螢幕上出現另一名官員，一看就很適合穿深色西裝。

畑山說：

「久保達明，直到今年三月還是公安二課長，我記得現在是……」

「根據資料備註，目前是警察廳長官官房的統籌審議官。加賀谷股長掌握那件日本國內毒品工廠的情報時，他是公安二課長。」

「當時可是相當出名。」畑山說出了一個宗教團體的名字，該教團在地鐵站引發無差別毒氣攻擊。「假如上頭曾正確評估加賀谷的情報，就不會發生那樣的慘案了。久保二課長那時和其他公安主管大吵一架，終究還是飛黃騰達啦。」

「難怪這麼器重加賀谷。」

「還有一人呢？」

「這就不知道了，目前比對不到任何照片。」

「也是警察廳裡的大人物？多大年紀？」

「看起來比另外兩人年長，四十多歲，或是五字頭。」

「完全沒有可能的人選嗎？」

和也看了紙條，說出三個人名，都是可能符合的對象。

「早田泰紀。」畑山複誦其中一個名字。「現在是公安部參事官，記得和中野生活安全部長是高中同學，讀關西的明星高中。」

和也操作電腦，再次叫出早田的名字。

他在按照五十音排列的主管名單中，突然發現一個令人在意的名字。

早瀨勇作。

這個名字他有印象，父親有幾個在警視廳工作的警察世伯，其中一個就姓早瀨，早瀨勇三。記得父親說過，早瀨的兒子也在警視廳工作。

四個字裡有三個相同。現今很少父親會讓兒子繼承自己名字中的字，這人八成是早瀨勇三的兒子。

和也迅速瀏覽早瀨勇作的資料，今年四十八歲，階級是警視正，職位是總務部企畫課長。

「怎麼了？」畑山催和也動作，和也才拉到下一頁。

早田泰紀，螢幕上出現照片與資料，但和也無法確定那就是當晚的第三個人。

聽和也這麼說，畑山說：

「我看過早田參事官的近期照片，和總監一起拍的，應該也在這裡。」

畑山開門走進隔壁房間，裡面的置物櫃裡放了多達數十年份的警務相關文件。

沒多久，畑山拿了一疊本子回來，這些是警視廳內部刊物之一《自警》。

畑山抽出其中一本，找到了照片，是刊物裡的彩頁，上頭有警視總監與各級主管，應該是在某個典禮上拍的。

「這個是早田參事官，如何？」

照片裡這人有點胖，也有一定年紀，和也看了照片才敢確定。

「就是他，不會錯。」

畑山交叉雙臂，顯得一臉為難。

「加賀谷背後竟然有這些警察廳官員撐腰，好吧，我們早有準備了。」

和也說：

「我就見過他們那一次，或許關係沒那麼親密？」

「怎麼可能，這三人都是官中之官，不可能和沒通過高等考試的小警部一起喝酒，這些人的關係肯定非比尋常。」

「要中止臥底行動嗎？」

「不能停。」畑山搖頭。「現在光靠違反服務章程，已經沒辦法偵訊加賀谷了。如果要出手，就要準備更有力的證據，讓這些人閉上嘴。沒有個足以記過革職的理由，就不能出手。」

「如果找不到呢？」

「那就投降啦。」畑山聳聳肩。「只好不追究加賀谷海派的私生活了。大人物祕密帳戶裡的私房錢可是個禁區，我們無能為力。」

此時手機響起，加賀谷打來的。

「人在哪？」加賀谷問：「上工了。」

「啊。」和也愣了一下，看看時間，才上午十點半，加賀谷通常不會這麼早進警視廳。「我在福利社裡買點東西，老爹人呢？」

「我在四課，馬上回來，出發了。」

和也回到四課的樓層，與加賀谷一起離開總廳大樓。

「千葉。」加賀谷吩咐：「中飯到那邊再吃。」

和也問：

「要去特定的餐廳嗎？」

「嗯，要去問點事。」

「還要吃飯？」

「見個人。」

肯定是這樣沒錯。

今天加賀谷扛了個單肩包，是便宜的尼龍塑料包，和他的西裝完全不搭，而且單肩包鼓鼓的，像裝了好幾本書一樣。

一小時後剛好是正午時分，和也將車子停在千葉市郊外，京葉道路邊某家柏青哥店的停車場裡。這裡靠近千葉東交流道，是個冷清偏僻的地方。

和也把引擎熄火，加賀谷掏出手機說：

「你先走，去玩玩吧。」

和也愣了一下才問：

「要我去打小鋼珠嗎？」

「你打過吧？」

「完全沒有。」

「是嗎？正好體驗一下，手機記得開機。」

「是。」

停車場幾乎有足球場那麼大，和也穿過停車場前往這家巨型柏青哥店。他走進正面的玻璃大門，回頭一看，加賀谷的車被好幾排汽車擋住，從大門這頭看不見。

但和也依舊站在原地，盯著車子的方向。約一分鐘之後，停車場裡另一個車位上的黑色國產大型轎車發動了，慢慢靠近加賀谷的車子，和也緊盯不放。

黑色轎車似乎停在對面，兩名男子下了車。

兩名男子隨即消失身影，並不是躲在車輛之間，很可能上了加賀谷的車。和也依舊目不轉睛。

約三、四分鐘之後，兩名男子又出現了。他們離開加賀谷的車，坐回自己的黑色轎車，然後馬上開車，迅速穿過停車場開上外面的馬路。

和也離開玻璃大門，往內走到看不見外面的地方，在空機臺前坐了下來。

打了五分鐘的小鋼珠，和也開始在意起加賀谷的動向，難道他還在繼續等人嗎？還是去了別的地方？

他還在盤算著加賀谷的動向時，手機就響了。

「在哪裡？」

和也說了自己的位置，加賀谷很快趕到。

「打得怎樣？」

「慘兮兮。」和也回答：「要出發了嗎？」

「對，去吃飯，聽說有間館子可以吃到好魚。」

和也回到車上看了副駕駛座和後座，沒看見加賀谷今早扛的單肩包，也沒有多出其他行李，至少座位上沒看見。

兩人在稻毛海岸的日本餐館吃了午餐，這家餐館的停車場可以停十輛車，晚上應該是傳統的割烹料理店。

吃完了生魚片套餐，加賀谷還是沒有提起剛才見了誰，又做了什麼事。和也認為身為部下，如果完全不過問反而顯得自己很在意，不自然的沉默可能讓加賀谷起疑。

於是和也問：

「今天的事辦完了嗎？」

加賀谷拿牙籤剔著牙縫。

「對，見過暗樁了。」

「最近老爹都不帶我參與這種場合。」

加賀谷盯著和也。

「有些場面比較敏感，有些人除了我之外不見任何警察。要是逼太緊，暗樁可是會跑掉。」

和也雖不太能接受，依舊點了頭。

加賀谷補上一句：

「我應該一開始就告訴過你，人脈是跟著人走，不是跟著職位，也不是跟著組織。總有一天，我會把該交接的人交給你，你現在就閉嘴好好幫我。」

「是。」

吃完午餐走出餐館，加賀谷說要上廁所，又走回餐館。

和也大步走進停車場，繞到加賀谷的車子後面，後車箱與店門口之間隔著其他車子，從店裡看不見。和也蹲在後車箱後方，打開約三十公分往裡瞧，後車箱裡整整齊齊，右邊有個白色塑膠桶，裡面塞了幾條毛巾，是前幾天加賀谷吩咐和也洗車用的工具。左前方似乎有什麼，上次打開後車箱時還沒看見，是個黑色的尼龍包。很像攝影師常用的相機包，下寬上窄，方方角角，裡面應該塞得下一整個空心水泥磚。後車箱裡就這些東西，沒別的，和也輕輕關上後車箱，用力壓住上鎖。

和也起身前進，打開駕駛座車門時，加賀谷恰巧從餐館裡出來，應該沒看見和也搜查後車箱。

加賀谷走到車子旁說：

「這魚也沒人家講的那麼好吃，虧我大老遠跑一趟。」

和也說：

「很好吃啊，分量又足。」

「只是分量足吧。」

和也坐上了駕駛座。

回都心的路上，加賀谷的手機響了。

加賀谷嘖了一聲，接起手機。

「我不方便，等等回撥。」

對方還沒掛斷，似乎是很要緊的事情。

加賀谷說：

「知道啦，等等嘛——沒有，我說了，河邊啊——當然啦，我拍胸脯保證，用我的名聲來掛保證——你的生意對手不就沒了嗎？聽說你最近出手很闊綽——好了，我說我會回撥啦。」

加賀谷又嘖了一聲，收起手機。

「出什麼事了嗎？」和也問，剛才的對話聽起來有些焦急。

「沒事。」加賀谷回答：「這個暗樁喜歡窮操心，等等你送我回據點，然後你就下班吧。」

「是。」

晚間七點出頭，車子駛回加賀谷在權之助坂的住處，和也下車之後將鑰匙交給加賀谷，兩人一起前往電梯。

電梯門一開，加賀谷就說：

「我自己走，明天見啦。」

和也一個人走進電梯，轉過身，看著電梯門關上。

加賀谷應該是打算自己拿出後車箱裡的包包，帶回家裡。

和也離開大廈門口，拿出手機撥打警務課畑山的電話。

「怎麼了？」畑山問，聽手機那頭的聲音，似乎在某家酒館裡。

和也說：

「今天晚上有急事要報告，能不能在總廳和長官碰頭？」

畑山先離開房間，沒多久帶了一名男子回來。

男子年紀相當大，一頭稀疏白髮，連眉毛都白了，至少六十多歲，身穿寬領大衣。

畑山介紹：

「這位是杉本兄，兩年前還待在毒品對策課，現在已經退休了。」

這位姓杉本的老先生雙手插在大衣口袋裡，問了和也：

「你再說一次，之前看到什麼？」

和也說了稍早在千葉市郊外的柏青哥店看到的經過，聽說了河邊這個人名，還有河邊與加賀谷的聯絡。按照加賀谷的言行，和也認為發生了不尋常的事。

和也已經大致向畑山報告了上星期以來發生的事，畑山同意和也的看法。但是畑山無法解釋加賀谷打算做什麼，於是緊急找來杉本分析現況，杉本目前與四課或暴力團對策課都沒有直接聯繫，又有豐富的經驗。

聽完和也的說詞，杉本說：

「我看，那小子自己在賺辦案經費了。」

畑山說：

「果然啊。」

「聽到加賀谷和千葉的柏青哥店，我只能聯想到雙相會。那小子揭發國產毒品案的時候，最開心的肯定就是雙相會的稻木組，因為那批國產毒品大多是在船橋和千葉出貨。不對，聽說那案子的消息就是雙相會提供的。」

畑山問：

「意思是加賀谷賣了稻木組一筆人情？」

「稻木遇上加賀谷應該抬不起頭來。還有今天那個皮包，我很好奇之間的關聯。」

「錢？」畑山問。

「也可能是毒品。」

「河邊這人，你有印象嗎？」

「或許是宇都宮的河邊。之前是外送茶店[11]的店長，我退休前那陣子，常聽到他在當賣毒的下游，毒品對策課也曾祕密調查他。」

和也插嘴：

「加賀谷還提到少了生意對手，最近很闊綽之類的。」

「那就是宇都宮的河邊了。宇都宮的毒品在兩年前都還是由小嵐組一手包辦，但是今年春天，小嵐為男因傷害罪嫌被捕，加上非法持有毒品，被關進監獄了。我聽說市場由河邊接手，看來隨時都賣到缺貨。」

「加賀谷警部似乎要送什麼貨給河邊。」

「河邊已經被櫪木縣警盯上，所以沒辦法離開東京去找上游。」

畑山說：

「才由加賀谷送貨？」

「這解釋完全說得通。」

此時有人敲門，一名年輕刑警走進來，刑警看到杉本似乎很吃驚，先鞠個躬，然後將一只信封放在桌邊。

杉本從信封裡拿出一疊照片，是偷拍的照片，照片中有許多男子，有人穿黑西裝，有人穿一身名牌運動服。

畑山說：

「這是稻木組幹部的照片，上面有你見過的人嗎？」

和也逐一檢視照片，他在柏青哥店的時候，與那兩名男子相距四十公尺以上，不太有自信能辨識出照片裡的人物，但是第五張照片吸引了他的目光。照片中的男人燙著短鬈髮，大眼睛，體型也很熟悉，確實是站在加賀谷車子旁的其中一人，肯定沒錯。

「是他？」杉本再次確認。

和也點頭，杉本說：

「稻木組的柳瀨，就我所知，他去過泰國二十幾趟，除了一般毒品，還碰海洛英呢。」

畑山說：

「這下有眉目了。杉本兄，多謝你這麼晚了還跑一趟。」

「小事。」杉本微微笑。「反正我閒得很，有事隨時找我。」

畑山與杉本一起離開房間，兩分鐘後畑山就回來了。

「真是意想不到的發展。」畑山說：「這下可不只是勾結黑道收賄那麼簡單了，而且也不可能內部處理私下解決。」

和也等著畑山的下一句話，只要畑山下令，他就聽命行事。

畑山多次點頭，似乎在說服自己，最後說：

「就由警務出動逮人，然後交給毒品對策課。」

---

11 由店家外送小姐接客進行性交易的服務。

和也問：

「幾位高層怎麼辦？」

畑山說：

「只要扯上毒品，他們就不敢吭聲，也不能吭聲。加賀谷會被犧牲掉。」

「上法院的話，股長說不定會供出之前的偵查經費從哪來？比方說是由哪些高層撥下來的？」

「這沒問題，到時會和檢察官談好，避免案情擴大。」

竟然可以做到這個地步？

和也又確認一件事。

「如果加賀谷有大動作，我看就是這一兩天，警務有辦法馬上出動？」

「你是問逮人？」

「是。」

「看情報的分量，如果申請得到逮捕令，隨時都能出動。」

「以我目前收集的證據來看，逮捕是沒辦法，但是應該可以請回警署談話。」

「那也行，就靠你了。希望趁其他縣警還沒盯上加賀谷之前，由我們先逮人。就算他背後有警察廳高層撐腰，我看也是該送他上路的時候了。」

和也點頭。

隔天早上，和也才睜開眼，手機就響了。加賀谷來電，看了看時間，早上六點零二分。

「今天你準時來上班。」加賀谷說：「有人來密報。」

和也問：

「就是那條線報？」

「對，只要搜索令下來，我們立刻帶四課的人去扣押。」

「是。」

和也一行人在上午九點四十分抵達ＪＲ大塚站。巢鴨警署地區課的警察們已經包圍了車站的北口與南口，來往的旅客經過大批警察面前，顯得十分好奇。只見兩名警察，一臉嚴肅地站在投幣置物櫃前。

一名乘客正打算從置物櫃裡拿出東西，立刻有兩名警察上前，檢查這男子取出來的皮包。

加賀谷對在場一名警察出示警察手冊。

「辛苦了，我是四課的加賀谷。」

地區課警察聽了敬禮。

「三十六號置物櫃，管理員呢？」

「已經到了。」

一名穿工作服的中年男人走過來，看來是投幣置物櫃管理公司的承辦人。

加賀谷出示搜索令。

「線報指出有人私販手槍，法院已經下令搜索，請打開三十六號置物櫃。」

「這就打開。」

加賀谷回頭，眼前是包括和也在內的八名刑警，他當著這群刑警說：

「線報可能是假的，打開也不曉得裡面是什麼，往兩邊散開。」

地區課的警察立刻管制行人，置物櫃前很快淨空。

加賀谷對一名刑警使了眼色，那是現場唯一穿上防彈背心的刑警，他走向三十六號置物櫃，拿著收音麥克風貼著置物櫃的門。看來在確認置物櫃裡的聲響，沒多久他摘下耳機，對加賀谷點頭。

加賀谷跟著點頭。

防彈背心刑警戴著白手套，拿鑰匙插入置物櫃的鎖頭。

加賀谷四下張望，巢鴨警署的警察們連忙攔下想穿過封鎖線的行人。

刑警打開置物櫃，裡面有個藍色的運動袋，另一名刑警手持相機上前，拍攝置物櫃裡的狀況。接著又一名刑警靠近，小心翼翼拿出運動袋。

刑警將運動袋放在地上，防彈背心刑警拉開了袋上的拉鍊，裡面有一團氣泡布。加賀谷走近，俯視袋裡的物品。

刑警拿出袋裡的物品，在地上攤開。

和也跟著上前一步。

氣泡布裡包著一支手槍，大型的半自動手槍。

和也發現加賀谷臉色大變。

刑警拿起手槍，確認槍口之後說了：

「發現手槍一支，半自動。」

加賀谷以錯愕的口氣反問：

「一支？」

探員再次檢查袋子。

「一支。」

和也與加賀谷對上眼，加賀谷的眼神明顯相當驚慌，看來他作夢都沒想到只有一支。這次根據密報來查扣手槍的劇本，肯定和加賀谷安排的大相逕庭。

和也想起先前與星野的談話，如果那是在安排這場密報，今天應該要搜出三支手槍。難道星野張羅手槍失敗了？還是加賀谷被擺了一道？

加賀谷別過頭，對刑警們說：

「好，動作快。」

又有兩名刑警拿來紙箱與塑膠袋，跪在地上，現在要根據線報，扣押來源不明的手槍。

當晚七點多，加賀谷寫完報告，交給四課課長內山。

和也在旁觀察，內山的口氣明顯失望。

「看你早上那陣仗，這次舉發的規模應該要更大吧？」

加賀谷的口氣相當不滿。

「我修理暗樁的時候，感覺收穫不錯，或許是上半年查太緊了。」

「這下得加把勁啦。」

「是啊。」

「最好在年終警戒之前。」

「我知道。」

加賀谷離開內山，走過和也身邊的時候說：

「走了。」口氣帶著憤怒。

和也從座位上跳起來，跟在加賀谷身後。

兩人走在停車場裡，和也問：「這是怎麼回事？」

加賀谷回答：「星野說有三支，結果擺我一道。」

「當時談的果然是手槍？」

「手槍的線報啦。」

「沒想到真的會搜到手槍。」

「我的工作就是這樣，撈出黑社會裡流動的黑槍。要是放著不管，可能會被賣給外行人，倒不如公家多出點錢買回來，本來打算慢慢教你的啦。」

和也不發一語，加賀谷又說：

「有時候當然也會拿到真正非法持槍的線報。」

「那種狀況就是真的舉發犯罪嗎？」

「你說的沒錯，但是一年頂多一兩次，根本沒辦法達到上面要求的目標。」

警視廳和警察廳並不在乎下面扣押那些無主的手槍，也就是所謂的無頭槍。加賀谷這種做法也獲得法律的支持。即使其中有線報、金錢甚至司法上的交易，依然能獲得支持。

和也換了話題。

「接下來要去哪裡？」

「喝悶酒吧。」加賀谷看看時間。「要是不喝點好酒，怎麼幹得下去？你下班去吧。」

「車子怎麼辦？」

「幫我停回住處，然後就解散。」

和也看了手錶，晚上七點四十分，還趕得上九點的約。

加賀谷突然掏出手機，看向螢幕。

「臭小子。」加賀谷一接起手機，立刻破口大罵：

「你這混蛋！竟敢讓我丟臉，別以為我會放過你啊！」

應該是星野來電，和也邊走邊豎起耳朵，怕漏聽了任何一句話。

看來星野並沒打算欺騙加賀谷，只是短時間內只弄得到那把槍。星野知道加賀谷肯定暴跳如雷，所以上午說了置物櫃的線報之後就跑去避風頭。和也從旁聽來，星野應該已經離開東京都，躲去加賀谷找不到的地方，才打電話來賠罪。

「好，僅此一次！」加賀谷說：「你記清楚了，要是我就這樣被調去別的地方，你肯定吃不完兜著走。只要我還在公家當差，我們這段孽緣就斷不了。知道吧？」

兩人走到路口，行人們停著等綠燈。

加賀谷大吼一聲：

「混蛋！這不是錢的問題！我動這筆錢可是有條件的啊！」

在場的行人驚訝得回頭看加賀谷，還有幾個人悄悄走遠了一點。

轎車靠近權之助坂，副駕駛座的加賀谷又掏出手機。

「囉嗦。」加賀谷說：「我說過會回撥了，要我講幾次？」

看來是昨天講過電話的河邊又來電了。和也開著車專心聽著。

加賀谷說：

「我會試啦。你不相信我的舌頭？──筑波？再講一次──好，明天中午──廢話少說。」

加賀谷掛斷電話，和也問：

「出了麻煩的事嗎？」

「沒事。」加賀谷搖搖頭。「今天要你那麼早起，成果卻這麼窮酸，這本來可以幫你增加績效，真是虧待你了。」

「不會，我沒有放在心上。」

「我現在心頭一把火燒得凶呢，你也是吧？」

「真的不會。」

「偶爾放鬆玩玩吧。我們幹這一行，有時候得當個蠢蛋，否則會精神崩潰。」

「是，我知道。」

和也自問，老爹今晚打算怎麼放鬆，怎麼玩？

他腦中浮現答案，不禁打了個冷顫，不會吧？

和也從加賀谷的住處走向目黑站，邊走邊看時間。

八點四十分，比約好的九點還早了一點，如果由香先到了，一路聊到九點半，相處時間會比原本預期的更長。

和也不打算提起星期天看到的事，或許那天由香只是搭加賀谷的便車去了哪個地方，也可能只是受邀吃飯喝茶。到目前為止，更進一步的狀況可能是他的妄想。

說真的，和也依然希望由香能夠再給自己一個情人的微笑，再次耳語他的名字，再次喘著氣說喜歡他。兩人的關係應該還有這樣的餘地，應該還沒有結束，由香還沒有離開。對嗎？

和也來到井之頭線澀谷站內的速食店，由香還沒來，和也點了咖啡，坐上玻璃落地窗邊的座位。九點出頭，由香終於出現在車站穿堂裡。她身穿白色的薄大衣，手裡拎著廣受女性歡迎的法國品牌包，而且邊走邊拿出手機。由香接起手機顯得十分開心，邊講電話邊看錶。

由香走進速食店發現和也，和也舉手打招呼，由香走到和也身邊，坐也不坐就說：

「對不起，家裡打電話來，我得快點回去了。」

和也訝異地問：

「待到九點半應該可以吧？」

「唔，我爸有點急事。」

由香說的支支吾吾，和也又問：

「伯父怎麼了嗎？」

口氣上像在追問。

由香噘著嘴說：

「這是私事，希望你不要過問。」

「哪裡是過問，我是擔心。」

「沒事，不是身體的問題啦。」

「至少喝杯咖啡吧。」

「對不起，真的不行。」由香的臉色明顯是在回絕，看來說什麼都沒用了。

「好吧，明天呢？」

「我和朋友有約。」

和也一聽，突然想起由香之前不是說和家人有約？

「好吧，下次什麼時候？」

「我再打給你。」

言下之意是，你別打來了。

和也這下明白，自己對先前那件事的解讀並沒有錯。

「好，我懂了。」

「先走了，真的很對不起。」

「嗯。」

由香一離開速食店，和也立刻結帳追了出去，如果由香真的要回家，應該會前往半藏門線的月臺。

和也在人群中追蹤由香，發現她走到站前的馬路邊，搭上計程車。

她要去目黑嗎？如果去權之助坂，搭山手線比計程車方便多了，難道是自己想太多了？

和也也上了一輛計程車，對司機說：

「麻煩跟著前面那輛計程車。」

三十多歲的司機調侃地說：

「這位客人，你要扮警察喔？」

「叫你跟就跟，我就是警察！」

和也的口氣強硬到連自己都吃了一驚。司機往後照鏡裡看了一眼，默默開了車。

由香搭的計程車開上了六本木通，和也以為車子會在明治通右轉，可是卻一直往前開，看來不是要去權之助坂。

是自己想太多了嗎？和也倏地對整件事失去了自信。

十分鐘後，計程車從鳥居坂下開往麻布十番的商店街，和也來過這裡，他第一天成為加賀谷的部下，當晚就到過這一帶。

由香搭的計程車終於停了，停在澳洲大使館旁的路肩。

「停車。」和也對司機說，司機聽話地把計程車停下來。

由香的計程車就在三十公尺前方，她下了車，毫不在意四周狀況，可能作夢都沒想到自己會被跟蹤。

由香過了馬路，到路邊一間館子打開門，那是和也第一天見到加賀谷當晚，加賀谷去的壽司店。

那天晚上，加賀谷進去約一小時才出來，後面跟著四課庶務股的年輕女職員。

眼看由香走進壽司店，這不可能是巧合。

「怎麼樣？」司機問：「要下車嗎？」

「不用。」和也猛然回神，應了一聲，由香已經走進了壽司店。「開車。」

「去哪裡？」

「警視廳。」

司機發動車子時說：「原來你真的是警察。」

和也沒回話，計程車經過壽司店前方，和也盯著門口，輕巧的拉門充滿日本風情，門內亮著暖黃的燈光。他耳邊突然響起加賀谷常聽的歌劇詠嘆調，想著那旋律與歌詞。

畑山一走進會議室就問：「確定了？」

和也回答：「我想明天肯定有交易。」

「貨是毒品？」

「是千葉稻木賣出，宇都宮河邊想要的貨。」

「只要掌握交易現場，就能同時逮住加賀谷和下游。」

「我認為跟蹤加賀谷行不通，只要他起疑，交易立刻會取消。」

「監視河邊也是個辦法。」

「要向櫪木縣警申請支援嗎？」

畑山苦笑。

「也對，我們盯上的是警視廳職員瀆職，至於舉發毒品交易途徑，就是其次了。」

畑山交叉雙臂抬起頭來，又問和也：

「你說明天肯定有交易，是不是有線索還沒向我報告？」

「沒有，就這些了。」和也並沒有對畑山說，加賀谷打算購買海釣用的大型遊艇，也沒有說他曾經和加賀谷一起去城之島看過那艘遊艇。加賀谷想買那艘船，就需要一大筆錢，和也認為，這也是加賀谷這次不得不靠自己賺經費的原因之一。

還有一件事，和也並沒有親眼見到違禁品，也沒確認過交易現場，卻敢在今晚提出這報告，最大的原因，他沒有向畑山報告。原因其實是加賀谷與東京消防廳的女救護員過從甚密，加賀谷今晚與那女人碰面，而且有放鬆玩一玩的念頭。

此外，加賀谷甚至提到要用自己的舌頭確認交易品質，這也沒有向畑山報告。加賀谷說這話實在太粗心，也就代表加賀谷今晚有多麼亢奮，失去了冷靜。假如和也大膽的猜測沒有錯，加賀谷今晚就會試貨，而且八成在他的住處。

畑山說：

「我今晚就吩咐底下的年輕人，明天一早七點集合。」

和也說：

「我可以借用一輛偵防車嗎？」

「要幹什麼？」

「我打算今晚一個人跟監，如果目標有可疑舉動，我就追上去。」

畑山注視著和也一陣子，似乎想確認和也為什麼變得如此積極。

「也好。」畑山說：「早上換班。」

又聽見了，那段旋律與歌詞。

沉去吧，星光！一旦破曉，我將獲勝！勝利，成功！

隔天上午十點零五分。監控權之助坂住宅大廈的警務職員傳來消息：

「目標的轎車正要出發。」

停車場的閘門打開，加賀谷的轎車正要開上斜坡。

一輛箱型車已經停在住宅大廈後方，車內的畑山聽到消息立刻下令：

「逮人，我們也準備出發。」畑山對駕駛點頭，駕駛將箱型車開出後巷。

箱型車上共有五名男子，包括和也在內。除了和也之外，其他都是警務部的職員。和也一直監視加賀谷的住處到今天早上，等到八點才由支援的警務部職員換班，然後他就在箱型車裡補眠到現在。

除了這輛箱型車之外，還有一輛偵防車停在權之助坂路邊，隨時準備擋住停車場出入口。

箱型車從權之助坂開上坡道的時候，偵防車正好在停車場出入口前緊急煞車。加賀谷的轎車本來要開上馬路，只能在偵防車前停下。箱型車立刻開到偵防車後方，緊急煞車。

兩名警務職員跳下偵防車，站在加賀谷的車子兩旁，和也與畑山等人走下箱型車，趕到車旁，車後的停車場閘門也慢慢放了下來。

畑山走到駕駛座旁，敲了敲車窗，加賀谷僵著一張臉降下車窗。

加賀谷與和也對上眼，似乎搞懂了是怎麼回事，微微瞪大眼睛。

副駕駛座上的永見由香也和和也對上眼，一臉錯愕地盯著和也，彷彿在問，這不是真的吧？

和也搖搖頭，表示這是真的。妳或許不敢相信，但是妳和妳的男人，即將被警視廳警務部請回去問話。應該還會要妳驗尿，而妳非答應不可。

畑山往駕駛座探頭進去，掏出警察手冊對加賀谷說：

「加賀谷仁，我們是監察，有話想問你。可不可以跟我們來一趟？」

加賀谷又看了和也一眼，反問畑山：

「有何貴幹？」

「你涉嫌違反服務章程，我們想弄清楚。」

「違反服務章程？」

「真心希望用這點理由就能完事。」

「目前是用請的？沒有逮捕令？」

「你想要什麼罪名？」

「如果我拒絕會怎樣？」

畑山挖苦地說：

「那我們就不客氣了。我們並不需要起訴，目的也不是要打贏官司，完全沒必要和你爭論程序上的正當性。」

加賀谷正對著畑山，內心似乎還在盤算。他會拒絕同行，還是乖乖就範？到了這個地步逃得掉嗎？有什麼辯解的藉口嗎？他肯定正絞盡腦汁。最後加賀谷微微嘆了口氣，對畑山說：

「和這位小姐無關，能讓她先回去嗎？」

畑山說：「不行，我們打算給這位小姐驗尿。」

「原來如此。」

「如果你願意跟我們走，請你坐上那輛車。」

加賀谷轉向由香，小聲說了幾句，和也聽不見說什麼，只看見由香對加賀谷露出極度失望與憤怒的表情。

加賀谷打開車門，下了車。由香也從副駕駛座下來，身穿紫色絲質襯衫，布料軟綿的波浪長裙，金鍊腰帶，手提之前看到的名牌包，外搭白色大衣，一身華服根本看不出是東京消防廳的職員。

警務職員站到加賀谷兩邊。畑山對加賀谷說：

「可以搜車嗎？」

「請便。」加賀谷回答，轉向和也。「你一開始就是這個打算？」

「是。」和也的語氣毫無起伏。

加賀谷又問：「為什麼選今天？就算明天，甚至下星期都可以吧？」

和也默不作聲。

加賀谷回頭看了一眼，這才恍然大悟。「原來被出賣的不是我，是她啊。」

和也直盯著加賀谷。「不，老爹，你才是問題所在。」

「難道……」加賀谷開口。

「難道？」

「你該不會相信自己的父親是模範警察吧？」

「這是什麼意思？」

畑山打斷對話。「加賀谷，可以檢查你的隨身物品？」

此時，和也離開了現場。

這天早上吹著十二月的風，乾燥而寒冷。現場刑警的大衣衣襬隨風拍動，眾人被風吹得板起臉孔，蹙緊眉頭。和也感受著撲面而來的冷風，咀嚼加賀谷的話。

你該不會相信自己的父親是模範警察吧？

這是什麼意思？加賀谷在說反話？他想說和也的父親也是個瀆職警察，而非清廉的駐在警察？加賀谷知道些什麼？知道父親的事，知道父親為何殉職？

和也轉身背對冷風，心想，或許我在警視廳還有個課題要解決。

5

這間居酒屋位在初音通靠日暮里這頭，從大馬路直角拐進來的小巷裡。這條巷子長數十公尺，裡面全是小門面的酒館，是條酒館街。安城和也是第一次來到這間居酒屋，但是他知道居酒屋的名字。父親還在世的時候，母親提過父親常來這裡。父親當上駐在警察之後就戒了酒，到這間居酒屋應該也沒喝酒，只是為了打聽當地的消息。

店門口掛著一只燈籠，燈籠上寫著店名「阿悅」。谷中一帶很多酒館都是這種格局，店內大概坐上七、八人就客滿了。酒客都是熟客，和酒館老闆也熟，反過來說，第一次來的客人可能會不太自在。看看時間，再三分鐘就是晚上七點。這天是四月第二個星期的週末，谷中靈園的賞花季已經結束，和也請了特休。

和也拉開拉門，居酒屋裡所有客人立刻望過來，櫃檯邊有兩人，其中一位年紀較大，櫃檯裡還有個四十來歲的男人。

靠門邊的酒客開口了：

「安城先生，晚安啊。」

是永田，他與和也約好今天在這裡碰面。永田在這一帶經營照相館，聽說是第二代，與父親也算相熟。

永田身後的老人向和也鞠躬，這人頭髮銀白，是個表情和善的老先生。

「我姓平岡。」老先生說：「受令尊關照了。」

和也一聽平岡說話的語氣，就直覺他是男同性戀，但他只是報上姓名鞠躬回禮。

永田說：

「你爸爸生前常來的時候啊，平岡兄還是這裡的老闆，不過你也看到，現在已經換人經營，他就坐來櫃檯外面囉。」

平岡微笑說：

「早知道這麼輕鬆，我應該快點退休才對。」

櫃檯裡的老闆自我介紹，姓岩根，聽說他的父親是天王寺的守墓人，他當了多年廚師之後，才向平岡頂下這家店。

「好了。」永田從身邊的購物袋裡，拿出一只信封。「你爸爸過世那天，我給了他這些照片，這些是天王寺五重塔失火當天的照片。」

永田掏出一疊十乘十二的黑白照片，共六張，都是永田的父親在火災現場所拍攝的。

「這裡拍到了安城先生一家，你看，這是安城伯母、民雄兄，還有他弟弟正紀先生。」

和也接過照片仔細打量，前些天他打電話給永田，得知父親一看到這些照片就臉色大變，看來裡面拍到了出乎意料的事物，不過父親當時並沒有告訴永田為何如此吃驚。

和也前幾天也問過母親，父親死前的狀況，母親說她當天和阿姨去銀座，父親就在附近的蕎麥麵店用午餐。

父親吃完之後出門去教柔道，一回家就遇上挾持人質的案子，一名吸毒成癮的黑幫分子，帶槍逃進町內，父親告訴和也等人不要出門，就穿上制服趕往現場。十到十五分鐘之後，就聽見了槍聲。

和也逐一察看照片裡的人物，突然感到寒毛直豎。火災現場裡有祖母、父親和叔叔，他們背後竟然出現一個人。

早瀨勇三。

照片裡的人很年輕，但是不會錯，祖父死去當晚，早瀨勇三就在火災現場。

早瀨和祖父是警察學校同期，但和也沒聽說早瀨當晚也在現場，父親知道這件事嗎？這只是單純的巧合嗎？

天王寺五重塔失火的現場肯定湧入許多民眾圍觀，有人碰巧拍了照片，卻拍到警視廳的便衣刑警。天底下有這麼巧的事？

當天晚上祖父突然離開火災現場，早上被發現跌落芋坂鐵路天橋下，成了被火車輾過的屍體。有一說是意外，也有人稱是自殺。父親並不接受這兩種說法，父親確信祖父的死有另一個真相。因為父親認為祖父並不是會自殺的人，更不是會棄守崗位、擅離火災現場的警察。

如果早瀨當晚在現場，他知道些什麼？當晚祖父和早瀨是否有過交談？如果早瀨知道什麼，為什麼沒有告訴他的家人，或告訴警察？

和也想起父親葬禮那天的事。

葬禮上，父親的兩位世伯香取茂一和早瀨勇三也在場。

香取說過，父親殉職那天曾經打電話說想見他，口氣聽起來像有話要說，不過香取有事在忙，拒絕了父親的邀請。

早瀨則說：「前些天他也打過電話給我，感覺是有事想商量。」

當時香取說，那天父親似乎已經見過了早瀨，但早瀨否認，說當天沒見過父親。

當時早瀨向香取打聽得很深入，想知道父親要和香取商量什麼，還有曾經和誰商量過。

那段對話究竟有何含意？早瀨那天真的沒見過父親嗎？假如父親在中午看到了照片，上完柔道課之後去見早瀨一面也很合理。

目前已經確認，祖父死去那天早瀨就在附近，當然會聯想早瀨可能知道祖父死亡的真相，究竟是意外或自殺。但為什麼他會在現場？為什麼要隱瞞這件事？早瀨在現場是否和祖父的死有關？這都要問個清楚。

和也抬起頭來。

一旁的永田憂心忡忡地看著和也。

永田說：

「你跟你爸真是一個樣。你剛才那表情，讓我想起了那天的安城兄。」

和也問：

「家父就是看了這張照片才臉色大變吧？父親手上也有這張照片？」

「對，他說他想要，我本來也就是要給他的，所以就送他了。」

父親的遺物中沒看到這張照片，是父親處理掉了嗎？還是交給誰保管了？

岩根老闆問和也要點什麼。

和也點了啤酒，可以再待久一點。

永田說：

「這照片就給你吧。」

和也道謝，永田接著說：

「這一帶好久以前發生過年輕鐵路員的凶殺案，聽說你爺爺一直很掛念這案子，只是追訴期早就過了。」

「祖父應該是認為畢竟在自己的轄區裡，雖然那是他當上駐在警察之前的案子。」

「他當巡查的時候就住在谷中啊。自己住的長屋後面發現屍體，怎麼能冷眼旁觀？」

「聽祖母說，祖父好像還在意另一件凶殺案，昭和二十三年在上野公園發生的遊民命案，祖父似乎認為和鐵路員的案子有關。」

坐在吧檯那頭的平岡突然問：

「等一下，你說昭和二十三年的案子？」

和也盯著平岡。

平岡一臉訝異地眨著眼睛。

「您聽過那命案？」

「是一個叫阿綠的男孩被殺的案子嗎？屍體在不忍池畔被發現？」

「我想是，聽說被害人本名叫高野文夫。」

「你爺爺生前很在意阿綠的案子？他只向我打聽過鐵路員的案子。」

「鐵路員的案子和平岡先生有關嗎？」

「我曾經和被殺的男孩住過同一棟公寓。我真的不知道，原來你爺爺這麼在意阿綠的案子。」

「您認識那位叫阿綠的死者？」

平岡稍稍別過頭，似乎後悔自己說了不該說的事。

難道他知道什麼重大的線索？

和也問：

「您知道些什麼嗎？」

永田對平岡說：

「雖然不清楚您知道什麼，但都已經是昭和二十三年的事了，現在說出來應該不會造成任何人的困擾吧。」

平岡又回頭看著和也，和也默不作聲，等著平岡說下去。

平岡終於下定決心，開了口：

「大戰剛結束那陣子，我也住在上野公園，也認識阿綠。你應該知道阿綠靠什麼過活吧？」

男妓，和也曾經聽說，難道平岡也是？

永田說：

「平岡兄也當過遊民嗎？」

平岡微微點頭。

「當時也叫流浪兒童。我那時還小，算是戰災孤兒和上野流浪兒童吧。」

和也問：

「您認識那個叫阿綠的死者？知道他遇害前的狀況嗎？」

「認識，阿綠被殺之前，大家曾經懷疑他是警察的線民。」

「大家指的是？」

「其他遊民。」

「他是被遊民殺害的嗎？」

「不是，大家只是稍微修理他一頓，就這樣而已。」

「他真的是線民？」

「我不知道算不算線民，但是他確實有個客人是條子。」平岡說到這裡連忙改口：「抱歉，是警察。」

平岡又別過頭，和也看了這反應就知道他想說什麼。

「當時警方調查過那名警察？」

「應該沒有。」平岡盯著眼前的燒酒杯。「阿綠有個客人是警察，對警方來說可不是什麼好消息，要是說出來，我們會被欺負得更慘。」

「怎麼會……」

「當時和現在可不一樣啊。」平岡搖搖頭。「就算覺得哪裡可疑，還是閉上嘴才聰明。要生存下來，就別對警察多說，也別對同伴多說，才活得久。」

「當時沒人提過？」

「對，警方認為凶手就是遊民，結果什麼證據都沒找到，繼續有人被殺或暴斃。當時社會就是這麼頹敗，上野公園死了個遊民，沒有任何人會難過。」

「要是您願意舉發那個警察，或許被害人就能瞑目了。」

「當時沒有心思多想。我認為警察想抓阿綠的同夥頂罪，還有個年輕的便衣刑警在公園裡亂逛。阿綠被殺之後，那個便衣又出現在公園裡，我以為他會來找我問話，不過他當天就離開上野公園，再也沒回來。」

和也問：

「你知道那個警察的名字嗎？」

「我不知道，但是個從戰場上回來的年輕人，聽說是尾久警署的警察。」

尾久警署。

早瀨第一個分發的單位不就是尾久警署？他從菲律賓戰線回來，和祖父同一期進入警察練習所，難道他偵辦過祖父調查的男妓凶殺案？但並不是他的轄區吧？

平岡說：

「後來又過了五年，我搬到天王寺，竟然又看到那警察，在鐵路員田川的身邊晃來晃去。」

「是同一名警察嗎？」

「對，那時看到他真是嚇死了。以為他還在找我們那群人，調查阿綠被殺的案子。」

和也將照片推到平岡面前，指著照片上一名男子。

「大哥說的警察，是不是這個人？」

平岡從上衣口袋裡掏出老花眼鏡戴上。

「就是他，照片裡很小，但是我認得。」

「確定沒錯？」

「是我討厭的類型，所以記得很清楚。」

和也不禁思考起這巧合，相隔五年的兩件凶殺案，兩名被害人身邊竟然都有同一個人出現，就算這人是警察，也未免太巧了。

和也問平岡：

「家父知道這人和這兩件案子有關嗎？」

「唔，應該不知道吧。你爸沒對我提過阿綠的案子，只問我田川克三的凶殺案，所以我不知道你爸也在關切阿綠的凶殺案。」

或許父親認為那案子太久遠了？也可能是因為不在他的轄區裡，只關切鐵路員凶殺案還算合乎情理。

和也拿起啤酒杯，喝了幾口。

他嚐著啤酒的苦味，心想看來父親的死與火災當晚早瀨在場有所關聯。他得去見早瀨，早瀨還活著嗎？腦筋還清楚嗎？

隔天，和也前往搜查四課裡的庶務股，負責管理裝備的女職員正和兩名警員閒聊。和也一靠近，兩名警員就收起臉上的笑容，離開女職員身邊，還刻意不正眼看和也。

去年十一月，警務部人事一課進行臥底偵查，發現加賀谷仁警部持有毒品。加賀谷遭到拘留，經過偵訊後逮捕，依違反毒品取締法起訴，官司還沒打完。永見由香獲得緩起訴，但東京消防廳將她記過革職。庶務股的中田也主動離職。

在那之後，和也在四課裡孤立無援，完全沒有容身之地。直屬長官沒了，暫時歸在課長手下，實際上卻沒事可做，每天上班只能看四課的辦案紀錄，就算擅自離開，課長也不會過問。

刑警前輩們則是明顯孤立和也，沒有人找他說話，去餐廳吃飯沒人要和他同桌，下班之後也沒人約他喝酒。大家對這個出賣前輩的警務部間諜，明顯流露出責怪與厭惡。

和也曾經把這狀況上報人事一課長畑山，但畑山只叫他等待下次調動。若加賀谷一被起訴，和也就會被調走，大家便會認為和也本來就是為此分發到四課。其實事情本來如此，不過檯面上姑且說，和也是碰巧發現不法情事。

和也接受這個說法，因而還留在四課，每天過得如坐針氈，只能咬牙挺住。

和也來到女職員的座位旁邊，女職員抬頭對和也微笑。聽說她在庶務股已經待了十二年，應該是四課年資最久的職員，年近四十的她不太會化妝。

「米田小姐。」和也客氣地對女職員說：「我想借一樣東西。」

「好，要借什麼呢？」

米田的口氣聽來就像個大姊姊。

「我想借數位錄音機。」

「數位錄音機？」

「對。」

米田從抽屜裡拿出一本冊子，那是裝備出借簿。

「在這裡簽名。」

「好。」

和也在簽出借簿的時候，米田從後方的置物櫃裡拿出數位錄音機，這個白色錄音機只有香菸盒一半大小，裝在塑膠袋裡，機體和麥克風分開。和也聽說有最新裝備撥下來，應該是這個。

米田將錄音機交給和也時說：

「你看看說明書要怎麼用。」

「好。」

「你要錄什麼證據嗎？」

「不是。」和也搖搖頭。「這應該不能當證據吧。」

「小心點用喔。」米田望著和也，欲言又止。

和也露出疑惑的表情。

米田小聲說：

「你要小心，不要落到一樣的下場了。」

她是指變得和自己舉發的加賀谷一樣嗎？要小心別被自己人打探消息，被舉發或出賣嗎？

和也點頭，他很清楚，既然自己臥底出賣了行為不檢的刑警前輩，同僚的目光也會變得非常嚴厲。發生在其他警察身上可以睜一隻眼、閉一隻眼的事，一旦發生在自己身上，就會被告發。

和也沒說話，在心裡感謝米田的忠告。不用多說，我當然會盡量小心，才能好好走完警察生涯。

這個房間，有一面向南的大落地窗。

室內灑滿了伊豆的燦爛陽光，窗外是青翠的草皮庭院，庭院邊緣有樹林，樹林那頭是波光嶙峋的藍色海洋。

身穿粉紅色制服的女看護伸出手掌指向某人，說就是他了。

室內四處擺放著藤椅和沙發，約有十名老先生老太太坐在裡頭，看護指的是位老先生，他坐在窗邊的輪椅上正看著窗外。

看護說：

「那位就是早瀨先生，早瀨勇三先生。」

和也問：

「可以談話嗎？」

「可以。聽說是腦溢血，雙腿就像那樣動不了了，不過說話沒問題。」

「聽力如何？」

「目前用助聽器。」

早瀨勇三應該比祖父年輕幾歲，現在是七十四、五吧。

這天是平成十三（二〇〇一）年四月中旬的週末，和也前往伊東市郊區的私人老人安養院，被帶到這間休息室來。

看護走在和也前方帶路，和也跟在後面。

看護先繞到早瀨面前，跪在地上配合早瀨的視線，開口說：

「早瀨先生，有訪客喔。」

早瀨望向看護。

「訪客？」

「是您朋友的孫子，安城先生，還記得嗎？」

「安城？」

早瀨抬頭看向和也，臉色逐漸變得困惑。

眼前的早瀨比當初參加父親葬禮時消瘦許多，原本臉型方正剛直，現在顴骨都突了出來，唯有雙眼還是和葬禮那時一樣炯炯有神。如果他還在當差，旁人應該一眼就認得出他是警察。

和也平靜地說：

「早瀨先生，我是安城民雄的兒子，天王寺駐在所安城清二巡查部長的孫子，父親葬禮那天見過您。」

早瀨的雙眼不安地飄移著，似乎想找人求助。

看護說了聲請慢聊，就離開了。

和也對早瀨說：

「很高興看到您還硬朗，今天想問您幾件事，不知道是否方便？」

早瀨注視著和也許久，像是在猜測接下來會發生的事。和也已經說過了，今天來不是禮貌性的探望，那麼是打算聊什麼？是否擔心聊的是自己恐懼已久的往事？

「你想問什麼？」早瀨說。

聲音有點沙啞，但是聽起來意識還算清楚。

「我和你沒什麼好說的。」

「想問祖父，還有家父的事。尤其是祖父過世當晚的事，早瀨先生應該知道些什麼。」

和也微微提起手裡的公事包，早瀨的雙眼轉向公事包。

和也繼續追問：

「祖父過世當晚發生的事，年輕鐵路員田川克三為何身亡，以及上野公園的男妓凶殺案。我相信早瀨先生知道些什麼，所以才會過來。」

早瀨別過頭，望向窗外，神情依舊緊繃。

和也原本想問，你到死都不打算說出真相嗎？你確實可以保持沉默，但你接下來說的每句話將來也都可能成為呈堂證供，而我正是為此才要你開口。

不對，這不是偵訊，和也並不打算告發早瀨，畢竟祖父已經死去四十四年了，就算其中有犯罪情事，法律上也過了追訴期。和也只能放下警察的身分，以一個普通人的身分去釐清另一個人的陳年往事。早瀨此刻不管說什麼都無法成為證據，既然不是偵訊，早瀨就不具什麼緘默權，也無須對和也保持沉默。

和也心中暗暗呼喊，早瀨先生啊，這兩件凶殺案，還有一件可疑的命案，你人都在現場。我身為其中一名死者的家屬，你有義務對我說出真相。

早瀨還是望著窗外，和也準備再次開口。

這時，早瀨回頭看向和也，緊繃的神情消失了，那眼神似乎已經看開。

「都往事了。」早瀨說：「早就過去了，無論事實為何，現在都已沒有任何意義。」

「我明白。」和也同意。「法律上沒有意義了，那麼對您來說應該沒有任何損失，也沒理由拒絕。」

「聽說你進了警視廳，我就知道這天遲早會來。」

「您在等著告訴我的這一天，對吧。」

「去院子裡吧。」早瀨又望向窗外。「天氣不錯，我想在外面談。」

在院子裡就不必擔心別人聽見嗎？可以。

和也起身走到輪椅後面，握住手把。

這片草皮庭院可以俯瞰大海，上頭擺著白色圓桌，和也與早瀨在桌旁面對面坐著。

和也打開公事包，拿出一只塑膠文件夾放在桌上，裡面是他蒐集的資料。首先是永田提供的天王寺五重塔火災當晚的照片，接著是祖父被火車輾斃的剪報，還有鐵路員凶殺案的剪報、上野公園男妓凶殺案的剪報，最後是父親殉職的幾則相關剪報。

和也又拿出一包美國菸、一支打火機放在文件夾旁邊，然後是從父親遺物中找到的筆記本，有父親的也有祖父的，分別疊放起來。

擺好之後，和也看著早瀨，早瀨開口：

「你知道多少？」

和也直視著早瀨。

「早瀨先生，昭和二十三年，你在上野公園殺了一名年輕的男妓。昭和二十八年，你又在谷中殺了一名鐵路員。昭和三十二年，祖父發現了這些事，於是你把他從芋坂鐵路天橋上推下去。」

這些說法並沒有確切的證據，只是和也大膽的假設，不過早瀨肯定無法忽視這些假設。

早瀨沒有否認，只問：

「你有證據？」

「祖父曾經調查過，他向好幾位目擊者與相關人士蒐集證詞。家父擔任駐在警察時，眼看警視廳這個龐大集團表示查不出真相，卻接連發現兩件案子都和同一名警察有關。國鐵員凶殺案發生後，你被查出和被害人接觸過，還接受了偵訊。」

「我沒被逮捕，連嫌疑都沒有。」

「因為公安施壓改變偵辦方向，限制搜查總部的行動，避免國鐵工會內部的暗樁曝光。」

「這有什麼不對？」

「當然不對。」和也遲疑了一下，才接著說出這句話：「因為那是性犯罪。」

早瀨的表情突然變得木然，像貝殼一般緊閉不語。

早瀨並未否認和也的指控，等同默認了。

和也繼續說：

「上野公園的男妓凶殺案，也是性犯罪。」

早瀨沉默不語。

和也盯著早瀨說：

「昭和三十二年的那個晚上，你人在谷中，應該是去找男妓買春。當時谷中依舊充斥著濃濃的戰後氣氛，路邊很多流鶯。當晚五重塔發生火災，祖父衝出駐在所卻發現你，不對，或許目擊你在買春。所以你逃走，祖父將火災現場交給支援警察，開始追趕。祖父在芋坂鐵路天橋上追到你，並指出那兩件凶殺案的凶手是你。你怕了，出手攻擊祖父，經過一番打鬥，你將祖父推下鐵路天橋，然後你又回到火災現場，被拍下照片。」

早瀨還是不說話。

和也接著說：

「過了三十六年，家父拿到了那張拍到你的照片，前去質問你為何在現場。那正是家父身亡當天，我不曉得你是否已對父親坦承。那天，谷中發生了毒蟲持槍挾持人質事件，家父為了救出人質，擋在那黑幫分子面前而遭槍擊身亡。」

早瀨終於開口了：

「這對你有什麼好處？你打算舉發我是殺死你祖父的凶手？」

「不是，我只想知道剛才說的是不是真相。家父相信祖父絕非逃離崗位自殺，而是真正的殉職，而你是當事人，我希望你能證實家父的想法。」

「我問你，這又能怎麼樣？」

「祖父的遺憾、家父的心結，都能有個了斷。」

「如果我說正是如此，你就甘心了？」

「沒錯。」

「如果能就此了斷的話，如你所說，事實正是如此。」

早瀨很乾脆地承認，讓和也相當訝異。

早瀨盯著和也，眼睛眨也不眨。

和也想問清楚：

「正是如此？」

「只要能了斷，要我說幾次都行。」

「你也不否認那兩起凶殺案是性犯罪？」

「小子。」早瀨板起臉。「你可知道當年是怎樣的年代？我從戰場上回來，菲律賓戰線的雷伊泰島。在那個地獄裡，餓肚子的士兵連人肉都吃。戰場上人性崩潰，只剩性慾高漲，哪裡有洞哪裡捅。從那地獄回來的人得花上好多年面對崩潰的自己。那地獄裡的光景纏繞在腦海裡，長達十年，甚至十五年。你祖父當年去的是法屬印度支那北部戰線，對我來說那裡簡直就像遊樂園，你們又怎能理解我曾經歷了什麼？」

他的語氣聽來像是詛咒，和也不禁生畏。

早瀨或許也訝異於自己的口氣，又緩和了下來。

「總之，就是那樣的時代。」

「殺害我祖父這件事，你有什麼想解釋的？」

「如同我剛才說的。你的祖父搞不清楚狀況，憑著一股無關緊要的正義感，就想揭發警察組織已經了結的案子。」

「沒有人會認同殺人的行為，更何況祖父是警察。」

「沒有人認同殺人的行為？」早瀨嗤之以鼻。「我問你，警察做到什麼地步可以被認同？按你的說法，你爸果然該死吧，他不應該揭開我在戰爭裡遭受的舊瘡疤。你真的相信你爸是個模範的駐在警察嗎？」

又聽到這樣的說法。父親該死？什麼意思？父親犯了什麼罪？是足以償命的重罪？

早瀨開口，像在嘲笑和也的動搖。

「你覺得你爸真的是殉職嗎？」

「他獲得警察葬，還追升兩階。」

「他是自殺啊。」

為什麼？

那案子發生的時候，和也已經是高中生，前因後果記得清清楚楚。父親是殉職，一名上癮的毒蟲持槍挾持人質，父親勇敢面對毒蟲，讓人質逃走之後，捨命制服歹徒，不幸中槍身亡，那是自殺？

和也不禁背脊一涼，打了個冷顫。

那天晚上，父親見過早瀨一面，回來之後，父親的表情就像以前喝到爛醉一樣可怕。那不是父親平常的表情，是和也不敢回想，那段家暴時期的表情。

早瀨指出了父親的過錯？指責父親是個罪犯，應該償命贖罪？

早瀨彷彿看透了和也的心聲，開口說：

「你不敢問嗎？你爸早忘了他曾經犯下的罪，不對，他根本不知道自己犯了罪。所以我把他犯的罪告訴他，看他是否有資格揭我的戰爭瘡疤，看他是否有資格責怪我這個努力拉拔他的世伯。結果你爸垂頭喪氣地離開，然後自殺了，剛好眼前就有一把槍對著他。」

「家父做了什麼？」

和也的口氣變得軟弱，再也沒有剛才如偵訊般的霸氣，如今聽起來反倒像在哀求。

早瀨說：

「你知道你爸曾經混進北大的共產黨臥底嗎？」

知道，和也聽叔叔說過，但是不清楚究竟做了什麼。

「你爸爸。」早瀨接著說：「他在北大的激進派裡臥底，當年大菩薩關口逮捕大批紅軍派，就是他的功勞。警方能逮捕腹腹鐘集團[12]，也多虧了他的情報。因此你知道他在激進派裡臥底得有多深入了。」

「臥底哪裡犯罪了？」

「我還沒說完。」早瀨帶著怒氣。「當時有個北大學生，後來跑去巴基斯坦，他出國之後，你爸就和他的情人走得很近。你爸和自己監控對象的情人搞上，搞大了那女孩的肚子，但他沒聽說這件事就離開了札幌。」

「家父，」和也無法隱瞞自己的驚慌。「沒有想過和那女孩交往？他不知道讓對方懷孕嗎？」

---

12 出版炸彈製作指南的激進團體。

「臥底怎麼能和激進派學生的情人搞上呢？就算搞上了，也有義務向上頭報告。但是他隱瞞這件事，但這又怎麼瞞得住？臥底探員的私生活全都在警方的監控下。」

「那女孩把孩子生下來了？」

「生了，孩子沒有爸爸。」

「家父不知道這件事？」

「不知道。女的後來回到仙台老家生活，記得在昭和五十（一九七五）年吧，女的自殺了。先勒死了小孩，然後上吊。」

感覺天旋地轉，頭暈眼花，就像缺氧一樣難受。

和也問：

「你怎麼知道這些事？」

「我也待過公安。我關心你爸的動向，才去打聽了公安的情報。」

「你是說，家父的作為導致那女孩自殺，就等同他殺了人？」

「我不清楚哪一部分算得上犯罪，一個女人的情人跑了，接納她算犯罪嗎？忘記原本的任務，以為自己是監視目標的心理諮商師，算犯罪嗎？忘了自己幹的好事，也不關切女人的下場，算犯罪嗎？連女人和自己的骨肉一起自殺都不知情，這樣的冷漠算犯罪嗎？不管怎麼說，兩個和他有關的人死了。這兩條人命你覺得他不用負起任何責任嗎？」

「那天你就是這麼對家父說嗎？」

「是，他跑來指責我是殺人犯，於是我告訴他這些事，問他自己算不算殺人犯。」

「家父怎麼說？」

「他沒回答，起身就回去了，連五重塔的照片都忘在我這裡。我看他一定大受打擊，大約兩小時後就發生了那案子。你爸明顯是自殺。」

和也一時千頭萬緒，父親真的不曉得那女孩懷孕了？也不曉得女孩殺死了自己的孩子然後自殺？父親後來是否完全忘了那女孩，再也沒有聯絡？如果真是如此，這麼沉重的真相確實足以壓垮父親。

母親對叔叔說過，父親年輕時執行激進派臥底任務，造成人格分裂，罹患嚴重的PTSD。和也記得大學時期學過PTSD，其中一個症狀似乎是恐懼感會麻痺。難道父親殉職那天所展現的並非勇氣或使命感，而是PTSD復發麻痺了恐懼感？這確實能解釋父親當天的恐怖神情，以及不要命的行動。

這個真相未免太沉重了。父親年輕時有過孩子，孩子的母親是任務中接觸到的女性。而且明明發生了關係，卻忘了那女人，連對方生了孩子都不知道。原來和也曾經有過兄長……

早瀨似乎以和也的慌亂為樂，說起話來變得響亮又愉快。

「我們的任務就是這麼回事，難免會和監視對象越界，有時為了辦案還得犧牲幾條人命。我犯了罪，我很清楚，但是你爺爺一旦揭發我的罪，就會危及國鐵工會裡的線民，我不是為了保住自己的命才動手殺人。聽好，所有的罪都是相對的，你是警察，應該懂吧。」

和也好不容易才擠出力氣搖搖頭。

「即使如此，實際動手殺人和家父的無情之間，還是有一道巨大的鴻溝。」

「哪裡不一樣？」

「你親手殺了我的祖父。」

「事到如今，根本沒有證據能判我入罪，就算有證據，追訴期也早就過了好幾十年。」

也許沒錯，但和也繼續說：

「你說的對，但是家父犯的罪，比你輕太多了。」

「我告訴你，不管我的罪多重，追訴期都過了，但是你爸幹的事可沒有追訴期。」

「他沒有殺人。」

「這就看你怎麼看了。」

「可是……」

早瀨突然打斷和也，伸手拿起掛在胸前的物品，是手機的形狀。早瀨把這東西拿近嘴邊。

「來幫我推輪椅。」

是聯絡看護的對講機，看來是不想繼續談了。

剛才的女看護立刻趕到院子這頭，走到早瀨的輪椅後面，說要帶早瀨去洗手間便推著輪椅往房間走去。

和也突然感到一切都是徒勞，跑這一趟究竟是為了什麼？他以為查明祖父死亡的真相就能了解父親死亡的內情，至少他相信自身的立場比早瀨更有優勢。他以為身為第三代的警視廳警察，可以糾舉二十三年組的退休警察所犯下的重罪，讓對方坦白認錯，逼對方說出真相，讓罪人無所遁形。他希望聽到一句道歉，希望看到早瀨哭著求情，他以為自己辦得到。

然而，結果卻是如此。

海風吹過草皮庭院，草皮表面掀起亮綠的波光，四周樹木沙沙作響，風吹得和也眼睛有點乾澀，他用食指指背揉了揉眼角。

沒多久看護推著早瀨回來，看護離開輪椅後，早瀨一臉得意地說：

「這下你甘願了吧？以後別再讓我看到你。」

和也努力鼓起勇氣，挺直了身軀。

「最後還想請教一件事。」

「什麼事？」

「我已經知道了家父臥底辦案的過往。家父擔任駐在警察的時候，是否曾經違反任何服務章程？是否犯下任何過失？」

「為什麼這麼問？」

和也想起加賀谷被警務部扣押時的表情。

「你方才說，家父絕對不是個模範的駐在警察，那麼家父擔任駐在警察時，是否做過錯事？」

「為什麼認為我知道？」

「早瀨伯的兒子在警視廳裡的職位相當高，或許聽說過什麼。畢竟你剛剛說，一直很關心家父的事。」

「如今還有什麼好說的？他已經殉職，還追升了兩階，就是個很好的駐在警察。」

「那只是檯面上吧？你不是一口咬定，家父是自殺嗎？」

早瀨表情變得嚴峻，方才那得意的神情也消失了，他輕輕嘆了口氣，下定決心開口。

「以前在鶯谷，發生過一件廚師的凶殺案。」

是三宅幸夫被殺的案子嗎？那案子的被害人就住在駐在所後面一帶，有太太和兒子。和也依稀記得男孩的長相，只是那案子成了懸案，搜查總部也很快就解散了。

早瀨說：

「起初以為是隨機犯案，但最後鎖定嫌犯是住在同一棟公寓的榻榻米師傅。死者是家暴累犯，嫌犯很同情那家的太太和孩子，因此搜查總部認定那就是恩田的動機。」

和也認識榻榻米師傅恩田，記得母親說過，恩田因為那件案子接受偵訊，以致心臟病發送進醫院，幾個月後就過世了。當地町內會還集資幫他在天王寺辦了葬禮。

早瀨接著說：

「假如嫌犯沒有發病，原本隔天要再請他回警署說明案情。搜查總部確定凶器是榻榻米針，不料嫌犯病倒，還沒康復就去世。搜查總部原本決定就算嫌犯死了也要移送檢察，但嫌犯死後，家屬收拾了他的生活用品丟棄，警方只好去搜他的吃飯工具。奇怪的是，怎麼找都找不到。這師傅在發病前都還在幹活，怎麼可能死了就找不到工具。」

和也不曉得這件事和父親有何關聯。

「你是說有人湮滅證據？」

「沒錯，有人拿走工具藏起來。下谷警署派去駐在所代班的巡查曾經看過疑似工具包的物品，嫌犯病倒的時候，就是你爸從他家裡帶走了工具包。不過你爸接受搜查總部問話時否認帶走工具，駐在所裡也搜不出來，嫌犯的親友也沒有保管工具。既然找不到凶器，搜查總部最後只好放棄立案。」

「你說家父並非模範的駐在警察，就是因為這件事？」

早瀨沒有回答和也的問題。

「你爸殉職之後，下谷警署清查他值勤期間的日報，以及失物報案。結果發現榻榻米工具竟然放在一個出乎意料的地方，絕對沒有人找得到，就算找到了，也只能證明嫌犯是無辜的。」

「在哪裡？」

「在下谷警署。工具成了失物，躺在失物保管倉庫裡。而且天王寺駐在所受理失物報案的時間，是在三宅幸夫被殺的四天前，你知道這是什麼意思嗎？」

和也搖搖頭。

早瀨說：

「你爸捏造了報案人和報案日期，受理了工具包的遺失案，並趁著嫌犯住院期間，藉口忘了向警署報告，把工具包放進失物保管倉庫。駐在勤務延後回報失物，並不算罕見，而且只要把報案紀錄放進檔案夾就成了公家紀錄。這麼一來，反倒是警方紀錄證實了案發當天，嫌犯手上並沒有榻榻米工具。就結果來說，你爸刻意縱放了殺人犯。」

早瀨說到這裡，停下來看著和也。和也鬆了一口氣，他曾聽說被害人三宅幸夫的人品，街坊都擔心三宅的太太和孩子，而當地街坊聽到三宅幸夫因家暴被捕都很開心。三宅幸夫沒有被判刑，從拘留所被放出來，大家都知道一定會發生更嚴重的事，因此三宅幸夫被殺，不少人可能都鬆了口氣，假如當時殺人犯被捕，查出是自己的鄰居，街坊們反而會替凶手感到難過吧。

「怎麼樣？」早瀨不耐煩說：「這可是妨礙凶殺案偵辦。一個模範的駐在警察可以幹出這種事嗎？你爸就是這種警察，而你還敢來提往事？什麼像樣的物證都沒有，只會憑空推論？」

和也緩緩抬頭，深吸一口氣，心情平靜不少。早瀨剛開口時，和也還相當緊張，但在得知三宅幸夫凶殺案的真相之後，他並不覺得震撼，至少不因此茫然失措；聽了早瀨的這段話，也不覺得該責怪父親，父親是個駐在警察，湮滅了一件凶殺案的證據，阻止警方逮捕真凶，但換個說法，父親不就是賭上了自己的飯碗，保護天王寺駐在所轄區裡的和平及居民的安全嗎？凶手是個直腸子的老好人，對鄰居情深義重，犯下罪行的幾個月後就斷了氣。可以想像凶手知道自己來日無多才會犯案，就算用法律去制裁這位榻榻米師傅，也判不了重刑。

早瀨說：

「你爸就是這樣的駐在警察，我也不打算追究。所有的罪都是相對的。面對這種情況，遺忘也是個方法。畢竟有太多案子，都是像這樣秤過輕重之後被埋進了塵土。」

和也一邊整理桌上的資料，一邊對早瀨說：

「多謝這場寶貴的談話，很抱歉突然來打擾。」

「沒關係，反正我也活不久了，但可別對外胡亂揭瘡疤。我想你也沒那個膽。」

「或許吧。最後想再請教一件事。」

「什麼事？」

「是誰決定讓三宅幸夫凶殺案就此結案？是誰決定不追究父親的責任？管理官嗎？」

「下谷警署署長。搜查總部解散之後，一位姓熊谷的刑警還是繼續承辦這案子，他發現真相後報告署長，署長指示熊谷報案日期沒有錯，決定放過這事。」

父親死去時的下谷警署署長，是現在的總廳警備部長久賀光幸。

「是警備部長，久賀警視監吧。」和也確認。

「沒錯，幸好高考組度量夠大，是吧。」

和也站起身，伸手去拿桌上的香菸盒，早瀨看向和也的手，和也從菸盒裡拿出數位錄音機，關掉電源。

早瀨臉色一變，但還不到驚慌的程度，或許是對和也刻意秀出這一手的挑釁感到憤怒。

和也將錄音機收進公事包，向早瀨鞠躬。

6

安城和也在地下鐵千代田線霞之關站內的報攤，買了一份報紙。他已經看完兩份全國報，還有案發地的當地報，這次又買了一份全國報。

從霞之關站走到櫻田通，前往警視廳總廳大樓，和也沿路看著報紙。

報紙頭版新聞是昨天下午某縣警轄區，一名歹徒挾持人質並對警察開槍，到目前尚未破案。第一個趕到現場而遭槍擊的縣警地區課巡查部長，被孤立了五小時才獲得救援。警方救援期間，在救援小組後方支援的縣警霹靂小組SAT巡查部長，遭槍擊身亡，即便歹徒開槍殺警，縣警依舊沒有開槍反擊。歹徒抓著前妻當人質，窩藏在自家裡，與縣警僵持不下。

和也從昨晚就盯著電視新聞不放，電視臺的直升機拍攝到第一個中彈的地區課巡查部長，從傍晚持續到晚上受傷的巡查部長就在眾目睽睽下躺了五個小時，縣警卻毫無作為。縣警高層解釋需要時間準備營救工作，然而都已經有個巡查部長中槍倒地，動彈不得，警察照理說要立刻出動救援，哪裡還需要遲疑？和也不懂什麼叫做需要時間準備營救工作。

第一線所有地區課同仁一定都願意挺身救人。只要長官登高一呼，所有地區課的巡查肯定群起動員。

和也看不下去了，攤開報紙的社會版後對摺，方便繼續閱讀。這是平成十九（二〇〇七）年五月十八日的早上。

和也走過總務省大樓，兩名男子突然上前左右包夾。

右邊這人年紀稍長，左邊的三十來歲，身材壯碩。兩人身穿西裝，一看就知道是刑警，而且年長的看來有點眼熟。

和也以為雙手會被架住，但兩人只是貼緊和也，跟著和也的步伐走。

年長那人說：

「安城，我們是監察，能跟我們來一趟嗎？」

和也看著年長男人的臉。

「請教姓名和階級？」

「田邊俊二警部補，警務部人事二課。」

「有什麼我非去不可的理由？」

「我想你應該知道，是綾瀨信用合作社背信案。」

這是和也參與偵辦的經濟犯罪。東京都內一家信用合作社違法貸給幫派旗下企業一百九十億日圓，和也與同仁安排臥底，逮捕理事長與相關人等，案件成立，信用合作社也因此解散。法院在採用證人上吵得沸沸揚揚，被告方甚至一時取得優勢，一審差點搞到全員無罪，非常驚險。後來勉強進行到關係人等一律有罪，但被告方上訴，目前將進行二審。

田邊說：

「有關那案子的偵查與問訊，想請問你幾件事。」

「是要我同行嗎？我手上的案子正要收尾。」

「不會耽誤你太久。」

「難說吧。」

「你想拒絕？」

看來只好就範。和也問：

「去哪裡？」

「總廳。」

「我可以先進辦公室嗎？」

「請直接跟我們走。」

看來已經搜索了座位和置物櫃。

和也點點頭。

和也被帶到警務部樓層的會議室裡。

他在大桌旁邊坐下，兩個男人走了進來，其中一人是剛才要求和也同行的田邊，另一人和也不認識。田邊坐在和也左手邊的椅子上。

另一個男人約三十幾歲，髮型清爽，皮膚黝黑，感覺不適合穿深色西裝，該穿短褲配馬球衫。那模樣看起來不是書呆子類的高考組，而是輕鬆讀完大學考上警察廳的菁英。

這人坐在和也正對面，雙手放在桌上交握。

「我是人事二課長桂木，你就是安城？」

「是。」

人事二課負責監察警部補以下的警察人事。

桂木說：

「我聽說你是家裡第三代警察，令尊在天王寺駐在所勤務中殉職了吧？那案子我記得很清楚。」

和也不回應，桂木繼續說下去。

「我確認過你的人事資料，真是飛黃騰達啊。二十四歲當巡查部長，二十七歲升上警部補，年紀輕輕就成了總廳搜查二課的主任，是你同期第二高的官了吧？」

和也確實是第二把交椅，他在警察學校同期裡，只有畢業生代表比他早一年通過警部補考試。然而和也升得再快，也比不上高考組，比方說眼前的桂木，就是從警部補開始錄用，現在應該是警視正，非高考組的和也根本追不上。

桂木接著說：

「聽說加賀谷警部的醜聞，你臥底的貢獻也很大。我真不想看到你陷入相反的立場啊。」

和也還是保持沉默，桂木訝異地問：

「怎麼了？你似乎心不在焉。」

和也說：

「我手上有件大案子。」

「我已經聯絡過二課長，請他讓你休息一陣子。」

「要一陣子？」

「看你的表現。」

「我不打算拖泥帶水，下星期我要逮捕一件大型詐欺案的嫌犯，能否在今天之內解決？」

桂木表情不悅，或許他覺得自己才是掌握主導權的人。

和也接著說：

「可以麻煩講重點嗎？我希望當場解開誤會。」

桂木對著坐在一旁的田邊點頭。田邊把一份文件夾攤開在桌上。

「綾瀨信用合作社背信案，警方在法庭上申請了一名女性證人，律師團舉發該證人與你有不當關係。」

我被出賣了嗎？和也正要開口，卻被田邊打斷。

「先等我說完。另一點，那女人是新宿某個幫派幹部的情婦，你利用那女人蒐集這案子的線報，讓女人和被告保持親密關係，甚至偷取證據。還有一點，你付錢給那女人，而且金錢來路不明。綜觀來說，你在綾瀨信用合作社背信案的偵辦手法非常反社會，脫離了警察正當辦案的方式，金錢流向也有需要調查的嫌疑。」

桂木接著說下去：

「在綾瀨信用合作社這案子上，你重重傷害了警視廳的威信，甚至讓官司無法打下去。警務部要求你說明以上事項，要是你無法說明，甚至之後若查出任何明顯違法的事證，我們必須採取適當處置。你有什麼話說？」

和也在椅子上坐直了身子。

「我知道那名女證人和被告的關係，她在風化場所上班，但是我一毛錢都沒有支付給她。」

「證人偷竊被告皮包這件事呢？」

「女證人確實向被告借用了皮包，我也利用了其中的證物，但是被告並沒有報失竊，這件事並沒有成案。」

「你和那女人的不當關係呢？」

「我們沒有發生性關係，她是我的線民。」

「她和你沒有肉體關係，也沒有金錢往來，還能當線民？」

「正是，但我想課長也許無法理解。」

「我會清查你的金流和銀行帳戶。」

「我想已經在查了吧。」

田邊在一旁苦笑。

桂木說：

「你手上這支錶挺名貴的。」

和也吃了一驚，你說這支錶？

和也抬起左手，將手腕上的錶給桂木看。

「這是配發裝備，之前的長官說替他做事需要這個。」

桂木充耳不聞，繼續說：

「我們查過你和那女人的關係。」

田邊拿了幾張照片推到桌上。

「四天前和十天前，都在新宿。」

和也看了照片一眼就說：

「我正要去酒家，你說我在酒家裡做了什麼？」

「你是不是和女線民走太近了？這女人的背景可是很危險的。」

「這種懷疑也太荒謬了。就算我退一百步，認同你們說我有問題要調查，頂多也是我拿女證人借來的證據去申請逮捕令。但是前任的二課長早就批准了這件事。關鍵證據就在眼前，歹徒正在進行反社會的犯行，我只是把證據拿來用。對於背信案的成案，是百利而無一害。」

桂木說：

「二課長說他從來沒批准，也沒吩咐，全是你自作主張。」

「那是檯面上的說法。」

「你能證明嗎？」

「我手上只有筆記本裡的備忘錄，但這也不是我單獨能決定的行動，不過確實是我向課長提出建議。」

「日本法律並不承認這種辦案手法。」

「一百九十億圓流向黑道旗下企業，有必要查清楚。那家信用合作社的高層主管本來就要送進監獄。現在可是有一百九十億到了指定幫派旗下的公司手上，嫌犯買春時少了一項證據，有什麼大不了？」

桂木笑了。

「這是你的哲學？」

「很抱歉，我個人沒有任何哲學，只是在說警察的原則。」

「警部補錄用課程教你可以這樣搞嗎？」

「警察都是在現場學、現場記。什麼是大罪，什麼是小罪？什麼罪有人受害？怎樣的違法行為無人受害？警察要怎麼衡量一件事，該採取什麼行動？第一線的警察每天都要面對這些問題，並且即時做出決定。」

「輪不到第一線警官做決定，高層才能做決定，底下的警察聽命就好。」

和也笑了，明顯是在嘲笑。

「課長，你想想今天報紙上那個縣警高層的決定。一個縣警警察身受重傷，孤立無援五個小時，另一個還丟了命，結果高層還在拖泥帶水，不肯行動。這根本不是決定，而是放棄決定、放棄思考。難道課長想說，第一線警察只要乖乖聽話，什麼都不做最好？」

桂木搖頭。「如果無視指揮和命令系統，警察體系就不復存在。」

「我曾經奉命出賣一個以前的長官，要抓到那人違反服務章程的證據來告發他。」

「這是更上級的指示，沒有任何問題。」

「加賀谷警部的行徑，相比於更大的犯罪和組織的頹敗，只是雞毛蒜皮罷了。」

「雞毛蒜皮？他可是打算販賣一公斤的毒品。」

「我很清楚加賀谷警部為何被逼得這麼做。」

「什麼意思？」

「當時加賀谷警部受到上面的壓力，要提高舉發績效，卻沒有獲得足夠的偵查經費，所以警部只好自己設法籌措經費。」

「上面並沒有吩咐他去買槍。」

「上面說可以收無頭槍，意思就是可以去買，任何警視廳的警察都懂這件事。」

「我不知道你在說什麼。總之，我們會調查信用合作社背信案的違法偵查，以及你的交友關係。只要查明你違法偵查，看你還怎麼大放厥詞。」

「我手上有件詐欺案，下星期就要逮捕嫌犯，現在沒空接受監察。」

「有人可以替你辦。」

「這是我的案子。」

「是警視廳搜查二課的案子，不是你的。」

和也嘆了口氣，他早知道總有一天要用上這招，看來就是今天了，該出手了。

和也吞了口口水，潤潤喉才說：

「我有個非常緊急的請託，能不能請總監祕書室的早瀨室長立刻過來？」

和也早就掌握了早瀨勇作後來調到這個職位。

「祕書室長？這什麼意思？」

「我想請教室長，我該不該接受內部監察。」

「下決定的是我，不是祕書室長，我可是警視正。」

意思是祕書室長的階級是警視，警視正更大，但和也說：

「我也可以請教更上面的長官，而且我認為問清楚這件事，對課長也有好處。」

「你的意思，要去問總監？」

「至少是比課長更大的長官。」

田邊壓低嗓門：

「安城，你這是什麼意思？」

和也轉向田邊。「我是一名警視廳的警官，也是第一線刑警，希望把這件事轉告給早瀨祕書室長。

我想祕書室長只要知道我受到警務的監察，必定會來會議室。」

桂木對田邊點頭，田邊起身，一臉狐疑離開會議室。

桂木將椅子轉向旁邊，翹起二郎腿，看來一臉不懷好意，想瞧瞧事態會怎麼發展。

不到三分鐘田邊一臉困惑地回到會議室。田邊直眨眼，對桂木說：

「祕書室長說馬上到。」

桂木一聽，目瞪口呆。

已屆中年的早瀨勇作與早瀨勇三有幾分神似，臉龐方正，舉止予人強悍感，一雙細長的眼睛看不出心中的想法，此時卻不悅地噘起嘴。

和也心想，這人是否和父親生前一樣，走的是公安或警備路線？和也並不知道早瀨勇作詳細的人事經歷，或許他年輕時待過公安或警備，也是在那樣的單位才磨出了這樣的表情。

早瀨希望桂木與田邊先離開會議室，兩人只好聽命離開。

早瀨轉向和也，板起臉說：

「我聽父親提過你，也知道總有一天會像這樣面對你。」

和也說：

「第一次碰面就是這種狀況，實在慚愧。」

「聽說你曾經見過我爸，錄下他說的往事。」

「是，不僅往事，還提到了警察的倫理。哪些行為算有罪，哪些行為可以默許？聽說當時的下谷警署署長曾經清楚指示過，也就是現在的久賀警視監。」

早瀨瞪著小眼睛。「久賀？副總監嗎？」

高考組的久賀光幸去年升上警視廳副總監，現在可是警視廳的第二把交椅，地位僅次於警視總監。警視總監是公安部門出身，久賀副總監則掌管了警備部門，即使名義上歸警視總監管，實際勢力仍足以抗衡警視總監。

和也說：

「是，正是副總監。副總監在任職下谷警署署長時，對於警察不該做的事，訂出了一個明確的方針。我希望自己能夠套用相同的方針，請務必依照副總監的基準來判斷，我的偵查行為是否應該被彈劾。」

「方針一直很明確，沒必要為了你這種小警察驚動副總監。」

「副總監指示的這個方針呢，我已經將錄音檔和文字檔上傳網站。如果我要因為自己的偵查方式被處分，我就會公開網站上的內容。我想，過了這麼久也不能算醜聞了，但是應該可供民眾思考警視廳所認定的正義。檔案一旦公開，就會在網路上持續流傳，成為批判警察的資料。這麼說來，或許對身居其他高位的人來說也很有用。」

早瀨交叉雙臂，想了想才說：

「一旦公開，大眾就會知道你父親犯下的罪。難得殉職追升兩階，你要弄臭自己老爸的名聲嗎？」

「到時名聲變臭的可不只是家父，想必所有警視廳的警察都要跟著臭了吧。殉職，追升兩階，這些權威也要掃地了吧。」

「你真要這麼做？」

「一旦我的職務被剝奪，我就會這麼做。我相信，室長必定會大力關照我，令尊應該對室長提過為什麼。」

早瀨從椅子上起身的同時說：

「你會惹火副總監。」

「我認為以室長的地位，應該能揣摩副總監的心思，根本無需直接報告這次拙劣的監察，詢問副總監的意思。」

早瀨又盯著和也，眼神依舊讓人猜不透心思，但即使雙眼緊盯和也，心思應該還是放在自己身上，並死命盤算著什麼。

最後，早瀨帶著怒氣丟下一句話：

「副總監的決定我很清楚，我可以自行轉達給桂木二課長。」

「懇請室長轉達。」

「這是你最後一次利用我。」

「哪裡，想必不會是最後一次，往後還請室長多多關照。」

「好一個厚顏無恥的警察，青出於藍勝於藍啊。」

「深感榮幸。」

早瀨說：

「十五分鐘後，我會轉達副總監的意思，你在那之前可別對課長等人多嘴。」

「是。」

早瀨一離開房間，桂木和田邊就進來了。桂木看到和也的表情顯得相當訝異。

或許是和也當下一臉志得意滿。

他先收起了這樣的表情，反正十五分鐘後還得再擺一次。

尾聲

安城和也率領手下的搜查二課刑警，走下運輸車，總共有六名下屬跟著下車。大樓前面的馬路邊停了四輛偵防車，每輛車都有刑警衝下來。和也看了看時間，上午八點十五分。目前由代理課長指揮現場。和也等人後方不遠處有輛白色轎車，代理課長從車上下來。

和也看著正前方高聳的大樓。東京都心經過大規模重新開發，建造許多摩天大樓，這是其中一座。這座高樓是豪宅，聽說裡面最小的一戶都有高島平警察家庭宿舍一戶的兩倍大。每個月房租最少是一百二十萬圓，不對，是一百五十萬。總之這裡是超級豪宅，和警視廳的警察八竿子打不著關係。這棟大樓有玻璃帷幕，在五月的東京朝陽下閃著耀眼的光芒。

和也身邊站了小組裡最年輕的刑警，長谷川涼。長谷川看來臉色潮紅，十分亢奮。長谷川說：「這次辦案真的太驚險啦。能走到這一步，終於鬆了口氣，還擔心上面會說我們違法偵查，中途喊停呢。」

和也說：「確實差一點就喊停。」

「果然如此。畢竟我們都是在灰色地帶辦案，想成案就得走險路，這次連主任也被議論是遊走在灰色地帶呢。」

和也搖頭。「錯了，警察的作為沒有灰色地帶，沒有幾分正義混雜幾分邪惡這種事。」

「是嗎？老實說，我不敢說自己是百分之百光潔無瑕的白，卻也不能說是全然的黑。」

「警察只站在一條界線上，這條線既不黑也不白。」

「有可能不屬於任何一方嗎？」

「當然有可能，只要我們的行為獲得民眾支持，就能留在這條線上。一旦幹了蠢事，民眾就會把我們打到黑的那邊。」

「一切取決於社會的支持？」

「這就是警察。」

長谷川望向和也的胸前。和也的胸前掛了一支哨子，這是祖父的遺物，有些地方已經生鏽了。這支舊式警哨用於戰後時期，現在的警哨則是白色塑膠製，兩者不太一樣。

和也最近只要辦案，準備逮捕嫌犯時，就會把這哨子掛在胸前。自從一年前當上二課主任，這支哨子就成了他的護身符。

長谷川說：「掛上這支哨子，看上去就像個地區課的巡查啊。」

「就算穿上西裝，感覺也很不一樣。」

「感覺像巡查嗎？」

「對，就像鎮上的小巡查，我不想忘記這種感覺。」

「你不是總廳的刑警嗎？」長谷川搖搖頭，似乎難以理解。

和也不想多做解釋，畢竟外人很難理解他是以什麼樣的心境掛上這支哨子，以及這支哨子所象徵的意義。後方的代理課長喊了一聲：「到齊了沒？」

一名下屬回答：「停車場出入口，逃生出入口，全派人看住了。」

今天還向二課其他組與轄區警署申請支援，派出三十人逮捕嫌犯。可以想見嫌犯家中會有大量文書證據、電腦主機，以及許多存儲資料的媒介。確實需要大批人馬才能處理這些證物。

今天要逮捕的男性嫌犯，涉嫌成立一家空殼公司，詐騙投資人六十億圓。警方認為嫌犯打算逃往海外，所以提前兩天進行逮捕。預計由代理課長朗讀逮捕令，和也為嫌犯上手銬。

經過六個月的祕密偵查，總算走到這一步。和也充滿了成就感。這次辦案的手法也很強硬，可能會被長官責怪太過火，但是事態緊急，只能如此。另一方面，監察決定不過問綾瀨信用合作社的案子，警務應該不會再來找他麻煩。

代理課長對和也說：

「安城，上吧。」

和也點頭，快速掃視今天出動的警察，有人東張西望，有人竊竊私語。

和也拿起哨子放在嘴邊，用力吹響。當場所有警察全都把注意力投向和也，連聞風趕到的媒體也屏氣凝神。

和也對下屬使了眼色，筆直走向大樓大門，下屬們同時跟上。和也沒有回頭，想必代理課長就跟在後面不遠處。圍在大樓門口前的媒體，立刻把鏡頭對準和也等刑警。

在走道間，和也彷彿聽見遠方傳來哨聲，隨即發現是錯覺。那是和也心靈深處響起的哨聲，源自於代代傳承的記憶。

又聽見了哨聲，這哨聲呼喚著和也，替和也打氣。祖父和父親在和也任職的日子裡，肯定不斷驕傲地吹響警哨。

和也聽著哨聲，走在這條路，穿過大門。

〈完〉

警官之血（下）
警官の血

作　　者　佐佐木讓
譯　　者　李漢庭
社　　長　陳蕙慧
副總編輯　戴偉傑
特約編輯　周奕君
行銷企畫　陳雅雯、尹子麟、汪佳穎
封面設計　POULENC
內頁排版　極翔企業有限公司

集團社長　郭重興
發行人兼出版總監　曾大福
印　　務　黃禮賢、林文義
出　　版　木馬文化事業股份有限公司
發　　行　遠足文化事業股份有限公司
地址 231新北市新店區民權路108之4號8樓
電話 02-22181417　傳真 02-86671065
Email: service@bookrep.com.tw
郵撥帳號 19588272 木馬文化事業股份有限公司
客服專線 0800221029
法律顧問　華洋國際專利商標事務所 蘇文生 律師
印　　刷　前進彩藝有限公司
初　　版　2021年9月
定　　價　新台幣700元（上／下冊不分售）
ISBN　978-626-314-016-5

國家圖書館出版品預行編目(CIP)資料

警官之血 / 佐佐木讓著；李漢庭譯. -- 初版. -- 新北市：木馬文化事業股份有限公司出版：遠足文化事業股份有限公司發行, 2021.09
2冊；14.8×21公分
ISBN 978-626-314-016-5（全套：平裝）

861.57　110011804